AF198143

CLAIRE KINGSLEY

ALWAYS HAVE

CLAIRE KINGSLEY

ALWAYS HAVE

ROMAN

Aus dem Amerikanischen
von Anna Wichmann

more
Immer mit Liebe

Titel der Originalausgabe
Always have

ISBN 978-3-98751-017-5

More ist eine Marke der Aufbau Verlage GmbH & Co. KG

1. Auflage 2023
© Aufbau Verlage GmbH & Co. KG, Berlin 2022
Satz Greiner & Reichel, Köln
Druck und Binden CPI books GmbH, Leck, Germany
Printed in Germany

www.aufbau-verlage.de

1
Kylie

Es ist zehn Minuten vor Mitternacht, und ich habe keine Ahnung, wo mein Date steckt. Das ist das Problem, wenn dich deine beste Freundin ausgerechnet auf einer Silvesterparty verkuppeln will. Zum Jahreswechsel hat wirklich jeder eine Verabredung, und alle erwarten von dir, dass du jemanden hast, den du um Mitternacht küssen kannst. Ich bin umgeben von Paaren, die trinken, sich unterhalten und einander küssen, um in vermeintlich unbeobachteten Momenten die Hände an Stellen wandern zu lassen, an denen sie in der Öffentlichkeit nichts zu suchen haben. Aber ich lehne mich an die Kücheninsel im Haus meiner besten Freundin Selene und gebe wahrscheinlich keine gute Figur ab, während ich den Blick über die Partygäste schweifen lasse auf der Suche nach ... Wie hieß er noch gleich?

Steven. Genau, Steven.

Eigentlich hatte alles ganz gut angefangen. Er sah gut aus in seinem blauen Pullover und den Jeans. Kantiges, glatt rasiertes Kinn. Alles in allem kein übler Typ. Ich habe mich heute für ein schwarzes Minikleid und dazu phantastische rote High Heels entschieden. Warum auch nicht, schließlich gibt es etwas zu feiern, und meine roten Schuhe sind heiß. Das dunkle Haar trage ich offen und gewellt, weil ich mich damit sexy fühle, und ich glaube, ich habe endlich den Smokey-Eyes-Look so hingekriegt, dass ich nicht aussehe, als hätte ich ein Veilchen. Als Selene uns einander vorgestellt hat, ließ Steven den Blick über meinen Körper wandern, und ihm schien zu gefallen, was er sah. Wir haben uns Drinks geholt und uns ein wenig unbeholfen unterhalten – wie man das nun mal so tut, wenn beide Parteien miteinander verkuppelt werden sollen und nicht genau wissen, ob es eine gute Idee war, der Sache zuzustimmen. Nach zwei Drinks beugte er sich vor und mir fiel auf, dass er wirklich gut roch. Dann teilte er mir mit, dass er Buchhalter ist, und ich hätte mich beinahe an meinem Bier verschluckt. Selene will mir einen Buchhalter andrehen? Andererseits habe ich ihr erst kürzlich mitgeteilt, dass ich damit aufhören muss, mich mit den falschen Kerlen einzulassen. Heiße Typen mit sensationellen Bauchmuskeln, die wahre Hengste im Bett sind, sorgen zwar für ordentlich Spaß, gehören jedoch nicht zu den Männern, die man mit nach Hause nimmt, um sie seinem Vater vorzustellen. So ungern ich es zugebe, ich bin keine zwanzig mehr – verdammt, nicht mal mehr Mitte zwanzig, und die Dreißig rückt unaufhaltsam näher. Vielleicht ist es an der Zeit, erwachsen zu werden und damit aufzuhören, bösen Jungs mit Superschwänzen hinterherzuhecheln, und ich sollte mir stattdessen jemanden suchen, der verantwortungsbewusst ist. Und reif. Tatsächlich ist das einer meiner guten Vorsätze fürs neue Jahr.

Steven passte gut in dieses Schema, aber je länger ich mich mit ihm unterhielt, desto mehr merkte ich, dass ich rein gar nichts für ihn empfand. Ich verspürte nicht das geringste Verlangen, ihm näherzukommen und ihn versehentlich-absichtlich zu berühren. Auch die Versuchung, das Kinn zu heben und mir die Lippen zu lecken, um seine Aufmerksamkeit auf meinen Mund zu lenken, stellte sich nicht ein, ebenso wenig wie die Suche nach Ausreden, um eine Hand auf seinen Arm zu legen.

Ehrlich gesagt war mir vor allem langweilig.

Was natürlich keine Entschuldigung dafür ist, dass er einfach kurz vor Mitternacht verschwindet und mich mir selbst überlässt.

Die Musik wummert aus den Lautsprechern; vor vielleicht einer Stunde wurde das Wohnzimmer zur Tanzfläche umgewandelt. Dort entdecke ich Selene, die mit ihrem Freund Nathan zu einem schnellen Lied mit gutem Beat tanzt, aber die beiden verhalten sich wie zwei Teenager auf der Abschlussparty und bewegen sich langsam und so, als wären sie allein. Ich freue mich für Selene. Anfangs war ich mir bei Nathan nicht sicher. Er kam mir zu sehr wie ein Bad Boy vor – also genau Selenes Typ, was nicht immer etwas Gutes ist –, doch inzwischen halte ich ihn für einen netten Kerl.

Selene und ich sind seit unserer Kindheit beste Freundinnen; mein Vater war der Anwalt ihrer Familie. Sie und ihr Zwillingsbruder Braxton haben ihre Eltern mit gerade mal zehn Jahren verloren, und mein Vater verwaltete danach treuhänderisch den Besitz und das beachtliche elterliche Vermögen. So verbrachte ich viel Zeit damit, das große Haus zu erkunden, und zu dritt stellten wir allerlei Unsinn an. Wir haben uns im Laufe der Jahre nie auseinandergelebt und sind heute sogar enger befreundet als damals, als wir noch Kinder mit ewig verschorften Knien waren.

Abermals lasse ich den Blick auf der Suche nach Steven über die Menge schweifen und entdecke dabei Hope, die aussieht, als würde sie mir am liebsten an die Gurgel gehen. Hope ist Braxtons Freundin, und sie hasst mich mit einer Leidenschaft, die ich durch den ganzen Raum spüre. Ich tue so, als hätte ich sie nicht bemerkt. Sie verabscheut mich seit unserer ersten Begegnung vor etwa einem Monat. Ihr Zorn berührt mich jedoch nicht im Geringsten. Schließlich reden wir hier von Braxton, dessen Beziehungen nie lange halten. Sein Jagdinstinkt ist viel zu ausgeprägt, als dass er sich dauerhaft mit jemandem einlassen könnte.

Ich gebe Hope noch einen Monat, vielleicht zwei, wenn sie ihm regelmäßig einen bläst.

Jedenfalls habe ich keine Ahnung, warum sie ausgerechnet mich derart verabscheut – schließlich sind Braxton und ich nur beste Freunde. Vielleicht geht sie davon aus, wir wären Freunde mit gewissen Vorzügen, aber so war es nie zwischen mir und Brax. Wir haben nie auch nur geknutscht. Das ist eine der wichtigsten Säulen unserer Freundschaft – der Grund, warum dieses Mann-Frau-Freunde-Ding überhaupt funktioniert, obwohl Braxton den Eindruck erweckt, er würde am liebsten mit der Hälfte aller Frauen in Seattle ins Bett gehen. Aber wir beide haben diese Grenze nie überschritten.

Nicht, dass ich nie darüber nachgedacht hätte. Braxton ist nicht der Typ Mann, in dessen Nähe man sich lange aufhält, ohne sich irgendwann zu fragen, wie es wohl wäre, ihn zu küssen. Oder mit ihm zu schlafen. Denn wenn es einen Mann auf dieser Welt gibt, der absolut fickbar ist, dann ist das Braxton Taylor.

Aber das überlasse ich dem stetigen Strom an Frauen, die in seinem Leben auf- und wieder abtauchen. Ich bleibe lieber in der Friendzone.

Selene und Nathan verlassen die provisorische Tanzfläche.

Selenes Haus ist unglaublich. Sie lebt noch immer in dem Gebäude, in dem sie und Braxton aufgewachsen sind, einer gottverdammten Villa in Phinney Ridge. Braxton bestand darauf, dass sie das Anwesen behält, und hat sich nach dem College eine Wohnung im nahen Greenwood gekauft. Von außen sieht das Haus unauffällig aus – wie eines dieser magischen Harry-Potter-Zelte. Von der Straße betrachtet wirkt es ganz normal, aber wenn man es betritt, raubt es einem den Atem. Sechs Schlafzimmer, ein riesiger Wohn-, Ess- und Küchenbereich mit hohen Decken, ein altmodisches Arbeitszimmer und eine tolle Aussicht aus dem ersten Stock. Braxton und ich wohnen zwar nicht hier, aber unsere alten Zimmer aus Collegezeiten haben wir bis heute behalten. Selene wollte immer, dass ich zu ihr ziehe, weil das Haus viel zu groß für eine Person ist, aber ich lebe lieber allein. Außerdem fühlt es sich nicht richtig an, mich einfach von ihr aushalten zu lassen, obwohl beide Geschwister weiß Gott mehr als genug Geld haben. Meine Wohnung liegt etwa zehn Minuten entfernt, aber wenn es sich anbietet, übernachte ich hier. Heute zum Beispiel – obwohl es leider so aussieht, als müsste ich allein schlafen.

Selene stellt sich neben mich, während Nathan am Tresen Drinks zubereitet.

»Super Party, was?«, fragt sie. »Wo ist Steven?«

Sie sieht toll aus in ihrem schimmernden goldfarbenen Top, dem schwarzen Rock und dem hochgesteckten braunen Haar. Ihre Figur ist die eines Victoria's-Secret-Models – groß und schlank, ohne dass sie dafür hungern muss, samt einer phantastischen Oberweite.

»Keine Ahnung«, antworte ich. »Vielleicht ist er auf die Toilette gegangen.«

»Dann solltest du ihn lieber suchen«, rät mir Selene. »Es ist fast Mitternacht.«

Jemand schaltet den Fernseher für den Neujahrscountdown ein. Nathan reicht Selene ihren Drink, und sie verschwinden wieder in der Menge.

Ich beschließe, eine Runde zu drehen, um nach meinem Date zu suchen. Der Typ könnte doch wenigstens dafür sorgen, dass ich nicht als Einzige auf dieser Party das neue Jahr allein einläuten muss. Wir müssen ja nicht knutschen, aber es wäre schön, wenigstens jemanden zum Anstoßen zu haben. Er hat mir nicht einmal gesagt, wo er hinwill, sondern nur *Bin gleich zurück* gemurmelt. Aber das ist jetzt mindestens zehn Minuten her.

Zwischen den Tanzenden kann ich ihn nicht entdecken, und an den im Esszimmer aufgebauten Snacks steht er auch nicht. Das Badezimmer im Erdgeschoss ist leer, bis sich eine Frau vor mich drängelt, eilig hineinhuscht und die Tür schließt. Die Tür zum Arbeitszimmer ist geschlossen – Selene möchte nicht, dass es jemand betritt –, aber ich sehe zur Sicherheit trotzdem mal nach. Ebenfalls leer. Ich werfe sogar einen Blick in mein Schlafzimmer, das nicht weit von der Küche entfernt liegt, aber dort ist auch niemand.

Im Eingangsbereich stoße ich auf ein Pärchen, das eng umschlungen neben der Garderobe herumknutscht, aber keiner der beiden ist Steven. Ich weiß zwar nicht, warum er nach oben gegangen sein sollte, trotzdem beschließe ich, dort nachzusehen. Die breite Treppe führt zu einer Balustrade. Ich werfe einen prüfenden Blick von oben hinab, kann ihn jedoch nirgends entdecken.

Die Musik ist hier oben nur gedämpft zu hören, weshalb mir ein leises Stöhnen ins Ohr dringt. Na toll, stolpere ich etwa gleich über irgendwen, der mitten auf dem Flur Sex hat? Was ist das hier, eine verdammte Collegeparty? Es ist dunkel, aber ich gehe weiter und erkenne tatsächlich jemanden – genauer gesagt zwei Personen. Der Typ steht vor seiner gegen die Wand gepressten Partnerin und hat eine Hand unter ihrem T-Shirt. Sie kichert, während er ihr den Hals küsst.

Ich will sie nicht stören und bin im Begriff, mich abzuwenden, als ich seinen Pullover erkenne. Trug Steven nicht einen blauen? Es ist zu dunkel, um die Farbe zu erkennen, aber …

Er dreht den Kopf weit genug, dass ich sein Gesicht erkennen kann. Es ist definitiv Steven.

Rasch drehe ich mich um und verschwinde auf Zehenspitzen, damit sie mich nicht bemerken. Verdammt. Natürlich macht ausgerechnet mein Date auf der Neujahrsparty mit einer anderen rum. Das fasst mein Liebesleben ziemlich gut zusammen.

So viel zum verantwortungsbewussten, reifen Buchhalter.

Ich gehe wieder nach unten und überlege, mich in mein Zimmer zu verziehen. Wenn Selene mich sieht, wird sie nach Steven fragen, und ich will ihr nicht den Abend verderben, indem ich ihr verrate, was passiert ist. Später ist noch genug Zeit für Schuldgefühle, weil sie mich mit einem Arschloch verkuppeln wollte. Der heutige Abend gehört ihr, und ich will ihr nicht die Party ruinieren.

Leise schlüpfe ich in die Küche, um mir noch ein Bier zu holen, halte dann jedoch kurz inne, ehe ich mich anders entscheide. Ich nehme mir einen Plastikbecher und mische aus dem Stegreif einen Cocktail zusammen. Zwei Wodka-Shots auf Eis – vielleicht auch ein bisschen mehr, dazu Cranberrysaft aus dem Kühlschrank. Voilà. Der Drink kann mir Gesellschaft leisten, während ich mir die fröhlichen Menschen da draußen anhöre, deren neues Jahr deutlich besser anfängt.

»Hey, Ky«, sagt eine raue Stimme hinter mir. »Wo willst du denn hin?«

»Hey, Braxton.«

Selenes Zwilling sieht seiner Schwester sehr ähnlich. Sie haben die gleichen dunklen Augen, dieselbe olivfarbene Haut, das dunkle Haar. Aber während Selene groß und schlank ist – mit ihren eins achtzig wie eine verdammte Amazonenkriegerin –, besteht Braxtons Körper aus ein Meter dreiundneunzig purer Muskelmasse.

Er beäugt mich kritisch. »Wo steckt dein ... ähm, Date?«

»Der hat eine andere gefunden.«

Braxtons Gesichtsausdruck verfinstert sich. »Im Ernst?«

»Ja«, gebe ich schulterzuckend zurück. Obwohl ich kein Interesse an Steven hatte, schmerzt es, einfach abserviert zu werden. Aber ich will nicht, dass Braxton das weiß. »Macht aber nichts. Er war sowieso ein Langweiler.«

Braxton rückt ein wenig näher, und sein Duft steigt mir in die Nase. Ganz ehrlich, das Aftershave dieses Mannes müsste *Weiche Knie* heißen. Wenn er in meiner Nähe ist, bekomme ich regelmäßig Schmetterlinge im Bauch und brauche immer eine oder zwei Minuten, bis ich mich gefangen habe. Kein Wunder, dass er so gut wie jede Frau rumkriegt.

»Er hat dich kurz vor Mitternacht alleingelassen?«

»Ja, aber das ist schon okay.«

Ich sehe mich auf der Suche nach Hope um, kann sie jedoch nirgends entdecken. Fast hätte ich Braxton gefragt, wie lange ich ihre mörderischen Blicke noch ertragen muss, aber ich lasse es gut sein. Das würde unserer unausgesprochenen

Abmachung widersprechen, der anderen Säule, auf der unsere Freundschaft beruht: Wir sprechen nicht über unsere Beziehungen, insbesondere dann nicht, wenn wir die Person nicht leiden können, mit der der jeweils andere zusammen ist. Was so ziemlich immer der Fall ist. Wenn eine Beziehung endet, ist die Abmachung null und nichtig, und dann wird ausgepackt. Aber vorher ist dieses Thema tabu.

Irgendwie hat sich das so entwickelt, weil die Menschen, mit denen wir zusammen sind, unsere Freundschaft nicht verstehen. Hope ist nicht die Einzige. Keiner stört sich an Selene. Ganz im Gegenteil – Braxtons Eroberungen wollen sie beeindrucken und ihre beste Freundin werden. Meine Freunde nehmen ihre Schönheit zur Kenntnis und versuchen, ihr Starren zu verbergen, aber es stört sie nicht, wenn ich Zeit mit ihr verbringe. Aber Brax ist stets eine Bedrohung, genau wie ich.

Ich weiß nicht, warum seine Freundinnen mich so sehen. Die Frauen, mit denen er zusammen ist, sehen eher aus wie Selene als wie ich – sie sind groß, haben Modelmaße, tolle Klamotten und perfekt sitzende Frisuren. Ich bin bloß … ich. Dabei bin ich durchaus zufrieden mit meinem Aussehen, aber auf Zeitschriftentiteln wird man mich nie zu sehen bekommen. Ich bin durchschnittlich groß und in letzter Zeit ein wenig zu rundlich für meinen Geschmack (erwähnte ich schon, dass ich keine zwanzig mehr bin?). Meine Oberweite ist ganz ansehnlich, aber ich bin nicht umwerfend schön oder etwas in der Art.

Aber Braxton? Da kann ich die Vorbehalte durchaus nachvollziehen. Ich mache keinem der Typen, mit denen ich ausgehe, einen Vorwurf, weil ihnen unsere Freundschaft unangenehm ist. Braxton ist groß und stark, und zwar nicht nur körperlich. Er ist einer dieser Menschen, die mühelos jeden Raum beherrschen, sobald sie hereinkommen. Seine Persönlichkeit ist so beachtlich wie sein Bizeps – vielleicht sogar größer.

Und er ist verdammt umwerfend. Das gebe ich ganz offen zu, auch wenn ich es ihm gegenüber niemals erwähnen würde. Er hat ein ausgeprägtes Kinn, das immer von Bartstoppeln bedeckt ist. Seine Augen sind so dunkel, dass sie fast schwarz erscheinen, und wenn er dich ansieht, ist es, als könnte er in deine Seele blicken. Sein Körper ist genau richtig trainiert – groß und stark, aber ohne wie ein aufgeblasener Idiot auszusehen. Den linken Arm zieren mehrere wunderschöne Tattoos, die seinem Image als Bad Boy außerordentlich zuträglich sind. Bewundernde Blicke von Frauen folgen ihm, wo immer er hingeht, und das weiß er ganz genau. Frauen sind wie Wachs in seinen Händen.

Ich gehöre selbstverständlich nicht dazu.

Meistens jedenfalls.

»Das ist doch Scheiße«, schimpft er. »Du solltest das neue Jahr nicht einläuten, ohne dass jemand deine süßen Lippen küsst.«

Hope ist garantiert nicht in der Nähe, und Braxton ist eindeutig betrunken.

Lächelnd nehme ich einen Schluck von meinem Drink, damit er aufhört, meinen Mund anzustarren. Ich kann es nicht leiden, wenn er mich so ansieht, denn dann kann ich irgendwie nicht mehr richtig atmen. »Das ist wirklich nicht weiter wild«, beschwichtige ich ihn. »Ich komme schon klar. Ist sowieso ein blöder Feiertag. Ich meine, wen kümmert's, dass wir einen neuen Kalender anfangen? Ist ja nicht so, als müsste ein neues Jahr irgendetwas bedeuten.«

Eine Lüge nach der anderen. Ich hatte mich schon den ganzen Monat auf diesen Abend gefreut und mir eingebildet, das kommende Jahr würde anders werden. Schließlich habe ich vor, mich zusammenzureißen und endlich so zu leben, wie ich es will. Mir Ziele setzen. Einen besseren Job finden. Dinge erreichen, auf die ich stolz sein kann. Vielleicht sogar die Liebe finden – die richtige Liebe, die eine Zukunft hat, statt ein Rendezvous nach dem anderen mit all den Spielchen und Unsicherheiten ertragen zu müssen.

Ich wollte es zu einem Jahr der Veränderungen machen. Zu einem Jahr, in dem ich endlich herausfinde, was ich will. Was vermutlich der Grund dafür ist, warum mir aufgrund der Tatsache, dass ich gerade drauf und dran war, mich in meinem Zimmer zu verkriechen, um das Jahr in Gesellschaft eines starken Drinks einzuläuten, die Tränen kommen.

Jemand ruft:»Noch eine Minute!«

Braxton rückt näher.»Brauchst du jemanden, der dich heute Abend küsst, Ky?«

Ich lache unwillkürlich auf.»Wieso, willst du das etwa übernehmen?«

Er sieht mir tief in die Augen, und für einen Moment glaube ich glatt, dass er es ernst meint. Mein Lächeln verblasst, und mein Herz schlägt zu schnell.

»Da bist du ja«, säuselt Hope und legt die Hand auf Braxtons Arm.»Es ist gleich so weit.«

Mit einem schelmischen Funkeln in den Augen rückt er von mir ab. Natürlich war das nicht ernst gemeint. Ich stoße die Luft aus und merke erst jetzt, dass ich den Atem angehalten habe.

»Komm schon, Süßer«, fordert Hope ihn auf und versucht, ihn aus der Küche zu ziehen. Sie starrt mich mit zusammengekniffenen Augen an, aber kaum wendet Braxton sich ihr zu, werden ihre Gesichtszüge sanfter.

Die Partygäste beginnen den Countdown. »Zehn … neun … acht …«

Ich sehe Braxton hinterher, während Hope ihn mit sich zerrt. Er dreht sich zu ihr um und legt ihr einen Arm um die Taille, als sie zu ihm hochschaut und in Erwartung seines Kusses die Lippen spitzt. Die anderen Gäste finden sich ebenfalls zu Paaren zusammen. Auf der anderen Seite des Raums küssen sich Selene und Nathan längst leidenschaftlich.

»Sechs … fünf … vier …«

Ich will mir das auf keinen Fall ansehen. Den Becher fest umklammert laufe ich zu meinem Zimmer und schleiche mich hinein. Ich lehne mich gerade mit dem Rücken an die Tür, als ich höre: »Eins!«

Jubel. Lärm. Lachen und Gejohle. Braxton küsst garantiert gerade Hope, bevor er sie sich über die Schulter wirft und nach oben in sein Zimmer trägt. Wahrscheinlich komme ich morgen beim Frühstück wieder in den Genuss ihrer hasserfüllten Blicke. Vielleicht stehe ich einfach früh auf und gehe nach Hause, ehe Braxton und Selene aufwachen. Ich habe keine Lust, mich mit Leuten zu umgeben, die in der Nacht ihren Spaß hatten, während mir nur mein guter Freund namens Wodka Gesellschaft leistet.

Ich stelle den Drink auf dem Nachttisch ab und lasse mich aufs Bett fallen. So sehr ich mir wünsche, dass dieses Jahr besser wird als das letzte – dieser Anfang lässt eher vermuten, dass es haargenau so weitergehen wird wie bisher.

2
Braxton

Das Telefon vibriert in meiner Hand, und ich lächle, als ich sehe, dass die Nachricht von Kylie ist.

Du hast bestimmt schon was vor, aber falls nicht: Wie wäre es mit einem Date-freien Dinner zu dritt am Valentinstag? Bist du dabei?

Klingt perfekt. Vor ein paar Tagen habe ich mich von Hope getrennt, was sie alles andere als gut aufgenommen hat. Es war wohl nicht gerade nett von mir, so kurz vor dem Valentinstag mit ihr Schluss zu machen. Sie hat mich angeschrien, mir eine gescheuert und eine Menge Glasscherben zum Wegfegen hinterlassen, ehe sie endlich ging.

Hope hat echt Feuer, das hat mir anfangs sogar besonders an ihr gefallen. Jetzt habe ich mal die Kehrseite davon zu spüren bekommen. Jedenfalls wird sie auch ohne mich klarkommen. Sie ist brandheiß und hat ohnehin etwas Besseres als ein Arschloch wie mich verdient.

Ich antworte auf Kylies Nachricht und bemerke dabei, dass es eine ganze Weile her ist, seit ich mit ihr Nachrichten austauschen konnte, ohne das Telefon so zu halten, dass meine eifersüchtige Freundin nicht sehen kann, mit wem ich da schreibe.

Klar bin ich dabei, Baby Girl.

Es ist eine richtige Erleichterung, endlich wieder schamlos mit Kylie flirten zu können. Sie ist einer der Gründe, warum ich mit Hope Schluss gemacht habe, obwohl ich das keiner der beiden gegenüber zugeben würde. Ich wusste, dass Hope Kylie nicht leiden konnte. Sie dachte, sie könnte ihre mörderischen Blicke vor mir verbergen, aber ich bin nicht blind. Es ging mir tierisch auf die Nerven. Wenn eine Frau meine Freundschaft mit Kylie nicht verkraftet, muss sie eben verschwinden. Eine Weile habe ich Hopes Eifersucht ertragen, weil es auch einige überzeugende Argumente gab, die für sie sprachen, aber irgendwann reichten die nicht mehr aus.

Nicht dass ich ihr Vorwürfe mache. Es ist nicht leicht, mit einem Mann zusammen zu sein, der eng mit einer anderen Frau befreundet ist. Besonders, wenn es sich bei besagter Frau um Kylie handelt. Sie ist schlichtweg hinreißend. Kylie ist eine dieser Frauen, die keine Ahnung haben, wie schön sie sind, und das macht sie noch begehrenswerter. Sie ist im Vergleich zu mir und Selene eher klein, hat tintenschwarzes Haar und faszinierende blaugraue Augen, einen knackigen runden Hintern und prächtige Brüste.

O ja, ihr Hintern und ihre Brüste fallen mir durchaus auf. Natürlich. Ich bin schließlich ein Mann, okay?

Unter normalen Umständen ist mir der Valentinstag egal, aber die Aussicht darauf, ungestört von Freunden oder Dates mit meiner Schwester und Kylie abzuhängen, versetzt mich in glänzende Stimmung. Ich frage mich, warum Selene nicht mit diesem Nathan ausgeht, aber das werde ich spätestens heute Abend erfahren. Sie werden sich wohl kaum getrennt haben, denn davon hätte ich erfahren. Ich beschließe, beiden Blumen mitzubringen, denn darüber werden sie sich bestimmt freuen.

Ich treffe mich mit meinen Mädels in einem Thai-Restaurant in der Nähe meiner Wohnung. Schlendernd nähere ich mich ihrem Tisch, in den Händen zwei riesige, in weißes

Papier gewickelte Rosensträuße – rosa für Selene, rot für Ky. Selene sieht mich zuerst, und ihre Miene hellt sich sofort auf.

»Ladys«, begrüße ich die beiden mit breitem Grinsen und reiche ihnen die Blumen.

»Oh«, macht Selene und nimmt ihren Strauß entgegen, um daran zu riechen. »Du bist der Beste, großer Bruder.«

Wir sind Zwillinge, aber ich bin drei Minuten älter.

»Und die sind für dich.« Ich überreiche Kylie die roten Rosen.

Kylies Gesichtsausdruck ist sehr viel skeptischer als der meiner Schwester, als sie den Strauß in Empfang nimmt. »Was hat das zu bedeuten?«

»Na ja, es ist doch Valentinstag«, antworte ich. »Ich wollte nur sichergehen, dass meine Mädels auch Blumen bekommen.«

Sie sitzen auf derselben Seite des Tisches, also nehme ich ihnen gegenüber Platz.

»Wie kommt es, dass wir heute alle ohne Verabredung sind?«, erkundigt sich Kylie.

»Nathan ist aus beruflichen Gründen nicht in der Stadt«, erklärt Selene. »Zuerst war ich deswegen echt deprimiert, aber das hier ist eine prima Alternative.«

Kylie mustert mich wortlos. Sie fragt nicht, sondern wartet ab, bis ich ihr von allein mitteile, warum ich heute Abend nicht mit Hope ausgehe. So ist das bei uns. Wir reden nicht über unsere Beziehungen.

»Hope und ich haben uns getrennt«, erkläre ich achselzuckend.

»Das ist ja schade«, erwidert Selene.

Kylie zieht eine Augenbraue hoch. »Ist das dein Ernst?«

»Ach, komm schon, Ky«, meint Selene. »Hope war doch ganz in Ordnung.«

»Sie hat mich verabscheut«, gibt Kylie zurück.

Bei ihren Worten zieht sich mein Magen zusammen. Es ist ihr also aufgefallen. Verdammt, das ärgert mich. »Tja, jetzt ist es jedenfalls vorbei. Also können wir unser Singledasein heute gemeinsam feiern.«

»Nur zu, ihr zwei«, wirft Selene mit einem süffisanten Grinsen ein. »Ich bin momentan ein sehr glücklicher Nicht-Single.«

»Ich mag Nathan«, sagt Kylie. »Anfangs hielt ich ihn für arrogant, aber eigentlich ist er ganz witzig. Es freut mich sehr, dass es bei euch beiden so gut läuft.«

Selene lächelt, und mir geht das Herz auf. Es gibt für mich nichts Schöneres, als meine Schwester so glücklich zu sehen. Ich hoffe nur, Nathan vermasselt es nicht, sonst muss ich ihm die Nase brechen.

Die Kellnerin kommt mit unseren Bestellungen und stellt dampfende Teller vor uns ab.

»Knuspriges Knoblauchhähnchen mit sautiertem Basilikum, fünf Sterne«, erklärt Kylie und zeigt auf mein Gericht. »Ich habe für dich mitbestellt.«

»Danke, Ky.« Schon allein der Duft brennt mir in der Nase. Ich liebe thailändisches Essen, und in diesem Restaurant ist das knusprige Knoblauchhähnchen eins meiner Lieblingsgerichte. Kylie kennt mich gut.

Wir widmen uns den Speisen. Selene hat irgendein Gemüsegericht bestellt, das ganz okay aussieht, aber auf Kylies Teller liegt ein Hähnchengericht mit Kokoscurrysauce, das für mich hier gleich an zweiter Stelle kommt. Ich stibitze einen Happen von ihrem Teller – genau die richtige Mischung aus Schärfe und Geschmack.

»Der Koch hat heute nicht mit den Gewürzen gegeizt«, stelle ich fest.

Kylie nimmt eine Kostprobe von meinem Teller und brummt zustimmend.

»Na, dann erzähl uns doch mal von dem Kerl, den du unter Vertrag nehmen willst«, fordert mich Selene auf.

»Derek Marshall? Ach, der unterschreibt auf jeden Fall«, erwidere ich. Ich bin Personal Trainer und habe mich auf College-Athleten und Profis spezialisiert. Mein potenzieller Klient ist Receiver bei den Seahawks. In der letzten Saison wäre er beinahe verkauft worden, weshalb er sich jetzt verbessern will, und genau da komme ich ins Spiel.»Er weiß, dass ich der Beste bin. Sein Manager steigt ihm deswegen zwar aufs Dach, aber der wird sich schon beruhigen.«

»Was kümmert es seinen Manager, wer ihn außerhalb der Saison trainiert?«, hakt Selene nach.

»Was weiß ich«, antworte ich.»Vielleicht kriegt er Schmiergeld vom aktuellen Trainer und weiß, dass ich unbestechlich bin.«

Einen Seahawk als Klienten zu gewinnen, besonders einen so bekannten wie Derek Marshall, ist gut für mein Portfolio. Ich habe viele Klienten in anderen Profisportarten – vor allem Football und Baseball. Aber Football mag ich am liebsten, weshalb ich gern mehr Spieler trainieren würde. Früher wollte ich selbst als Footballspieler Karriere machen, aber mit achtzehn hatte ich einen Motorradunfall, und damit war der Traum ausgeträumt.

Kylies Handy pingt, und sie holt es aus der Handtasche. Ein leises Lächeln zeichnet sich auf ihrem Gesicht ab, als sie die Nachricht liest.

»Was ist?«, will Selene wissen.

»Erinnerst du dich an den Typen, mit dem ich vor ungefähr einer Woche ausgegangen bin?«, fragt sie.

»Du meinst den, der erst so toll war und sich dann nach dem ersten Date nicht mehr gemeldet hat?« Selene klingt so skeptisch, wie ich mich fühle. Wenn der Typ Kylie ignoriert, sollte sie ihn verdammt nochmal ebenfalls ignorieren.

»Ja, aber er schreibt, er hätte nicht anrufen können, weil er wegen eines familiären Notfalls nicht in der Stadt war«, erklärt Kylie und lächelt abermals. »Er hat sich entschuldigt und fragt, ob wir uns dieses Wochenende sehen können.«

Ich bemühe mich um einen neutralen Gesichtsausdruck. Meiner Meinung bindet der Typ ihr einen Bären auf, aber ich sage nichts. Familiärer Notfall, ja, klar.

»Und? Sagst du zu?«, will Selene wissen.

»Ja.« Kylie tippt bereits eine Antwort. »Wir haben uns gut amüsiert, und er war eindeutig fickbar. Ich möchte herausfinden, wohin das führt.«

Mein Rücken spannt sich wie von selbst an und ich lasse beinahe die Gabel fallen, als sie *fickbar* sagt. Ich hasse diesen Kerl jetzt schon. Auch wenn ich ihn nicht kenne, würde ich ihm am liebsten auf der Stelle die Fresse polieren.

Sie legt das Handy weg, und das Lächeln umspielt weiterhin ihre Lippen. »Großartig. Ich freue mich jetzt schon auf Freitag.«

»Hey, wenn ihr zwei zusammenkommt, könnten wir auf ein Triple-Date gehen«, schlägt Selene vor. »Vielleicht in ein paar Wochen?«

»Ein Triple-Date?«, wiederhole ich irritiert. »Und wer zum Henker soll Paar Nummer drei sein? Ich bin wieder Single, schon vergessen?«

»Ja, klar, Brax«, meint Selene schnaubend. »Als hättest du bis dahin nicht längst eine Neue.«

Ich zucke mit den Achseln. Da hat sie wohl recht.

Kylie und ich nehmen abwechselnd Bissen vom Teller des anderen. Als wir fertig sind, frage ich die beiden, ob sie noch auf einen Drink mitkommen wollen, aber sie müssen morgen früh raus, daher verabschieden wir uns vor dem Restaurant. Kylie ist mit dem Auto gekommen, und ich sehe ihr hinterher, bis sie eingestiegen ist.

Dann bekommt Selene einen Anruf von Nathan und winkt mir gedankenverloren zu, während sie davon schlendert. Ich würde sie nach Hause begleiten, aber sie wohnt nur wenige Blocks entfernt, und sie kann es nicht leiden, wenn ich so etwas mache. Ihrer Meinung nach bin ich überfürsorglich, aber das sehe ich anders. Sie ist meine Schwester. Wenn es um sie geht, gibt es für mich keine übertriebene Fürsorge.

Ich bin rastlos und will noch nicht nach Hause, also biege ich in eine Seitenstraße ab und betrete eine Bar. Kevin, der Barkeeper, kennt mich und nickt mir grüßend zu.

Sofort fällt mein Blick auf einige Frauen am anderen Ende des Raums. Ich würde einen Tausender darauf wetten, dass es sich bei der Gruppe um Mädels handelt, die mit dem Valentinstag nichts anfangen können. Single-Frauen, die einander ihre *Wir-brauchen-keine-Männer*-Attitüde unter die Nase reiben, indem sie an diesem idiotischen »Tag der Liebe« zusammen ausgehen.

Sie mögen sich ja einbilden, dass sie keine Männer brauchen, aber eine von ihnen wird mich nach Hause begleiten.

Ich setze mich an die Bar und bestelle ein Bier, wobei ich mich so positioniere, dass ich sie beobachten kann. Außerdem versuche ich gar nicht erst, meine prüfenden Blicke zu verbergen. Drei der vier sind heiß genug, um sie abzuschleppen, aber eine fällt mir besonders ins Auge. Lange Beine, glattes Haar, volle Lippen. Sie ist genau der Typ Frau, auf den ich normalerweise abfahre: groß, blond, schöne Brüste. Im Grunde genommen kann ich gar nicht anders. Man könnte glauben, sie entspräche meinem Typ, aber das stimmt eigentlich gar nicht. Sie entspricht nur dem Typ, für den ich mich normalerweise entscheide, um meine Gedanken von dem Typ abzulenken, den ich eigentlich will. Denn mein wahrer Typ – die Frau, die ich mehr als alle anderen begehre –, kann ich nicht haben. Sie ist meine beste Freundin, und sie war schon immer tabu.

Ich habe mich bereits als Teenager Hals über Kopf in Kylie verliebt. Eigentlich sogar noch früher, nur konnte ich meine Gefühle mit zehn, elf Jahren noch nicht einordnen. Ich wusste nur, dass ich mich jedes Mal sehr gefreut habe, wenn sie uns besuchen kam. Ich brachte in Erfahrung, wo meine Tante Cindy ihren Kalender aufbewahrte, und fand so heraus, wann die Termine mit unserem Familienanwalt Mr Winters anstanden. Wenn er vorbeikam, brachte er stets Kylie mit. Jedes Mal.

Und jedes Mal stellte ich mich oben auf die Treppe und wartete wie ein verdammter Welpe auf sie. Sobald sie durch die Tür kam, wurde die Welt ein wenig heller. Der Schmerz über den Verlust meiner Eltern war nicht mehr so groß, wenn sie in der Nähe war. Nur dann war ich wirklich glücklich.

Wir drei hingen auch als Teenager ständig zusammen, obwohl wir auf unterschiedliche Schulen gingen. Ich betrachtete ihren nach und nach weiblicher werdenden Körper mit großem Interesse und zunehmender Verwirrung darüber, was mit meinem eigenen geschah, wenn ich an sie dachte. Damals fing es an – ein echt beschissenes Timing. Eines Tages kam sie vorbei und nahm Selene beiseite, mit der sie aufgeregt flüsterte.

Kylie hatte einen Freund, der sie auf den Mund geküsst hatte. Mit Zunge. Ich tat so, als würde es mir nichts ausmachen, als würde mich diese Information nicht innerlich wie ein verdammtes Metzgerbeil zerhacken. Als ich dann noch einen Witz über den Penis ihres neuen Freundes machte, war sie wochenlang sauer auf mich. Danach verlor ich nie wieder ein Wort über ihre Freunde.

Beziehungen kamen und gingen bei uns beiden. Ich fing was mit Mädchen an, doch keine von ihnen war Kylie, daher hielten die Beziehungen nie lange. Mein Ruf als Schürzenjäger war schnell etabliert, und ich nahm ihn in Kauf. Wieso auch nicht? Er war Teil der Fassade, der Maske, die ich trage, um den beiden Frauen in meinem Leben der Mann zu sein, den sie brauchen. Selene braucht den starken Bruder, ihren Fels in der Brandung, ihren Beschützer, und so spiele ich meine Rolle. Kylie braucht mich als Freund, also bin ich genau das für sie. Und wenn das alles ist, was ich je in ihren Augen sein werde, nehme ich es hin, denn ich weiß, dass ich ein verdammter Glückspilz bin. Denn nur mit ihr befreundet zu sein, ist immer noch besser, als sie gar nicht in meinem Leben zu haben.

Jedenfalls sage ich mir das immer.

Aber je mehr Zeit vergeht, desto schwieriger wird es, meine Gefühle für sie zu verbergen. Ich genieße jede Sekunde, die ich mit ihr verbringe, gleichzeitig grenzt es jedoch an Folter. Ich habe sie mit Arschlöchern ausgehen sehen, die sie nicht wertschätzen, und anderen, die es immerhin ansatzweise tun – und Letztere jagen mir eine Heidenangst ein. Wir gehen beide auf die Dreißig zu, und eines Tages wird sie einem Mann begegnen, der ihr Herz erobert und sie mir für immer wegnimmt.

Und ich habe keine Ahnung, was ich dagegen tun soll.

Ich mische mich nicht in ihre Beziehungen ein. Eine einzige Nachricht eines Typen, der sie um ein Date bittet, so wie heute beim Abendessen, reicht aus, um mich zurück hinter meine Schutzmauer zu drängen. Dort lebe ich und verberge den Mann, der ich wirklich bin, vor dem Rest der Welt. Meine Mauer ist hoch und meterdick und besteht aus hartem Stein und schmerzlichem Verlust. Ich bin der Mann, den meine beiden Mädels brauchen. Nichts weiter.

Daher suche ich stattdessen auf andere Weise nach Glück – oder zumindest etwas, das dem nahe kommt – und finde meist nichts als bedeutungslosen Sex, nach dem ich mich jedes Mal mies fühle. Auch darüber rede ich nicht mit den beiden. Sie sehen nur, was ich sie sehen lasse: den großen, selbstbewussten Arsch, der jede Frau mit einem Blick um den Finger wickelt. Dieser Kerl bin ich zwar auch, denn er ist weder gespielt noch Fassade, aber er macht längst nicht mein ganzes Wesen aus.

An diesem Abend überlasse ich ihm nur zu gern die Führung, um den Schmerz in meiner Brust erträglicher zu machen.

Ich nehme einen langen Zug aus der Flasche und widme meine Aufmerksamkeit erneut der Blondine am Tisch. Unsere Blicke treffen sich, und ich lächele verhalten. Nur ein Zucken der Mundwinkel. Sie senkt eilig den Kopf, als würde sie die Schüchterne spielen.

Die meisten Männer würden ihr an dieser Stelle einen Drink bringen lassen, aber solche Spielchen sind nicht mein Stil. Ich suche lieber mehrmals den Blickkontakt und zeige ihr auf diese Weise, dass ich Interesse habe. Wenn sie auf mich zukommt, umso besser – ich mag selbstbewusste Frauen. Andernfalls gehe ich einfach zu ihr und gebe ihr zu verstehen, was ich will.

Ich bekomme selten einen Korb.

Wieder blicke ich zum Tisch hinüber. Jetzt sehen sie mich alle an, aber ich konzentriere mich auf die Blondine und halte ihren Blick einige Sekunden lang fest. Die anderen kichern und flüstern hinter vorgehaltenen Händen.

Ich trinke einen weiteren Schluck. Es wird Zeit, die Show zu beenden.

»Guten Abend, die Damen«, sage ich, als ich mich dem Tisch nähere, und reiche der Blondine die Hand. Sie ergreift sie, und ich beuge mich hinunter, um die Lippen auf ihre Finger zu pressen. »Braxton Taylor. Und du bist?«

Sie starrt mich mit offenem Mund an. Okay, jetzt habe ich sie am Haken. Ich sehe das Ja schon in ihren Augen.

»Jessica«, sagt sie.

Ich lasse ihre Hand nicht los. »Freut mich, dich kennenzulernen, Jessica.«

Ihre Freundinnen starren mich genauso unverhohlen an wie sie.

»Ganz meinerseits«, haucht Jessica.

Ich zögere eine halbe Sekunde und überlege, ob ich sie zur Bar bitten soll, um sie dem Einfluss ihrer Freundinnen zu entziehen, oder einfach darauf pfeife und ihr gleich hier meinen Vorschlag unterbreite. Spontan entscheide ich mich für die Alles-oder-nichts-Variante.

»Ich habe mich etwas gefragt, Jessica«, fahre ich fort.

»Was denn?« Ihre Stimme hat sie zwar wieder, aber sie starrt mich immer noch an.

»Möchtest du mich jetzt nach Hause begleiten?«

Eine ihrer Freundinnen keucht erschrocken auf und schlägt sich die flache Hand vor den Mund. Eine andere ruft: »Jessica!«

Sie sieht mir einen langen Moment in die Augen, doch ich zucke nicht mal mit der Wimper und gebe ihr mit dem Blick und der Wärme meiner Hand auf ihrer zu verstehen, dass es mir ernst ist.

Langsam steht sie auf.

»Du kannst nicht einfach mit ihm abhauen, Jessica«, warnt eine Freundin.

Sie wendet den Blick nicht von mir ab. »Und ob ich das kann.«

»Komm schon, das machst du doch nur wegen Jordan.«

Aha, jetzt verstehe ich. Sie sind heute Abend hier, um ihre Freundin zu trösten, die kürzlich Single geworden ist. Das ist perfekt. Es geht doch nichts über Rachesex.

Ich komme ihr so nahe, dass meine Lippen ihr Ohr berühren. »Nach heute Nacht ist Jordan Geschichte«, raune ich mit tiefer Stimme.

Ihre Hand zuckt, und sie kräuselt die Lippen zu einem leisen Lächeln.

»Keine Sorge, Ladys, ich kümmere mich gut um sie«, versichere ich den anderen.

»Grundgütiger«, flüstert eine von ihnen.

Ich reiche Jessica den Arm, und sie hakt sich unter. Dann führe ich sie nach draußen und auf der Straße in Richtung meiner Wohnung.

Mir ist nur zu gut bewusst, was ich hier tue. Ich habe nicht vor, Jessica nach ihrer Telefonnummer zu fragen oder ihre Lückenbüßerbeziehung nach Jordan zu sein, wer auch immer der Kerl ist. Vielmehr werde ich ihr eine Nacht schenken, die sie nie mehr vergisst, und sie wird mir dabei helfen, das Loch in meiner Brust zu stopfen – wenn auch nur für diese eine Nacht.

3
Kylie

Ich muss dreimal um den verdammten Block fahren, bis ich endlich einen Parkplatz finde. Mir ist schleierhaft, warum die Straßen um Selenes Haus so verstopft sind, und es geht mir tierisch auf die Nerven. Ich habe sie seit Wochen nicht gesehen, aber vor zwanzig Minuten hat sie mir eine Nachricht geschrieben, die unser Notfallsignal und die Aufforderung enthielt, sofort bei ihr vorbeizukommen. Da ich ohnehin gerade auf dem Heimweg war, bin ich stattdessen hergekommen.

Zwei Blocks weiter finde ich endlich einen freien Parkplatz und stelle meinen kleinen Honda Civic ab. Ich muss einen kurzen Anstieg zu ihrem Haus bewältigen, was in Stöckelschuhen ziemlich anstrengend ist. Als ich die Tür erreiche, klopfe ich nicht an, sondern benutze meinen Schlüssel.

»Selene«, rufe ich beim Eintreten. »Wo steckst du?«

Ihre dumpfe Antwort hallt von der anderen Seite des Hauses an mein Ohr. »Couch.«

Sie hat sich in einer Ecke des L-förmigen Sofas in eine dicke blaue Decke gekuschelt. Ihre Augen sind blutunterlaufen und die Wangen tränennass.

»Was ist denn los?« Ich lasse mich neben ihr auf die Couch sinken, und sie legt den Kopf in meinen Schoß.

Sie schnieft. »Nathan ...« Sofort unterbricht sie sich und schluchzt herzzerreißend.

Ich fahre ihr mit den Fingern durchs Haar und gebe beruhigende Geräusche von mir. »Ach, Süße. Schon okay. Erzähl mir einfach alles, wenn du bereit dazu bist.«

Innerlich koche ich vor Wut. Was zum Teufel hat Nathan ihr angetan? Sie schienen doch so glücklich zu sein.

Selene richtet sich auf und reibt sich die Augen. Selbst total verheult ist diese Frau bildschön. Sie holt tief Luft. »Du weißt ja, dass Nathan für seinen Job viel durch die Gegend reisen muss.«

»Ja.«

Noch ein Atemzug, diesmal zittriger. »Tja, wie sich herausgestellt hat, war er auf seinen Reisen nie allein.«

»Was?«

»Er hat in jeder Stadt, die er besucht, eine andere. Reisemätressen, könnte man wohl sagen.«

»O Mann, Selene«, hauche ich fassungslos. »Was für ein Riesenarschloch.«

»Ich weiß.«

»Wie hast du es herausgefunden?«

»Anfang der Woche war er wieder unterwegs und hat mir eine komische Nachricht geschickt«, berichtet sie. »Dass er mich in der Lobby treffen will. Kaum hatte ich sie gelesen, wusste ich, dass die Nachricht gar nicht für mich bestimmt war. Aber ich war so mit der Arbeit beschäftigt und habe die nächsten paar Tage nicht mehr daran gedacht. Als er dann heute zurück war, bin ich zu ihm gefahren und habe ihn zur Rede gestellt.«

»Was hat er gesagt?«

Selene zieht die Decke fester um sich. »Er hat halbherzig versucht, es abzustreiten, allerdings wenig überzeugend. Zuerst hat er behauptet, die Nachricht wäre für einen Kollegen bestimmt gewesen, aber ich habe gemerkt, dass er lügt. Als ich dann sein

Handy sehen wollte, ist er richtig wütend geworden. Er hat mich angebrüllt, Ky. Er meinte, ich sei paranoid, und wenn ich ihm nicht vertraue, sollten wir vielleicht nicht zusammen sein. Ich habe dagegengehalten und gesagt, wenn er mir als Vertrauensbeweis sein Handy zeigt, würde mir das völlig ausreichen. Er wollte es weglegen, aber ich habe es ihm weggenommen. Eine Sekunde lang dachte ich, er holt es sich zurück, aber er hat sich nur auf einen Stuhl fallen lassen und das Gesicht in den Händen vergraben.«

»Du hast ihn eiskalt erwischt«, werfe ich ein.

»Genau«, gibt sie zurück. »Er hatte unzählige Telefonnummern, Fotos und Nachrichten gespeichert. Verdammt, Ky, er hat ihnen sogar versaute Nachrichten geschickt, wenn er mit mir zusammen war.«

»O mein Gott«, erwidere ich. »Was hast du gemacht?«

»Ich hab sein Handy zertrümmert.« Ein leises Lächeln umspielt ihre Lippen.

»Gut gemacht. Du hättest ihm auch gleich noch das Gesicht zerkratzen sollen.«

Ich lege die Arme um ihre Schultern und ziehe sie zu mir herüber. Eng aneinander gekuschelt liegen wir auf der Couch, während Selene noch ein paarmal schnieft.

»Das tut mir so leid«, murmele ich. »Was machen wir als Nächstes? Schlecht über ihn reden?«

»O ja, auf jeden Fall.«

»Scheiß auf ihn«, erkläre ich. »Dieser dreckige Scheißkerl. Soll er doch krepieren. Ich hoffe, eine seiner Schlampen steckt ihn mit irgendwas an.«

Selene lacht leise auf. Dann sitzen wir eine Weile schweigend da.

»Was kann ich für dich tun, Süße?«, erkundige ich mich.

»Hast du Hunger?«

»Nein«, gibt sie zurück.

»Wodka?«

»Scheiße, ja.«

»Alles klar.« Ich drücke sie kurz, und sie rückt zur Seite, damit ich aufstehen kann.

Wir sprechen dem Wodka ordentlich zu. Es ist ein normaler Wochentag, und morgen werde ich teuer dafür bezahlen, aber das hier ist meine Pflicht und die kann ich doch nicht einfach schleifen lassen, oder?

Nach wer weiß wie vielen Drinks sitzen Selene und ich immer noch auf der Couch – obwohl sitzen wahrscheinlich nicht das richtige Wort ist. Selene liegt nur in T-Shirt und Unterwäsche ausgestreckt auf einer Seite. Wann sie die Hose ausgezogen hat, weiß ich nicht mehr. Ich blicke an mir herab und stelle fest, dass mein Rock ebenfalls nicht mehr da ist. Außerdem trage ich eins von Braxtons alten T-Shirts. Irgendetwas daran kommt mir plötzlich urkomisch vor.

»Wann haben wir uns umgezogen, Selene?«, will ich wissen. Es ist nicht einfach, die Worte überhaupt über die Lippen zu bekommen, weil ich so lachen muss.

»Du wolltest deine Arbeitsklamotten loswerden«, antwortet sie. An ihren halb geschlossenen Augen erkenne ich, dass sie ziemlich betrunken ist, aber sie lallt kein bisschen. »Ich hab dir irgendein T-Shirt gegeben.«

Ich nehme einen rätselhaften Geruch wahr und sehe mich schnüffelnd um. »Was riecht hier so?«

»Der Wodka?«, schlägt Selene vor.

»Nein, das ist irgendwas anderes.« Ich halte mir den Kragen

an die Nase. O mein Gott. Es ist Braxton. »Das T-Shirt riecht nach ihm.«

»Igitt.«

»Nein, es riecht toll«, sage ich und atme noch einmal tief ein.

»Großer Gott, Ky, mein Bruder riecht doch nicht toll.« Irgendetwas an ihrem Tonfall setzt meiner Schwärmerei ein jähes Ende, und ich lasse den Kragen los.

»Okay, mein Liebesleben ist scheiße«, fasst Selene zusammen. Ich bin ihr dankbar für den Themenwechsel. »Wie sieht's bei dir aus? Was ist aus Wie-hieß-er-doch-gleich geworden? Dem Typen, der nicht in der Stadt war.«

Ich seufze schwer. »Er hat mich wieder abserviert.«

»Ist nicht dein Ernst.«

»Doch. Wir waren noch einmal aus, am Wochenende nach dem Valentinstag. Es war schön, hat aber zu nichts geführt, wenn du verstehst, was ich meine. Und danach – nichts. Er meinte, er würde sich melden, hat es aber nicht getan. Eine Woche später habe ich ihm geschrieben und gefragt, was los ist, aber keine Antwort bekommen. Ein paar Tage später kam er dann mit einem angeblichen Notfall auf der Arbeit um die Ecke. Es täte ihm sehr leid, ob wir uns treffen könnten, bla, bla, bla. Ich habe keine Ahnung, was er für ein Spielchen spielt, aber ich mach da nicht mit. Darum habe ich ihm gesagt, er kann mich mal kreuzweise.«

»Richtig so«, meint Selene. »Scheiß auf ihn. Was ist nur mit den Männern los?«

»Welchen Männern?«

Wir drehen uns um, als wir Braxtons Stimme hören. Ich habe ihn gar nicht hereinkommen hören.

»Den Arschlöchern«, antwortet Selene.

Er sieht aus, als würde er den Anblick vor sich in sich aufnehmen. Dann fällt sein Blick auf mich, und ein Lächeln breitet sich auf seinen Lippen aus. Ich blicke an mir herab, und mir wird schlagartig bewusst, dass ich nicht nur sein T-Shirt trage, sondern auch keine Hose. Eilig schnappe ich mir Selenes Decke und ziehe sie mir über den Schoß.

»Was ist passiert?«, will er wissen.

»Nathan hat einen ganzen Haufen Reisehuren«, kläre ich ihn auf.

Der plötzliche Zorn in Braxtons Gesicht jagt mir Angst ein.

»Er hat was?«

Selene erklärt ihm, was sie über Nathan herausgefunden hat, und ich beobachte, wie Braxton während ihres Berichts wiederholt die Fäuste ballt.

»Ist schon okay, Braxton«, meint Selene, als sie fertig ist. »Tu ihm bitte nichts.«

»Verdammt nochmal«, flucht Braxton und sieht weg. Seine ausladende Brust hebt und senkt sich schnell. »Himmel, ich würde den Kerl am liebsten umbringen.«

»Du musst niemanden umbringen«, beschwichtigt Selene ihn. »Setz dich lieber zu uns und trink was.«

Er reibt sich das stoppelige Kinn, und ich sehe, wie sich seine Nackenmuskeln anspannen.

»Komm schon, Brax, bitte?«, fleht Selene. »Ich habe sein Handy zerschmettert und ihm eine Menge Schimpfwörter an den Kopf geworfen.«

»Sieh es doch mal so«, werfe ich ein. »Er leidet jetzt, weil er weiß, dass er den Rest seines wertlosen Lebens ohne Selene verbringen muss.«

»Danke, Süße«, sagt Selene.

Braxtons Miene entspannt sich. Ich lasse mich in die Kissen sinken, weil mir plötzlich schwindlig ist. Den letzten Drink hätte ich wohl lieber weglassen sollen.

Dann setzt sich Braxton zwischen mich und Selene und schnappt sich meine Beine, um sie sich auf den Schoß zu legen. »Scheißmänner«, knurrt Selene. »Nathan ist ein Riesenarschloch, und Kys Typ hat sie wieder versetzt.«

»Männer sind nun mal Arschlöcher, und das wisst ihr doch, oder nicht?«, fragt Braxton.

Er greift sich einen meiner Füße und fängt an, mit den Daumen die Sohle zu massieren. Mir fallen die Augen zu, und ich muss mich zusammenreißen, um nicht aufzustöhnen. Das fühlt sich so gut an.

»Du bist kein Arschloch, Brax«, widerspricht Selene mit schläfriger Stimme.

»Doch, bin ich«, erklärt er bestimmt. »Ich bin sogar eins der größten.«

Ich schlage die Augen auf. Er sieht mich an. Seine Hände fühlen sich gut auf meinen nackten Füßen an, und ich will nicht, dass er aufhört. Aufgrund des Wodkas fällt es mir schwer, die Augen offen zu halten.

Eine Weile sitzen wir schweigend da. Ich nicke immer wieder ein, obwohl ich versuche, wach zu bleiben, aber diesen Kampf werde ich wohl verlieren.

Braxton drückt meinen Fuß. »Ihr zwei solltet schlafen gehen.«

Ich zwinge mich, ihn anzusehen. Selene ist so weggetreten, dass sie durch den Mund atmet.

»Warte hier«, murmelt Braxton. »Ich trage sie rauf und komme dann wieder zu dir.«

Ich muss kichern. »Trägst du mich dann auch hoch?«

»Dein Zimmer ist hier unten«, ruft er mir in Erinnerung. Wieder fallen mir die Augen zu. Ich bin so müde. »Du riechst gut. Deine Bettwäsche riecht bestimmt nach dir.«

Braxton erhebt sich abrupt, und meine Beine fallen auf die Couch. Ich beuge die Knie und stecke die Füße unter die Decke. Wer braucht schon ein Bett? Ich werde einfach hier schlafen.

Im nächsten Moment schiebt Braxton die Hände unter mich und reißt mich aus einem lebhaften Traum.

»Wo? Was?«

»Sch«, macht Braxton mit kehliger, tiefer Stimme. »Ich bringe dich ins Bett.«

Ich schlinge ihm die Arme um den Hals und lege den Kopf an seine Brust. Er trägt mich durchs Wohnzimmer, an der Küche vorbei und in mein Zimmer. Seine Brust ist hart, genau wie seine stählernen Arme. Meine Augen wollen nicht offenbleiben, aber ein Teil von mir würde so gern aufwachen. Um Braxton zu sehen, wie er mich so festhält. Um zu fühlen, was hier geschieht.

Ich spüre die Matratze unter mir, als er mich ablegt. Er deckt mich zu, und eine Sekunde später ist das Licht aus. Alles verschwimmt in einem Meer aus Wodka.

»Gute Nacht, Brax«, murmele ich, ohne die Augen zu öffnen.

»Gute Nacht, Baby Girl«, erwidert er.

Da fällt mir etwas ein, das er vorhin gesagt hat. »Brax?«

»Ja?«

»Du bist kein Arschloch«, stelle ich fest. »Du bist der einzige Mann, der keins ist.«

Er antwortet nicht, und ich merke, wie ich unter der weichen Decke ins Traumland abdrifte.

»Doch, Ky.« Seine Stimme erschreckt mich. »Das bin ich wirklich.«

Die Tür schließt sich, und ich frage mich, wieso er das sagt … und wünsche mir, er wäre bei mir geblieben.

4
Braxton

Ich nehme ein Handtuch und wische mir den Schweiß von der Stirn. Aus den Lautsprechern dröhnt AC/DC. Es ist sechs Uhr früh, aber mein Studio liegt in einem Industriegebiet, daher muss ich mir keine Sorgen machen, ich könnte irgendwelche Nachbarn stören. Ich komme nicht immer so früh her, aber heute habe ich meinen ersten Kundentermin um sieben, und danach bin ich bis zum Nachmittag ausgebucht. Aus diesem Grund musste ich mein Workout früher als sonst über die Bühne bringen.

Meine Beinmuskeln brennen von den Kniebeugen, die ich gerade gemacht habe. Ich gehe ein wenig hin und her, um sie vor dem nächsten Set zu lockern. Mir ist warm, also ziehe ich das T-Shirt aus und werfe es auf den Boden. Es fühlt sich gut an, mich ein bisschen abzureagieren. Der Sport war schon immer ein fester Bestandteil meines Lebens. Es spielt keine Rolle, was sonst um mich herum passiert − wenn ich nicht gerade verletzt oder krank bin, gehe ich ins Fitnessstudio. Manchmal selbst dann.

Der Schweiß rinnt mir über Brust und Rücken, aber mein Kopf fühlt sich frei an, als ich ein weiteres Set beginne. Es gleicht einer Extraportion Sauerstoff. Ich beende mein Workout, schnappe mir die Wasserflasche und gehe unter die Dusche, ehe mein erster Kunde auftaucht. Außerdem will

Derek Marshall irgendwann vorbeikommen, um sich hier noch einmal in Ruhe umzusehen. Wenn der Kerl sich weiter so aufspielt, schicke ich ihn zum Teufel. Er wird schon nicht der letzte Footballspieler sein, den ich an Land ziehe. Aber so ist das eben, wenn man Profis trainiert: Sie unterschreiben Verträge, an denen immense Summen hängen, und alle behandeln sie wie gottverdammte Goldjungen.

Alle außer mir. Meine Kunden bezahlen mich für Ergebnisse, und die liefere ich – aber sie müssen bereit sein, dafür zu arbeiten. Die meisten tun das auch. Leistungen kommen schließlich nicht vom Herumsitzen. Deshalb dulde ich auch keine dummen Ausreden – Gejammer, Zuspätkommen oder Absagen. Wer in seiner Karriere weiterkommen will, kann gern meine Dienste in Anspruch nehmen, aber ich vergeude meine Zeit nicht mit Diven, die nicht bereit sind, sich im Fitnessstudio den Arsch aufzureißen.

Ob ich dadurch Kunden verliere? Klar, andauernd. Aber mein Ruf ist gut genug, dass ich keine Klinken putzen muss. Ich habe kein Problem, meinen Terminplan zu füllen. Wenn Derek Marshall also das Weichei rauskehren will und lieber einen Trainer anheuert, der ihn verhätschelt, kann er das gern tun.

Der erste Teil meines Tages geht schnell vorbei. Ich habe einen Termin nach dem anderen und schiebe eine Mittagspause ein, ehe am Nachmittag zwei weitere Kunden auf mich warten. Derek Marshall taucht tatsächlich auf, diesmal zur Abwechslung ohne Manager. Wenn ihn sein Gefolge nicht umschwirrt, ist er gar kein übler Kerl. Er unterschreibt den Trainingsvertrag, und ich gebe ihm Termine für die kommende Woche.

Als das getan ist, gehe ich nach Hause, um noch einmal zu duschen, denn ich bin völlig verschwitzt. Danach ziehe ich mir eine Jeans und ein dunkelgraues Hemd an. Heute ist der 15. März, was bedeutet, dass ich noch etwas vorhabe.

Ich parke vor der Einrichtung für betreutes Wohnen. Das ist eine schöne Anlage – völlig anders als die, in denen es nur nach Tod und Bleichmittel riecht. Kylies Vater lebt hier seit einem Jahr. Er ist erst Mitte sechzig, aber eine Kombination aus rheumatoider Arthritis und Gicht haben seinen Körper geschwächt. Er ist an den Rollstuhl gefesselt und hat Schwierigkeiten, die Hände zu benutzen, weshalb er nicht mehr allein leben kann. Kylies Eltern sind seit Jahren geschieden, darum war das betreute Wohnen die beste Option. Ich habe für eine Unterbringung gesorgt, in der man sich wirklich um ihn kümmert und in der er nicht ständig das Gefühl hat, den Rest seines Lebens im Krankenhaus verbringen zu müssen. Diese Einrichtung war die beste Wahl.

Chelsea am Empfangstresen begrüßt mich, als ich mich eintrage. Die meisten Mitarbeiter kennen mich. Ich versuche, Mr Winters einmal die Woche zu besuchen, aber das klappt nicht immer, weil ich oft zu viel zu tun habe. Aber heute ist sein Geburtstag, und den verpasse ich nie.

Ich nehme den Fahrstuhl bis ganz oben. Er kommt nicht oft vor die Tür, darum habe ich dafür gesorgt, dass seine Wohnung wenigstens eine tolle Aussicht bietet. Ich klopfe an, und er lässt mich herein.

»Hallo, Mr Winters«, begrüße ich ihn. Er hat mir schon zigmal gesagt, dass ich ihn Henry nennen soll, aber das will ich nicht. Irgendwie fühlt es sich nicht richtig an.

»Braxton«, sagt er lächelnd. Er sitzt in seinem Rollstuhl vor dem Wohnzimmerfenster. Mit offensichtlicher Mühe hebt er einen Finger, um eine Taste auf der Fernbedienung zu betätigen, die am Stuhl befestigt ist. Der Fernseher geht aus.

Ich ziehe eine Flasche Jameson unter der Jacke hervor und halte sie hoch, damit er sie sehen kann. Sie ist nichts Besonderes, aber ich schenke ihm jedes Jahr eine. »Soll ich was einschenken?«

»Nur wenn du einen mit mir trinkst«, antwortet er.

»Dazu sage ich nicht Nein.«

Ich betrete die kleine Küche, nehme zwei Gläser aus dem Schrank und gieße uns etwas ein. In sein Glas stecke ich einen Strohhalm. Es sieht ein wenig seltsam aus, als wäre im Glas Apfelsaft und kein Whiskey, aber das Trinken fällt ihm leichter, wenn er das Glas nicht festhalten muss.

Er lenkt den Stuhl zum kleinen Tisch auf der anderen Seite des Zimmers. Seine Hände sind verkrümmt wie Klauen, und ich sehe den Schmerz in seinem Gesicht, während er die Tasten an seinem motorisierten Stuhl bedient. Dieser Anblick macht mir jedes Mal schwer zu schaffen.

Als er in Position ist, setze ich mich neben ihn und stelle den Drink auf sein Tablett. »Happy Birthday«, sage ich und hebe mein Glas.

Er nickt mir zu und nimmt einen Schluck durch den Strohhalm. »Genau genommen dürfte ich den gar nicht trinken.«

Ich nippe ebenfalls an meinem Whiskey. »Deshalb habe ich die Flasche auch unter der Jacke versteckt. Wenn Sie nichts verraten, tu ich's auch nicht.«

»Guter Mann.«

Mr Winters ist nicht mein Vater, und er hat auch nie versucht, meinen Dad zu ersetzen. Aber auf seine Art hat er diese Rolle in meiner Jugend oft genug übernommen. Die meisten

Jungen brauchen einen Mann, der ihnen Paroli bietet, wenn ihnen die ersten Haare am Sack wachsen und sie sich für tolle Hechte halten. Genau das hat Henry Winters für mich getan. Ich halte mich zwar trotzdem für einen tollen Hecht, aber inzwischen habe ich wenigstens Erfolge vorzuweisen, die diese Sichtweise untermauern.

»Wie fühlen Sie sich heute?«, frage ich.

»Wie immer«, gibt er zurück. »Was momentan eine gute Nachricht ist. Wie läuft's bei der Arbeit?«

»Sehr gut«, antworte ich. »Ich habe heute Derek Marshall unter Vertrag genommen.«

»Gut.« Er nickt langsam. »Der Mann hat die richtige Wahl getroffen.«

»Mal sehen, ob er immer noch so denkt, wenn ich nächste Woche anfange, ihm in den Arsch zu treten.«

»Tritt aber nicht zu heftig«, rät er mir. »Wir brauchen ihn in der nächsten Saison.«

Ich schmunzle, weil ich ganz genau weiß, dass er es nicht ernst meint. »In der nächsten Saison wird er es allen anderen zeigen, warten Sie es nur ab.«

»Das ist gut«, sagt er. »Ich erwarte, dass er für uns den Super Bowl gewinnt.«

»Das ist das Ziel«, bestätige ich.

Wir unterhalten uns eine Weile über Sport. So halten wir es eigentlich immer. Wenn ich ihn besuche, verbringen wir die Hälfte der Zeit damit, irgendein Spiel zu schauen. Sein schwächer werdender Körper macht ihm zu schaffen, und ich habe den Eindruck, dass er ziemlich einsam ist. Ich versuche, ihn aufzumuntern, indem ich so tue, als säßen wir im Wohnzimmer seines alten Hauses.

Er nimmt den letzten Schluck. »Du solltest die Gläser abwaschen und wegräumen, bevor die Schwester vorbeikommt«, sagt er.

»Kein Problem.« Ich leere mein Glas. »Soll ich die Flasche mitnehmen und nächste Woche wieder mitbringen?«

»Nein, ich kann sie im Schrank aufbewahren«, antwortet er. »Aber die Schwestern werfen mir weniger strafende Blicke zu, wenn ich die Flasche nicht offen herumstehen lasse.«

Ich schnappe mir die Gläser und beseitige sämtliche Spuren. »War Kylie schon da?«, frage ich, als ich aus der Küche zurück bin.

»Ja, zum Mittagessen«, bestätigt er. »Sie hat mir einen Kuchen mitgebracht.«

»Das überrascht mich nicht.«

Seine Miene wird kurz ernst. »Wie geht es ihr?«

»Haben Sie nicht gerade gesagt, Sie hätten sie vorhin gesehen?«, hake ich nach.

»Schon«, meint er, »aber ich bin mir nie sicher, ob sie es auch wirklich ernst meint, wenn sie sagt, dass es ihr gut geht. Ich mache mir Sorgen um meine Kleine.«

Ich lächle ihn an. »Ja, ich glaube, es geht ihr gut. Als wir uns das letzte Mal gesehen habe, machte sie jedenfalls den Eindruck.« Ich erwähne lieber nicht, dass ich sie bei unserem letzten Treffen halb bewusstlos und geradezu lächerlich sexy in meinem T-Shirt auf Selenes Sofa liegend vorgefunden habe. Zwar hatten die beiden einen guten Grund, sich zu betrinken, aber das muss ihr Vater nicht unbedingt erfahren.

»Hat sie jemanden?«, will er wissen.

Ich zucke mit den Achseln und versuche, meinen Gesichtsausdruck neutral zu halten. Allerdings wünsche ich mir, sie würde ihrem Dad sagen, was in ihrem Leben so vor sich geht, denn es ist mir höllisch unangenehm, ihr Liebesleben mit ihm zu erörtern. »Nicht dass ich wüsste.«

Er sitzt lange schweigend da und starrt ins Leere. »Ich hoffe, sie findet bald jemanden, der es ernst mit ihr meint.«

Überrascht starre ich ihn an und weiß nicht, was ich sagen soll.

»Eine Tochter zu haben, ist ganz schön beängstigend«, erklärt er mit ruhiger Stimme. »Erst machst du dir Sorgen, dass sie sich mit dem Falschen einlässt, und wenn sie älter wird, hoffst du, dass sie endlich den Richtigen findet.« Er sieht mir in die Augen. »Ich muss mit der Gewissheit leben, dass ich meine Kleine nicht zum Altar führen kann. Momentan bin ich mir ja nicht einmal sicher, ob ich überhaupt noch lange genug da sein werde, um sie wenigstens rollend zum Altar zu geleiten.«

Verdammte Scheiße. Ich lasse einen Atemzug entweichen, um den Druck auf der Brust loszuwerden. »Das werden Sie schon noch können.«

»Entschuldige, Braxton.« Er schüttelt den Kopf. »Was ist mit dir? Hast du jemanden gefunden?«

»Nicht wirklich.« Die Sache mit Jessica lief ein wenig länger als geplant. Wir haben uns über mehrere Wochen hin und wieder getroffen, obwohl der Sex nicht einmal besonders gut war. Eigentlich ist er nie so, wie ich ihn mir vorstelle. Unsere Affäre führte zu nichts, und ausnahmsweise war ich nicht derjenige, der die Sache beendet hat. Es war eine Erleichterung, als sie das Thema zur Sprache brachte, weil ich zur Abwechslung mal nicht das Arschloch war. Wenigstens eine Frau hat mein Leben wieder verlassen, ohne mich zu hassen.

»Hoffentlich findest du auch eines Tages die Richtige«, sagt Mr Winters. »Ich wünsche mir, dass du glücklich bist.«

Ich lache gekünstelt, um zu verbergen, dass es mir die Kehle zuschnürt. Meine Gefühle für Kylie habe ich nie offen zugegeben – schon gar nicht ihm gegenüber.

»Mein Wunsch ist, dass ihr alle drei glücklich seid«, fährt er fort. »Du und Selene, ihr seid meine Familie, genau wie Kylie. Ich möchte, dass du das weißt.«

»Das weiß ich.«

»Manchmal habe ich das Gefühl, ich hätte mehr für dich und deine Schwester tun müssen«, ergänzt er. »Ich hätte mehr für euch da sein können.«

»Ich weiß wirklich nicht, woher all das plötzlich kommt«, werfe ich ein, »aber Ihre Gewissensbisse sind unnötig. Selene und ich hatten ein beschissenes Blatt auf der Hand, aber wir haben es überstanden. Wir sind beide halbwegs gesunde Erwachsene geworden, und wir hatten ja Tante Cindy, die sich um uns gekümmert hat. Und Sie waren öfter da, als Sie offenbar wahrhaben wollen.«

Er seufzt schwer. »Vielleicht hast du recht.«

»Stimmt irgendetwas nicht?«, frage ich nach. Verdammt, hat er etwa erfahren, dass er sterben muss?

»Nein, nein«, wiegelt er ab. »Geburtstage machen mich nur umso sentimentaler, je älter ich werde. Ich denke viel über die Dinge nach, die ich bedaure.«

»Sie sind ein guter Mann, Mr Winters. Der beste, den ich kenne. Sie waren Kylie ein guter Vater und haben mehr für mich und meine Schwester getan, als Sie je hätten tun müssen.«

Er sieht mich an und nickt. Ich reiche ihm die Hand, und er

ergreift sie mit seiner deformierten. Vorsichtig drücke ich sie, um ihm nicht wehzutun.

»Danke, Braxton«, sagt er.

Ich nicke nur, denn auf einmal habe ich einen Kloß im Hals und mir fehlen die Worte.

Er räuspert sich. »Genug der Sentimentalitäten eines alten Mannes. Tu mir nur einen Gefallen, ja?«

»Jeden.«

»Behalt meine Kleine im Auge«, bittet er mich. »Mir ist bewusst, dass du das ohnehin tust, aber ich musste es einfach aussprechen.«

»Das mache ich, Mr Winters«, verspreche ich. »Darauf können Sie sich verlassen.«

5
Kylie

Neujahrsvorsätze sind dazu da, sich nicht daran zu halten, richtig? Das geht nicht nur mir so, oder?

Ich hole tief Luft und glätte mein Haar, während ich versuche, mich zusammenzureißen. Eigentlich hatte ich mir vorgenommen, nicht mehr so viel zu feiern oder den falschen Kerlen hinterherzujagen. Aber heute Abend mache ich so ziemlich das genaue Gegenteil davon und zwar gleich beides.

Hey, ich habe es immerhin bis in den März geschafft. Das ist doch was. Die meisten hören spätestens Ende Januar auf, ihr neues Fitnessstudio zu besuchen.

Die Partymusik wummert durch die Badezimmertür. Ich habe aktuell mindestens zwei Drinks zu viel intus und überlege, ob ich den Abend abbrechen und zu Selene torkeln oder noch einen Shot nehmen und versuchen soll, einen Typen an Land zu ziehen. Diesen … Wie hieß er noch, Dylan? Er war ganz witzig und hat mich definitiv abgecheckt, als ich aufstand, um zur Toilette zu gehen. Außerdem ist er megaheiß. Vielleicht sollte ich doch bleiben und sehen, ob ich ihn ins Bett kriege.

Ich würde wirklich, wirklich gern mit ihm schlafen.

Warum ich so spitz bin, weiß ich selbst nicht. Vielleicht hat es etwas mit meinem Zyklus zu tun. Immer mit der Ruhe, Eierstöcke. Ihr habt gerade Ferien, ihr hinterhältigen Biester. Aber künstlich unterdrückte Fruchtbarkeit hin oder her, ich hatte seit Monaten keinen guten Sex mehr, und heute Abend will ich es wissen.

Es hat auch nichts mit den rauen Mengen an Gin zu tun, die ich bereits getrunken habe.

Ich straffe die Schultern, rücke die blaue Perlenkette zurecht und ziehe meine Bluse ein wenig nach unten, um meine Oberweite besser zur Geltung zu bringen. Man darf ruhig alle verfügbaren Vorzüge einsetzen, finde ich, und meine Brüste sind sensationell. Wenn Dylan anständig bestückt ist und weiß, was man damit machen muss, darf er gern die ganze Nacht sein Gesicht zwischen meinen Brüsten vergraben.

Keilabsätze waren für heute wahrscheinlich nicht die beste Wahl, aber ich schaffe es unfallfrei zurück zum Tisch. Selene sitzt an einem anderen Tisch und lacht mit ein paar Freunden. Braxton war auch hier, aber ihn habe ich seit einer Weile nicht mehr gesehen. Wahrscheinlich hat er inzwischen irgendein Dummerchen aufgegabelt.

Obwohl, nein, ich entdecke ihn an der Bar. Er redet mit ein paar Typen – wahrscheinlich über Sport. Im Grunde genommen muss Braxton bloß beiläufig ein paar Namen seiner Kunden fallen lassen, und schon drehen die anderen Kerle durch. Wie von selbst wechsle ich die Richtung und halte auf die Bar zu. Er ist wie ein Magnet. Aber dann erblicke ich Dylan, der mich anlächelt und zu sich winkt.

»Hallo, meine Schöne«, sagt er, als ich wieder am Tisch sitze. Die anderen Leute an diesem Tisch kenne ich nicht. Sie sind bestimmt Dylans Freunde. Dylan kenne ich auch nicht wirklich gut, aber er ist hier, er ist heiß, und er mustert mich mit genau dem richtigen Blick. Dieser *Dich-leg-ich-nachher-flach*-Miene.

Ich vermittle ihm wortlos meine Antwort: *O ja, das wirst du.*
Er zieht mich auf seinen Schoß, und ich lege ihm die Arme um die Schultern.

Selene mustert mich vom anderen Tisch aus. Sie zieht die Augenbrauen hoch, aber dann sagt Dylan irgendetwas, und ich pruste los. Ich weiß nicht einmal, was er überhaupt gesagt hat, aber alle anderen lachen, also stimme ich mit ein. Das Gelächter ist schon so witzig, dass ich noch heftiger lachen muss.

So langsam kriege ich nichts mehr mit, obwohl ich noch keinen neuen Drink in der Hand halte. Ich will Dylan gerade bitten, mir einen zu holen, als sein Mund plötzlich an meinem Ohr ruht.

»Sollen wir von hier verschwinden?«

»Ja, unbedingt«, antworte ich, zumindest glaube ich das. Mir schwirrt der Kopf – so sehr, dass es mich Mühe kostet, nicht von Dylans Schoß zu fallen.

Er hilft mir auf die Beine, und bald darauf hantiere ich ungeschickt mit meinem Schlüssel zu Selenes Haus herum. Die Bar ist gleich um die Ecke, und ich hatte ohnehin vor, hier zu übernachten. Ich führe ihn hinein und reiße mir die Kleider vom Leib, während wir in Richtung meines Zimmers stolpern.

—

Meine Augen sind so verklebt, dass ich sie kaum aufbekomme. Verdammte Scheiße, was habe ich mir gestern Nacht angetan? Mein Kopf hämmert von dem ausgewachsenen Kater, den ich mir eingehandelt habe. Zaghaft bewege ich mich, und irgendetwas fühlt sich komisch an. Ich luge unter die Decke. Okay, ich bin nackt. Wieso bin ich nackt ins Bett gegangen?

O nein. Ich bin nicht allein, oder?

Ich werfe einen Blick über die Schulter, und da ist er. Er schläft neben mir, hat die Augen geschlossen, seine Brust hebt und senkt sich. Verschwommen kehrt die Erinnerung an die Ereignisse der letzten Nacht zurück. Eine Menge Gin. Ich auf seinem Schoß. Entweder war er sehr witzig oder ich völlig betrunken.

Im Moment vermute ich eher Letzteres.

Ich lege mir eine Hand auf die Stirn und schließe die Augen. Jetzt weiß ich es wieder. Wie ich den Hügel hinauf zu Selenes Haus getorkelt bin und den Schlüssel mit Ach und Krach ins Schloss gefummelt habe. Meine Klamotten liegen wahrscheinlich immer noch im ganzen Wohnzimmer verstreut. Wir kamen hier an, und dann …

Scheiße, der Typ war furchtbar.

Er hat seine Hüfte nur wild gegen mich klatschen lassen wie ein Pinguin, der über einen verdammten Gletscher watschelt. Keine Ahnung, ob das eine gute Metapher für beschissenen Sex ist, aber sie passt meiner Meinung nach. Innerhalb von fünf Minuten – und das ist großzügig gerechnet – war er fertig und hat sich mit selbstzufriedenem Grunzen von mir heruntergerollt, als hätte er etwas Großartiges vollbracht.

Leider war nichts daran großartig.

Ich klettere so leise wie möglich aus dem Bett und greife mir eine herumliegende Sweatjacke. Meine Muskeln schmerzen, aber nicht auf die *Ich-hatte-harten-Sex*-Art, sondern eher die *Ich-musste-auf-den-erwarteten-Orgasmus-verzichten*-Weise. Vielleicht hätte ich die Sache danach selbst in die Hand nehmen sollen, aber dafür bin ich anscheinend zu schnell eingeschlafen.

Und jetzt? Tja, das Verlangen ist noch da, und ich überlege, ins Bad zu gehen und mir selbst Erleichterung zu verschaffen, als Mr Pinguinsex aufwacht.

»Morgen«, murmelt er mit schläfriger Stimme.

Ich erstarre wie ein Teenager, der beim Klauen erwischt wird. Dann drehe ich mich zu ihm um und versuche, ihm halbwegs freundlich zuzulächeln. Ich sehe wahrscheinlich furchtbar aus, aber diesen Typen werde ich auf keinen Fall wiedersehen, also ist es eigentlich auch egal.

»Hi. Ähm, ich geh ins Bad«, teile ich ihm mit. »Du kannst gehen, wann immer du willst.«

Ich verziehe mich ins Badezimmer und schließe eilig die Tür hinter mir. So viel zu meinem tollen Plan. Ich kann mich unmöglich genug entspannen, wenn ich weiß, dass er nebenan liegt und womöglich zuhört. Für eine Frau, die gestern Abend irgendeinen Kerl abgeschleppt hat – ich bin mir einigermaßen sicher, dass er Dylan heißt –, bin ich erstaunlich verklemmt, was das Masturbieren angeht. Ich mache es nicht regelmäßig. Nur wenn ich mich wirklich entspannen muss. Zum Beispiel, wenn ich einen anständigen Orgasmus erwarte und keinen kriege.

Aber unter Druck oder wenn ich glaube, dass jemand zuhört, kann ich es nicht. Jeder Höhepunkt braucht ein gewisses Maß an Entspannung, ob nun selbst herbeigeführt oder nicht, und ohne klappt es eben nicht. Mich selbst zu befriedigen würde das Problem aktuell nur verschlimmern.

Ich warte im Bad und hoffe, dass er meinen Wink versteht und sich verzieht. Selbstverständlich tut er es nicht. Dieser Kerl checkt offenbar gar nichts. Zum Glück liegen im Bad eine Yogahose und ein T-Shirt herum. Ich rieche an den Kleidungsstücken, befinde den Geruch für erträglich und ziehe sie an. Unterwäsche habe ich keine, aber da muss ich jetzt durch. Wer weiß, wo mein Slip gestern Abend gelandet ist. Ich hoffe nur, dass ich ihn nicht auch im Wohnzimmer gelassen habe.

Die beste Vorgehensweise ist vermutlich, den Kerl einfach zu ignorieren, daher verlasse ich das Bad. Tatsächlich ist das ein furchtbarer Plan, aber ich hoffe, er kapiert diesmal, was ich ihm damit vermitteln will.

Außer uns hält sich niemand im Erdgeschoss auf, und dafür bin ich unendlich dankbar. Ich sammle die Klamotten vom Boden auf und lege seine über die Sofalehne, so dass er sie von meiner Zimmertür aus deutlich sehen kann, damit er sie nicht suchen muss, wenn er herauskommt. Hoffentlich hat Braxton die letzte Nacht nicht hier verbracht. Mir ist das Ganze unendlich peinlich, und ich will nicht, dass er mich so sieht, sonst zieht er mich vermutlich ewig damit auf.

Die Haustür geht auf, und Selene kommt mit zwei großen Kaffeebechern in der Hand herein. »Guten Morgen, Sonnenschein«, begrüßt sie mich und hält mir einen hin.

»Oh, ich liebe dich gerade so sehr«, schwärme ich. »Vielleicht sollten wir einfach umsatteln und Lesben werden.«

»Es gibt Tage, an denen dieser Gedanke verlockend klingt«, stimmt sie mir zu.

Ich halte mir den Kaffee unter die Nase und atme tief ein. Mein Kopf fühlt sich schon besser an, was allein der Nähe zu meiner einzig wahren Liebe zu verdanken ist.

»Und, bist du gestern Abend mit diesem Typ abgehauen?«, fragt sie.

Wie auf Kommando ist die Toilettenspülung zu hören. Ich reiße die Augen auf.

Selene kräuselt die Lippen zu einem süffisanten Grinsen. »Ist das Mr-One-Night-Stand in deinem Bad?«

Ich stöhne auf. »Ja.«

»Kein guter One-Night-Stand, nehme ich an?«

»Nein«, gebe ich kopfschüttelnd zurück. »Er war in Windeseile fertig und hat sich obendrein angestellt wie der letzte Mensch. Ich sag's dir, ich habe das weibliche Gegenstück zu einem Samenstau.«

»Pah«, macht Selene und verdreht dramatisch die Augen. »Das ist echt furchtbar. Warum hast du's dir nicht einfach selbst gemacht?«

Ich zucke mit den Achseln. »Ich war zu betrunken und bin danach sofort eingeschlafen. Vielleicht bin ich auch ohnmächtig geworden. Verdammt, Selene, das ist ein echt unangenehmes Gefühl.«

Dylan kommt mit nichts als der Unterhose bekleidet heraus und erblickt Selene. »Hi«, sagt er grinsend.

Ich deute auf die Couch. »Dein Zeug liegt da.«

Er zieht sich an, als müsse er eine Show abliefern. Selene kichert, und ich muss mich davon abhalten, den Kopf gegen die Kücheninsel zu hämmern. Aber ich habe auch so schon einen heftigen Brummschädel und will die Sache nicht noch schlimmer machen.

»Okay, also, soll ich dich anrufen?«, fragt Dylan.

Mein Mund klappt auf, um ihm etwas zu antworten, obwohl ich gar nicht weiß, was ich sagen soll. Denn er soll mich nicht anrufen, auf gar keinen Fall, aber meine Nummer dürfte er ohnehin nicht haben. Noch während ich nach Worten suche, die mich nicht wie eine Zicke dastehen lassen, geht die Haustür abermals auf und Braxton kommt rein.

»Hey, Brax«, sagt Selene und setzt sich mit ihrem Kaffee auf die Couch.

Braxton hält inne und mustert Dylan. Er ist wenigstens zehn Zentimeter größer als mein glückloser One-Night-Stand und blockiert momentan den Eingang.

Dylans Blick wandert ein paarmal zwischen mir und Braxton hin und her, und ich versuche, ob der unangenehmen Stille nicht im Boden zu versinken.

»Guten Morgen, die Damen«, grüßt Braxton.

Wie in aller Welt kann er so früh am Morgen schon so gut gelaunt sein? War er gestern Abend nicht auch betrunken?

»Hi«, erwidere ich und versuche gar nicht erst, Begeisterung vorzutäuschen – genauso wenig wie gestern einen Orgasmus.

Braxton betritt die Küche und geht an Dylan vorbei, als würde er nicht existieren. Er nimmt meinen Kaffee und nippt daran. »Du siehst scheiße aus.«

»Vielen Dank auch«, gebe ich übermäßig sarkastisch zurück.

»Ich sag's nur, wie es ist«, verteidigt er sich.

»Sie hat Frauen-Samenstau«, informiert Selene ihn über die Schulter hinweg.

Ich bin sprachlos, und Braxton beäugt mich kritisch.

»Was zum …?«, meldet sich Dylan zu Wort.

Braxton wirft Dylan lachend einen Blick zu. »Das war wohl die subtile Aufforderung an dich zu gehen, Kumpel.« Dann wendet er sich wieder mir zu, und der Schatten eines Zweifels huscht über sein Gesicht. Mit seiner Bemerkung ist er der Verletzung unserer stummen Vereinbarung gefährlich nahe gekommen, und ich sehe ihm an, dass er es selbst gemerkt hat.

Ich schenke ihm ein kaum wahrnehmbares Lächeln. Er hat die Regel nur ein wenig verbogen, aber nicht gebrochen. Ein schlechter One-Night-Stand muss nicht vor ihm geschützt werden. Danach richte ich den Blick auf Dylan und bewege den Kopf in Richtung Tür.

»Tschüss«, sage ich.

Dylan zieht ein Gesicht, als wäre er drauf und dran, seine Männlichkeit zu verteidigen, greift sich aber stattdessen sein Sweatshirt und geht.

Erleichtert stöhne ich auf und lege die Hand an die Stirn, als sich die Tür hinter ihm schließt. »Was ist nur mit mir los? Ernsthaft, den nehme ich mit nach Hause? Warum hast du das zugelassen, Selene? Du hättest mich aufhalten müssen.«

»Dir war gestern Abend nicht zu helfen«, verteidigt sie sich. »Andererseits hast du recht. Ich hätte eingreifen müssen. Du hattest ja nicht einmal etwas davon. Nur Frust.«

»Bist du immer noch … frustriert?«, hakt Braxton mit erhobener Braue nach.

Ich spüre ein Kribbeln im Bauch, das sich bis zwischen meine Beine ausbreitet, und schon macht sich auch das Pochen erneut bemerkbar. Ich meide seinen Blick. »Mir geht's gut.«

»Kümmer dich einfach darum«, rät mir Selene. »Ich stelle den Fernseher lauter, damit wir dich nicht hören.«

»Echt jetzt, Selene?«, frage ich fassungslos. »Ich werde mich nicht *darum kümmern*, wenn ihr beide nebenan sitzt.«

Selene lacht auf. »Ach, komm schon, wir sind's doch nur. Haben wir uns nicht alle schon mal beim Sex gehört? Ich seh da kein Problem. Außerdem ist Braxton mein Bruder, und das ist mal so richtig eklig.«

»Ihr habt mich noch nie beim Sex gehört«, widerspricht Braxton.

»Soll das ein Witz sein?«, entgegnet sie. »Sicher habe ich das.«

»Wann?«

»Zu oft, um es noch zählen zu können«, gibt sie zurück. »Das hat schon während der Highschoolzeit angefangen, als du dieses eine Mädchen ständig mit nach Hause gebracht hast.«

Braxton lacht auf. »Das zählt nicht, da waren wir noch Teenager. Teenager sind tollpatschige Idioten.« Er grinst mich an. »Na ja, außer mir. Aber ich war lauter, als nötig gewesen wäre.«

Ich verdrehe die Augen. »Ja, sicher, du warst bestimmt von Anfang an eine Granate.«

Er zuckt mit den Achseln. »War ich wirklich.«

Aus irgendeinem Grund glaube ich ihm.

»Okay, ich weiß, dass ich damit angefangen habe, aber können wir jetzt bitte aufhören, über Braxton und Sex zu reden?«, fleht Selene.

Ihr Bruder setzt sich auf einen Barhocker und nimmt noch einen Schluck von meinem Kaffee, ehe er ihn mir zurückgibt. »Wieso? Ich rede gern über dieses Thema.«

»Wenn du nicht damit aufhörst, fange ich an, meine Bettgeschichten auszupacken«, kontert Selene.

Er sieht sie pikiert an. »Touché.« Dann wendet er sich wieder mir zu. »Also, wie sieht's aus, Ky? Brauchst du mich, um dich ein bisschen zu entspannen? Ich wette, ich schaffe es in unter zehn Sekunden.« Er leckt sich die Lippen und wackelt mit den Fingern.

Mir stockt leicht der Atem, und ich trinke schnell einen Schluck Kaffee, um den Schauder zu verbergen, der mir den Rücken hinabläuft. »Nein, danke.«

»Sicher?«, fragt er grinsend nach.

Einen langen Moment hält er meinen Blick fest. Es wäre gelogen, wenn ich behaupten würde, der Gedanke sei nicht verlockend. Ein bisschen verlockend jedenfalls. Aber nur, weil ich so mordsspitz bin. Wahrscheinlich würde er es wirklich in zehn Sekunden schaffen.

Dann fällt mir Selenes Miene auf. Sie starrt Braxton mit demselben Mörderblick an, den seine letzte Ex für mich reserviert hatte.

Es ist offensichtlich, wann er bemerkt, wie ihn seine Schwester ansieht. Das spitzbübische, verführerische Grinsen ist wie weggewischt, als wäre es nie dagewesen, und er stibitzt mir meinen Kaffee. »Du musst dir echt bessere One-Night-Stands suchen, Ky. Das wird langsam peinlich.«

Ich seufze abermals. Er nimmt einen Schluck und gibt mir den Becher zurück. Er hat ja so recht.

»Wisst ihr was, meine Neujahrsvorsätze sind ohnehin den Bach runtergegangen, also überlege ich mir jetzt etwas anderes«, erkläre ich. »Keine idiotischen One-Night-Stands mehr. Kein sinnloser Sex. Ich suche mir entweder einen Kerl mit Potenzial oder ich lasse es ganz.«

»Guter Plan, Süße«, meint Selene.

Braxton sieht mich mit unergründlichem Gesichtsausdruck an. Das kann ich ja so überhaupt nicht leiden. Ich weiß nicht, was er denkt, aber meistens ist es ein Anzeichen dafür, dass er sich gleich über mich lustig machen wird.

»Ja, finde ich auch«, stimmt er zu. »Du solltest dir jemanden mit Potenzial suchen.«

Ich ziehe überrascht die Augenbrauen hoch. Im Ernst? War das wirklich alles? »Na, dann sind wir uns ja einig. Und ich brauche eure Hilfe. Dieses Jahr sollte anders werden, aber das wird nie passieren, wenn ich immer dieselben Fehler mache. Lautet so nicht auch die Definition für Schwachsinn?«

Braxton nimmt mir den Kaffee aus der Hand. »Okay, dann auf die Veränderung.« Er hebt den Becher, nippt daran und gibt ihn mir zurück.

»Auf die Veränderung«, wiederhole ich. Heute ist zwar nicht Neujahr, aber darauf kann ich trotzdem trinken.

6
Kylie

Auf die Veränderung.

Solche Ideen klingen immer toll, wenn sie einem einfallen, nicht wahr? Ich werde mich ändern! Ich werde ein besseres Leben führen! Ich werde nicht länger mit Losern ins Bett gehen!

Aber sechs Wochen nach dem neuerlichen Vorsatz, mein Leben zu ändern, bin ich eigentlich nur gelangweilt und fühle mich einsam.

Ich gehe kaum noch aus und verlasse das Haus hauptsächlich, um zur Arbeit zu gehen. Da ich mir nicht sicher bin, ob ich mich weit genug unter Kontrolle habe und nicht erneut zulasse, dass ich aus Versehen mit irgendeinem Kerl schlafe, bleibe ich lieber zu Hause. Seit der Nacht des Gins und der schlechten Entscheidungen habe ich keinen Tropfen mehr angerührt. Beim Ausgehen würde mir das Trinken durchaus fehlen, aber zu Hause klappt es ganz gut. Außerdem habe ich endlich genug Zeit, mir wenigstens fünf verschiedene Serien gleichzeitig auf Netflix anzusehen, und das ist doch auch was.

Dennoch ist diese Sache mit den Veränderungen momentan nur langweilig.

Ich schnappe mir die beiden Tüten mit dem Essen vom Lieferdienst und betrete das Gebäude, in dem mein Vater lebt. Nachdem ich meinen Namen am Empfang hinterlassen habe, mache ich mich auf den Weg nach oben. Ich habe vorhin mit Dad geskypt, daher sitzt er bereits an seinem kleinen Esstisch, als ich eintreffe.

»Hallo, Schatz«, begrüßt er mich.

Ich merke sofort, dass er heute einen guten Tag hat. Seine Gesichtszüge wirken entspannt, und in seinen Augen zeichnen sich keine Schmerzen ab. »Hi, Dad.«

Nachdem ich das Essen abgestellt habe, hole ich Teller und Besteck in der Hoffnung, dass er die Gabel einigermaßen problemlos halten kann. Ich trage alles zu ihm und decke den Tisch. »Entschuldige, dass ich so lange nicht hier war«, sage ich, als ich mich setze. »Wie ist es dir ergangen?«

»So gut, wie zu erwarten war«, antwortet er.

Immerhin ist er ehrlich. »Kannst du dich irgendwie beschäftigen?«

»Ja, sicher«, meint er. »Wie sieht es bei dir aus? Hast du einen Freund?«

Uff, echt jetzt, Dad? »Nein, ich habe momentan definitiv keinen Freund.«

»Wieso definitiv?«

»Weiß nicht«, murmele ich. »Ich konzentriere mich im Augenblick auf mich selbst.«

»Das klingt nach einem Haufen Unsinn aus irgendeiner Zeitschrift.«

Ich muss lachen. »Ich will eben zur Abwechslung mal den Richtigen finden.«

Er nimmt einen Happen. Es geht langsam, aber er schafft es allein. »Bist du denn bisher immer nur an die Falschen geraten?«

»Na ja, offensichtlich schon, oder? Ich bin fast dreißig und immer noch Single.«

Dad legt die Gabel ab. »Du findest ihn schon noch, Liebling. Einen, der gut zu dir ist. Du bist eine intelligente, schöne Frau und verdienst nichts Geringeres als einen Mann, der dich anständig behandelt.«

Plötzlich habe ich einen Kloß im Hals. »Ach, Dad, du bringst mich noch zum Heulen.«

Er lächelt mich nur an.

Ich bin es nicht gewohnt, dass er so … emotional ist. Eigentlich kenne ich ihn als den ewig ernsten Anwalt.

»Gehört zu diesem neuen Plan auch, dass du dir einen neuen Job suchst?«, will er wissen.

Beinahe hätte ich aufgestöhnt. Meine Karriere ist ein leidiges Thema zwischen uns. Er wollte, dass ich Jura studiere. Stattdessen habe ich mich für Kunst entschieden und einen Abschluss als Grafikdesignerin gemacht – nur leider bisher völlig sinnlos, denn in den ersten Jahren nach dem College konnte ich in dem Bereich keinen Job finden, und inzwischen habe ich die Suche danach mehr oder weniger eingestellt.

»Mein Job gefällt mir«, behaupte ich. Dabei ist das eine glatte Lüge. Mein Job ist doof und langweilig. »Aber ich habe überlegt, mich selbstständig zu machen.«

Er beäugt mich skeptisch. »Na, das ist doch etwas.«

Ich versuche, seine Worte nicht zu persönlich zu nehmen. Schließlich bin ich in der Lage, mich selbst zu versorgen. Das ist kein Versagen, oder? Nur weil ich nicht die ersehnte Traumkarriere gemacht habe, heißt das nicht, dass ich doch hätte Jura studieren sollen.

Aber ich will mich nicht mit ihm streiten. Das haben wir vor Jahren genug getan. Also wechsle ich das Thema und frage ihn über seine Lieblings-Sportteams aus. Das ist der beste Weg, ihn zum Reden zu bringen und sensiblere Themen zu vermeiden.

Wir beenden unsere Mahlzeit, und ich räume ab. Es ist offensichtlich, dass er erschöpft ist, daher verabschiede ich mich bald darauf, damit er sich hinlegen kann.

Auf dem Weg zum Auto werfe ich einen Blick auf mein Handy und entdecke eine Nachricht von Selene: *Karottenkuchen.* Mehr steht da nicht.

Ich schreibe zurück: *Bin gleich da.*

Bei ihrem Haus angekommen, gehe ich direkt in die Küche. Neben ihr auf der Arbeitsplatte steht ein Kuchen mit Frischkäseglasur, der am Rand mit kleinen Zuckerkarotten dekoriert ist.

»Hast du den etwa gebacken?«, frage ich ungläubig.

Sie lacht mir ins Gesicht. »Nein, ich habe ihn nur auf einen Teller gelegt, damit er hübsch aussieht. Der ist von Metro Market.«

»Oh, das ist eine großartige Konditorei«, schwärme ich. »Warst du den ganzen Tag allein?«

»Nein.« Ihr Ton hat etwas Schelmisches.

»Selene«, warne ich sie. »Was ist hier los?«

Sie schneidet zwei große Stücke ab und legt sie auf Teller. »Okay, ich muss dir etwas beichten … Der Kuchen ist ein Friedensangebot.«

»Du musst mir was beichten?«

»Ja, ich habe dir nämlich … etwas verschwiegen.« Sie schiebt mir einen der Teller hin und reicht mir eine Kuchengabel. »Ich treffe mich seit einem Monat mit jemandem und habe dir nichts davon erzählt.«

Mir bleibt der Mund offen stehen. »Wie bitte …?«

»Ja, ich weiß.« Sie nimmt mir die Gabel aus der Hand und schaufelt etwas Kuchen darauf. »Hier, iss. Ja, ich habe es vor dir geheim gehalten, doch das lag nicht etwa daran, dass ich es dir nicht erzählen wollte. Ich … wollte nur sehen, ob die Sache zu etwas führt.«

Ich kneife die Augen zusammen, lasse mir den Happen aber in den Mund stecken. Wow, der Kuchen schmeckt himmlisch. »Okay, im Moment bin ich geneigt, dir zu vergeben.« Ich schließe verzückt die Augen, während mir der Frischkäse auf der Zunge zergeht. »Aber jetzt sagst du es mir. Soll das etwa bedeuten, dass die Sache Zukunftsaussichten hat?«

»Ich denke schon«, antwortet sie. »Jedenfalls bin ich zuversichtlich genug, dass ich ihn dir bald vorstellen möchte.«

Ich esse noch etwas Kuchen. »Das ist ja super. Ich freue mich sehr für dich. Wer ist er? Und wie ist er so?«

»Er heißt Matthew. Ein toller Name, oder? Er ist natürlich groß, weil das für mich ein entscheidendes Kriterium ist, und hat während der Collegezeit Basketball gespielt.«

»Wie habt ihr euch kennengelernt? Bei der Arbeit?«

»Nein«, gibt sie nachdrücklich zurück. »Du weißt doch, dass ich mich nicht mit Kollegen einlasse. Wir haben uns online kennengelernt, ob du's glaubst oder nicht.«

»Natürlich glaube ich dir«, sage ich. »Ich freue mich für dich.«

»Wirklich?«

»Ja, wieso denn nicht?« Ich blinzle überrascht. »Ist irgendwas mit ihm, was du mir noch nicht gesagt hast?«

»Nein, das ist es nicht«, erwidert sie. »Ich dachte nur, du bist vielleicht sauer, weil ich dir von keinem unserer Dates erzählt habe.«

Ich mache eine wegwerfende Geste und nehme noch einen

Bissen. »Sei nicht albern. Das ist doch überhaupt kein Problem. Außerdem kann ich mich jetzt noch mehr für dich freuen, weil du die Anfangsphase schon hinter dir hast – du weißt schon, wenn man sich ständig fragt, ob die Chemie stimmt und ob es ein noch ein weiteres Date gibt.«

»Genau«, stimmt mir Selene zu. »Und Ky, bei uns stimmt die Chemie. Es funkt gewaltig.«

Ist es eigenartig, dass die tiefe, hauchige Stimme, mit der sie spricht, bei mir ein leichtes Kribbeln auslöst? Ich verändere die Sitzposition auf dem Barhocker und versuche, das Gefühl abzuschütteln. Nur weil sie einen Mann gefunden hat, der ihr Orgasmen verschafft, und ich nicht, muss ich schließlich nicht gleich eifersüchtig werden.

»Ich meine, Himmel nochmal, wir haben heute den ganzen Tag zusammen verbracht, und wow!«, schwärmt sie. »Er ist unglaublich heiß und unglaublich gut.«

Okay, ein bisschen eifersüchtig bin ich schon. »Das freut mich total für dich.« Ich versuche, meinen Neid mit mehr Kuchen zu ersticken.

»Wie läuft dein Plan mit den Veränderungen?«, erkundigt sie sich.

Ich lasse die Gabel sinken. »Ganz ehrlich? Ich habe keine Ahnung, was ich machen soll. Ich treffe mich zwar nicht mehr mit den Falschen, aber nur, weil ich überhaupt nicht mehr ausgehe. Ich versuche es nicht einmal mehr, weil ich keine Ahnung habe, wo ich anfangen soll.«

»Versuch's doch online.«

»Ja, das könnte ich vielleicht«, murmele ich. »Aber ich weiß eigentlich gar nicht mehr, was für einen Mann ich suche. Es ist, als wäre mein Radar kaputt. Doch genug davon, denn ich will jetzt nicht über mein katastrophales Liebesleben reden. Wo steckt Braxton? Er würde diesen Kuchen lieben.«

Selene leckt etwas Glasur von ihrer Gabel. »Keine Ahnung. Wahrscheinlich ist er bei Aubrey.«

Unwillkürlich versteift sich mein Rücken. Den Namen habe ich in Verbindung mit Brax bisher noch nicht gehört. »Äh, wer ist das?«

»Du hast sie noch nicht kennengelernt?«, fragt sie. »Na ja, wahrscheinlich, weil du immer zu Hause bist. Sie sind jetzt ungefähr einen Monat zusammen. Sie ist nett. Anders als die anderen Frauen, mit denen er sich sonst einlässt.«

Anders. Wir haben beide darauf angestoßen. Mein Magen zieht sich zusammen, und plötzlich schmeckt mir der Kuchen nicht mehr.

Was kümmert es mich? Braxton geht mit zig Frauen aus. Ich sollte Selene nicht weiter über sie ausfragen, aber ich kann nicht anders. »Was ist so anders an ihr?«

»Zum einen ist sie nicht blond«, antwortet meine Freundin. »Und … ich weiß nicht, sie ist eben nett. Schlag mich jetzt nicht, okay, aber sie ist nicht nuttig. Seien wir ehrlich, Braxtons Freundinnen waren bisher fast alles Schlampen.«

Eine nicht-nuttige Nicht-Blondine also. Ich nehme noch einen faden Bissen vom Kuchen, um die Tatsache zu verbergen, dass ich mich fühle, als hätte mir jemand in die Magengrube getreten. Aber das ist idiotisch, denn dafür gibt gar keinen Grund.

Eigentlich ist mir klar, was mit mir los ist. Ich bin nur mies drauf, weil meine beiden besten Freunde Beziehungen haben und ich nicht. Das ist eindeutig der Grund, warum mich diese Neuigkeit so hart trifft.

»Das ist cool, schätze ich«, sage ich. »Aber ich will mich lieber nicht zu sehr freuen. Ist ja nicht so, als würde das lange Bestand haben.«

»Keine Ahnung«, widerspricht Selene. »Wie gesagt, Aubrey ist anders. Und er scheint sich ebenfalls verändert zu haben.«

Ich schiebe den Teller von mir weg, weil ich mich nicht länger mit Kuchen vollstopfen will und dringend das Thema wechseln muss. »Ich sollte nicht so viel essen, sonst bedaure ich es später. Aber der Kuchen schmeckt wirklich gut.«

»Ich weiß«, meint Selene. »Nimm dir die Hälfte mit, sonst esse ich alles allein auf.«

Wieso lädst du nicht Braxton und seine neue, ach-so-andere Freundin ein, damit sie sich das Zeug gegenseitig von den Fingern lecken können?

Verdammt, Kylie, mach mal halblang.

»Vergiss es! Diese sündige Versuchung wirst du mir nicht aufs Auge drücken«, widerspreche ich. »Schmeiß ihn weg, wenn du ihn nicht essen willst.«

Sie zückt ihr Handy. »Dann schreibe ich Brax.«

Es ist seltsam, aber bei der Vorstellung, jetzt Braxton zu begegnen, dreht sich mir der Magen um.

»Gute Idee«, sage ich. »Aber hey, ich muss morgen früh raus, darum gehe ich jetzt lieber nach Hause. Danke für den Kuchen. Sag Bescheid, wann ich deinen neuen Freund kennenlernen kann.«

Sie schenkt mir ein Lächeln. »Mach ich. Danke fürs Vorbeikommen.«

Schnellen Schrittes gehe ich zum Wagen, falls Brax schon in der Nähe ist. Ich habe keine Lust, ihn mit dieser Aubrey zu sehen. Jedenfalls nicht jetzt. Wenn diese Beziehung wirklich

hält, werde ich auf Dauer wohl nicht um ein Treffen herum-
kommen. Ich weiß nicht, warum mir dieser Gedanke Übelkeit
beschert. Das muss am Kuchen liegen. Ich habe bestimmt zu
schnell gegessen.

Es liegt jedenfalls nicht daran, dass Braxton in einer ernsten
Beziehung ist. Das ergibt überhaupt keinen Sinn.

7
Braxton

Als Kylie und ich auf Veränderungen angestoßen haben, hat das in mir irgendetwas wachgerüttelt.

Ich verbringe mein Leben seit Jahren auf immer dieselbe Art. Warum überrascht es mich, dass immer dasselbe dabei herauskommt? Vielleicht ist es an der Zeit zu akzeptieren, dass Kylie und ich nie zusammen sein werden. Ich würde das gern auf schlechtes Timing schieben, doch mir ist auch klar, dass die eigentliche Wahrheit weitaus tiefer geht. Wir sind schon so lange befreundet, dass jegliche Veränderung unsere Beziehung verkomplizieren … vielleicht sogar aufs Spiel setzen würde.

Außerdem weiß ich nicht, was Selene tun würde, wenn Kylie und ich zusammenkämen. Schließlich ist mir nicht entgangen, wie sie mich beäugt, wenn ich Ky ansehe. Die Vorstellung gefällt ihr überhaupt nicht, und das ist ein Problem.

Wenn ich mir etwas anderes wünsche als bedeutungslosen Sex und Beziehungen, die nicht halten, dann muss ich derjenige sein, der sich ändert. Also probiere ich etwas Neues aus, genau wie Kylie.

Und hier kommt Aubrey ins Spiel. Ich habe sie weder wie sonst üblich in einer Bar aufgegabelt, noch haben wir beim ersten Date miteinander geschlafen. Okay, zugegeben, beim zweiten schon, aber nichtsdestotrotz ist es für mich eine Veränderung. Aubrey ist keine meiner üblichen Affären. Sie ist zierlich, trägt das braune Haar in einem sportlichen Bob und hat unzählige Sommersprossen auf Nase und Wangen. Ich habe sie tatsächlich in einem Supermarkt kennengelernt, und sie hat mich angesprochen.

Es ist also alles völlig anders. Deshalb gebe ich der Beziehung auch eine echte Chance.

An diesem Freitagabend halten wir vor Brody's Brewhouse. Das war früher einer unserer Lieblingstreffpunkte, aber es ist eine Weile her, dass ich mit Selene und Kylie hier gewesen bin. Aubrey trägt eine kurzärmelige schwarze Bluse, die ihre trainierten Arme betont, und einen gepunkteten Minirock. Wir gehen hinein und entdecken Selene, die ihrem neuen Freund Matthew gegenüber am Tisch sitzt.

Ich würde nicht behaupten, dass ich nervös bin, als ich Aubrey zum Tisch führe, aber ein Schuss extra Adrenalin ist definitiv vorhanden. Heute sehe ich Kylie zum ersten Mal, seit ich mit Aubrey zusammen bin. Sie ist noch nicht da, wollte jedoch auch kommen, und ich habe keine Ahnung, was und ob überhaupt etwas passieren wird.

Eigentlich sollte das keine große Sache sein, aber irgendwie fühle ich mich schuldig, weil Kylie kein Date mitbringt, während Selene und ich jemanden haben. Es ist nicht das erste Mal, dass einer von uns dahingehend aus der Reihe tanzt, und es ist erst recht nicht das erste Mal, dass ich Kylie einer anderen Frau vorstelle. Aber diesmal fühlt es sich ... anders an. Als ob ich im Begriff wäre, diese Tür endgültig hinter mir zu schließen.

Die Erkenntnis trifft mich hart, aber ich schiebe mein Unbehagen beiseite.

»Hey, ihr zwei«, begrüßt uns Selene, als wir am Tisch ankommen.

Es folgt eine Vorstellungsrunde. Ich bin Matthew schon einmal begegnet und mustere ihn mit offenem Argwohn. Irgendetwas an ihm gefällt mir nicht. Ich kann es nicht genau beschreiben. Vielleicht liegt es daran, dass er früher Sportler war. Ich mag es nicht, wenn meine Schwester mit solchen Typen ausgeht – sie sind mir einfach zu ähnlich. Aber Selene fühlt sich zu ihnen hingezogen wie eine Motte zum Licht.

Nachdem es sich alle bequem gemacht und Getränke bestellt haben, widmen wir uns dem banalen Small Talk. Matthew stammt ursprünglich aus Texas und hat auf dem College Basketball gespielt, bis er aufgrund einer Knieverletzung die Hoffnung auf eine eventuelle Profikarriere aufgeben musste. Zumindest behauptet er das. Ich frage mich, ob er nicht einfach ausgemustert wurde und die Knieverletzung eine Ausrede ist, um ihn besser dastehen zu lassen. Aubrey ist in Kalifornien aufgewachsen, dann in Seattle aufs College gegangen und hiergeblieben.

Von meinem Platz am Tisch kann ich die Eingangstür nicht sehen, und ich versuche, mich nicht alle paar Sekunden umzudrehen. Kommt Kylie noch? Ob es Aubrey stören würde, wenn ich Selene danach frage? Ich habe Aubrey gesagt, dass sie heute meine beste Freundin Kylie kennenlernen wird. Sie hat nur lächelnd erwidert, dass sie sich darauf freut. Ich bin gespannt, wie lange diese positive Einstellung anhält, aber im Moment ist es müßig, darüber nachzugrübeln, denn Kylie ist immer noch nicht aufgetaucht. Ich werfe einen Blick aufs Handy, doch da sind keine neuen Nachrichten. Nicht dass ich erwartet hätte, Kylie würde mir heute Abend schreiben. Wir haben uns in letzter Zeit kaum gesprochen, und Selene hat den heutigen Abend organisiert. Trotzdem bin ich enttäuscht.

Die Vorspeisen treffen ein, und Selene erwähnt Kylie mit keinem Wort. Matthew verwickelt mich in ein Gespräch über einzelne Spielzüge bei Seattles Niederlage gegen die Sonics, während Selene und Aubrey sich ebenfalls unterhalten. Das Essen hier ist köstlich, und ich beschließe, wieder öfter herzukommen, und sei es nur wegen der hausgemachten Kartoffelchips und dem Bier.

Als sie auftaucht, spüre ich es sofort. Ich muss die Tür nicht einmal sehen. Die Härchen auf meinen Armen richten sich auf, und da ist dieses Kribbeln in meinem Nacken. Selene strahlt und winkt, während ich mich damit beschäftige, die Mauern um mich herum aufzubauen. An diesem Abend wird nichts nach draußen durchdringen.

Kylie tritt an den Tisch und hält mit der Hand am Stuhl inne. Verdammt, sie ist so wunderschön. Ihr Haar fällt ihr in offenen Wellen ums Gesicht, und sie trägt eine hautenge Jeans mit einem aquamarinblauen Top. Die Farbe bildet einen deutlichen Kontrast zu ihrer blassen Haut und lässt ihre Augen eher blau als grau erscheinen.

»Hallo, zusammen«, grüßt sie mit einem ungezwungenen Lächeln. »Entschuldigt die Verspätung. Ich wurde bei der Arbeit aufgehalten.«

»Schon in Ordnung«, wiegelt Selene ab. »Wir haben bisher nur die Vorspeisen bestellt.«

Kylie hängt ihre Handtasche über die Stuhllehne und setzt sich. Ich schlucke schwer und versuche, mich zusammenzureißen. Das ist nicht das erste Mal, dass ich sie einer Frau vorstelle – warum bleiben mir die Worte jetzt im Hals stecken? Sie sieht mich erwartungsvoll an, und dann passiert etwas Eigenartiges.

»Hi«, sagt Aubrey mit freundlicher Stimme und reicht Kylie die Hand. »Ich bin Aubrey. Schön, dich endlich kennenzulernen. Obwohl Braxton mir schon so viel von dir erzählt hat, dass ich das Gefühl habe, wir würden uns längst kennen. Ich hoffe, das kommt jetzt nicht komisch rüber.«

Kylie wirkt überrascht, erholt sich jedoch schnell und ergreift die dargebotene Hand. »Freut mich ebenfalls, dich kennenzulernen, Aubrey.«

Aubrey fängt an, Kylie mit Fragen zu löchern, aber ihr Ton bleibt freundlich und locker. Keine Spur von Eifersucht. Kein einziges Anzeichen für irgendeine Art von Unbehagen wegen des Treffens mit dieser Frau, die ich ihr als wichtigen Teil meines Lebens vorgestellt habe.

Was zum Henker …?

So etwas ist noch nie passiert. Aubrey unterhält sich während des gesamten Essens mit Selene und Kylie und behandelt beide wie neue Freundinnen. Kylie kommt mir entspannt vor. Sie lacht und redet. Das ist ebenfalls komisch. Normalerweise ist sie meinen Freundinnen gegenüber zurückhaltender – immer freundlich und gesprächig, aber auch reserviert. Wobei ich dazusagen muss, dass ihr meine Freundinnen normalerweise nicht mit so viel Freundlichkeit begegnen. Vielleicht liegt es daran. Wahrscheinlich folgt Kylie einfach Aubreys Beispiel.

Möglicherweise freut sich Kylie auch einfach für mich, weil ich Aubrey gefunden habe.

Mit einem Mal kommt mir eine verstörende Erkenntnis. Dass die Frauen, mit denen ich bisher ausgegangen bin, Kylie nicht mochten, hat mir gefallen. Es war wie eine heimliche Falltür – eine vorgeschobene Ausrede, um Beziehungen zu beenden. Wer nicht mit meiner besten Freundin zurechtkommt, muss eben gehen, denn Kylie ist und bleibt ein Teil meines Lebens.

Vorher hatte ich das noch nie so betrachtet, und jetzt, wo es mir aufgefallen ist, bin ich nicht sicher, was ich davon halten soll.

Genauso kann ich nicht sagen, ob mir die Tatsache behagt, dass meine neue Freundin und Kylie sich anscheinend bestens verstehen.

Ich merke, wie mir die Kontrolle entgleitet, und das gefällt mir kein bisschen. Ich verliere nie die Kontrolle, erst recht nicht, wenn Selene in der Nähe ist. Ich nehme einen großen Schluck von meinem Bier.

Das ist es doch, was ich wollte, oder nicht? Wirklich mit einer Frau zusammen sein, ohne von Anfang an bereits das Ende zu planen. Zu beobachten, dass mein Date sich gut mit Kylie versteht, damit wir uns demnächst regelmäßig treffen können, ohne dass es sich komisch anfühlt. Mit der Gewissheit, dass Kylie irgendwann auch nicht mehr allein zu unseren Verabredungen am Freitagabend auftaucht. Sie wäre mit einem neuen Mann zusammen, der ebenfalls anders ist und alles richtig macht. Einem, der sie so behandelt, wie sie es verdient, und der ihr das gibt, was sie braucht. So sieht es aus, wenn man die Vergangenheit hinter sich lässt. So fühlt es sich an.

Es ist ein verdammt beschissenes Gefühl.

Aber ich lasse es mir nicht anmerken. Ich lege Aubrey eine Hand auf den Oberschenkel. Ich lächle Selene an und lache über Matthews dumme Witze. Zwar kann ich Kylie nicht richtig in die Augen sehen, aber das versuche ich ebenfalls zu verbergen.

Ich gebe mich locker. Entspannt. Als wäre dieser Abend nichts weiter als einer, bei dem ein paar Freunde zusammen Spaß haben und ein Bierchen trinken.

So wie es verdammt nochmal auch sein sollte.

8
Kylie

Ich mag es nicht zugeben, nicht einmal mir selbst gegenüber, aber ich gehe Braxton und Selene in letzter Zeit aus dem Weg.

Immer, wenn sie etwas mit mir unternehmen wollen, schiebe ich irgendwelche Ausreden vor: Ich bin nach der langen Arbeitswoche zu müde, ich will meinen Dad besuchen gehen, oder ich möchte mich lieber zu Hause entspannen. Selene geht das mittlerweile auf den Geist, wie mir durchaus bewusst ist. Ihre Nachrichten werden immer kürzer. Ich habe deswegen ein ganz schlechtes Gewissen und hätte mich schon zehnmal beinahe dafür entschuldigt. Aber jedes Mal, wenn ich ihr sagen will, wie leid es mir tut, dass ich in letzter Zeit keine Zeit habe, hapert es am *Warum*. Ich kann es ihr einfach nicht erklären.

Ich bin nicht zum ersten Mal die Einzige ohne Beziehung. Das hat mich zwar immer gestört, aber nie davon abgehalten, mich mit ihnen zu treffen. Ein gemeinsames Abendessen würde ich zwar ablehnen und lieber später für ein paar Drinks dazustoßen. Oder Mittel und Wege finden, um Zeit mit den beiden zu verbringen, ohne dass ihre Partner dabei sind. Aber in letzter Zeit kann ich das einfach nicht mehr.

Ich kann es mir nicht einmal selbst erklären. Welcher Mensch ist denn nicht froh, seine besten Freunde glücklich zu sehen? Ich fühle mich deswegen richtig elend. Selene und ihr neuer Freund verstehen sich gut, und Braxton scheint endlich eine

Frau gefunden zu haben, die nicht zur Gattung »groß, blond und verächtliche Miene« gehört. Aubrey schien mich nicht vom ersten Moment an zu hassen, was wirklich eigenartig war. Ich sollte mich für sie freuen.

Doch das tue ich nicht.

Ich sollte mir einfach nicht länger einreden, dass es dabei um sie geht. Wenn es nur Selene wäre, hätte ich nicht das geringste Problem, denn ich freue mich wirklich sehr für sie.

Was bedeutet, dass es an Braxton liegen muss, und ich will *wirklich* nicht darüber nachdenken, was das für mich bedeutet.

Also erfinde ich Ausreden und meide gleich beide. Ein toller Plan, was? So richtig erwachsen von mir.

Aber heute habe ich keine Ausrede. Es ist Muttertag, und wir drei haben eine Tradition.

Eigentlich mag ich den Muttertag nicht besonders. Ein Grund dafür ist, dass Selene und Braxton diese Elternfeiertage nur schwer ertragen. Aber während wir den Vatertag normalerweise nutzen, um Zeit mit meinem Dad zu verbringen, ist der Muttertag auch für mich hart. Über meine Mutter zu sprechen, fällt mir noch immer nicht leicht. Ich habe seit Jahren kein Wort mit ihr gewechselt. Sie hat meinen Dad verlassen, als ich noch ein kleines Mädchen war, ist einfach nach Kalifornien gezogen, um eine neue Familie zu gründen, und hat mich und Dad alleingelassen. Ich habe sie als Kind nicht oft gesehen, nur die zwei Wochen jeden Sommer, die ich mit ihr verbringen musste – bis ich dreizehn wurde und mich geweigert habe, wieder zu ihr zu fahren.

Diese Rebellion hat mir nicht einmal Ärger eingebrockt. Es gab nie Diskussionen oder gar Versuche, mich ins Auto zu locken, um zum Flughafen zu fahren. Dad tat so, als wäre er sauer, und führte dann hinter verschlossener Tür ein Telefonat mit meiner Mutter. Danach musste ich nie wieder zu ihr nach Kalifornien.

Es ist nahezu unmöglich, sich nicht im Stich gelassen zu fühlen, wenn dich deine Mutter verlässt. Was war so falsch an mir, dass sie mich nicht wollte? Es lag nicht daran, dass sie keine Kinder mochte, denn nach mir hat sie noch drei bekommen. Einmal vor ein paar Jahren habe ich sie bei Facebook gesucht, und ihre Timeline war voller Posts über meine Halbgeschwister. Darüber, was sie alles erreicht haben, begleitet von idyllischen Familienfotos. Schöne Scheiße. Ich habe sie geblockt, obwohl sie nie den Versuch unternommen hat, mich zu kontaktieren.

Da Selenes und Braxtons Mutter tot und meine eigene eine lieblose Narzisstin ist, haben wir den Muttertag immer gemeinsam verbracht. So ist eine Tradition entstanden.

Ich bin auf dem Weg zu Braxtons Fitnessstudio, wo wir uns treffen wollen. Davor stehen ein paar Autos – darunter auch Braxtons –, aber Selene ist noch nicht da. Ich überlege kurz, im Wagen sitzen zu bleiben, bis sie auftaucht. Wir verbringen diesen Tag immer ohne unsere jeweiligen Partner, daher bin ich zuversichtlich, dass Aubrey nicht hier ist, aber noch bin ich mir nicht sicher, ob ich das gut oder schlecht finde. Der Gedanke, mit Brax allein zu sein, behagt mir nicht.

Langsam stoße ich die Luft aus. Das ist doch bescheuert. Ich steigere mich da völlig grundlos in etwas hinein. Gleich werde ich Braxton sehen, und es wird wie immer sein. Wir ziehen unser komisches kleines Muttertagsritual durch: nehmen die Fähre von Seattle nach Bainbridge und zurück, essen in einem winzigen mexikanischen Restaurant in Belltown zu Abend und pilgern dann zum Grab ihrer Eltern. Das kriege ich hin.

Ich betrete das Studio und erblicke Braxton, der gerade auf der gegenüberliegenden Seite ein paar Geräte verstaut. Sein Anblick trifft mich wie ein Schlag; mit einem Mal fühlt sich meine Lunge leer an, als hätte er soeben den gesamten Sauerstoff aus dem Raum gesaugt, einfach mit seiner Körperwärme verbrannt.

Er schenkt mir ein ungezwungenes Lächeln, und ich versuche, es irgendwie zu erwidern.

Na, also. Das läuft doch super. Alles ganz normal.

»Hallo, Baby Girl«, sagt er und schlendert auf mich zu. »Wie geht's dir? Lange nicht gesehen.«

Ich hebe eine Schulter. »Gut. Wie immer. Und dir?«

Er nickt. »Auch gut. Wie immer.«

Kurz breitet sich Stille aus, und ich ärgere mich über die Tatsache, dass ich mich in seiner Nähe unbehaglich fühle.

»Und, hattest du heute früh schon einen Kunden?«, erkundige ich mich.

»Ja, wir sind vor einer Weile fertig geworden«, antwortet er. »Sag mal, ich wollte dich fragen … Hast du schon mit dieser Freiberufler-Sache angefangen?«

»Ich habe eine Website erstellt«, erwidere ich, »und überlege mir gerade ein paar Optionen, wie ich an Kunden kommen kann. Aber bisher habe ich keinen richtigen Plan.«

Seine Augen leuchten auf, und ich muss offen zugeben, dass es sich verdammt gut anfühlt zu sehen, wie stolz er auf mich ist. »Das ist ja toll«, meint er. »Dann wüsste ich auch schon den ersten Kunden für dich.«

»Echt? Wen denn?«

»Mich.«

»Wie bitte?«

»Ja, das Studio braucht ein neues Logo«, erklärt er. »Keine Ahnung, wieso ich dich nicht gleich darum gebeten habe. Aktuell verwende ich ein Standarddesign, aber ich will sowieso neue Schilder anfertigen lassen, vielleicht auch T-Shirts und anderes Zeug. Also, was meinst du? Kann ich dich anheuern?«

Ich zögere einen Moment. Wäre an einer solchen Vereinbarung irgendetwas falsch? Gibt es einen Grund, abzulehnen? Ich würde ihm wirklich gern sein neues Logo entwerfen. Die Vorstellung, meine kreative Seite zu neuem Leben zu erwecken, ist ungemein aufregend. Außerdem hätte ich so auch gleich eine Ergänzung für mein Portfolio – etwas anderes als Skizzen und alte Schulprojekte.

»Sehr gern«, höre ich mich sagen.

Er setzt sein unfassbar umwerfendes Lächeln auf, das meine Hirnwindungen zum Schmelzen bringt, und ich widerstehe dem Impuls, ihn zu umarmen.

»Super«, sagt er. »Lass uns später darüber reden. Ich gehe eben duschen. Selene verspätet sich ohnehin, und sie wird nur wieder rummosern, wenn ich nach Schweiß rieche.«

Ich finde zwar, er duftet wunderbar, selbst aus mehreren Metern Entfernung, aber den Gedanken schiebe ich weit von mir weg, sobald ich ihn auch nur zu Ende gedacht habe.

Sein Handy vibriert, und er holt es aus der Tasche. Ein Lächeln umspielt seine Lippen, und ich straffe den Rücken. Bestimmt eine Nachricht von Aubrey.

Lächelnd steckt er das Handy wieder ein. »Erst mal duschen. Bin gleich zurück.«

Ich schließe die Augen und schüttele den Kopf, während er davonschlendert.

Hinter mir geht die Tür auf, und ich schnappe unwillkürlich

nach Luft, als ein Mann eintritt, der genauso hünenhaft ist wie Braxton. Ich erkenne ihn sofort: Es ist Derek Marshall.

Ich habe ihn schon im Fernsehen gesehen, weshalb es ziemlich aufregend ist, ihm persönlich zu begegnen. Er sieht definitiv wie ein Footballspieler aus und trägt Shorts und ein enges Tanktop von Under Armour, das jeden einzelnen Muskel betont. Und davon hat er eine Menge ...

Er lächelt mir zu, und mein Herz macht einen kleinen Satz.

»Hi«, sagt er. »Ich habe meine Brieftasche in der Umkleide liegen lassen.«

»Oh, okay«, murmele ich. »Ich glaube, Braxton ist da drin, aber er ist bestimmt gleich fertig.«

»Okay.« Sein Blick ruht auf meinem Gesicht, und er reicht mir die Hand. »Derek.«

»Ja«, sage ich. »Ich weiß.«

Meine Hand verschwindet in seiner Pranke. »Und du bist?«

»Oh, entschuldige.« Ich bin ganz durcheinander. »Kylie. Kylie Winters.«

»Schön, dich kennenzulernen, Kylie«, sagt er. »Bist du hier mit Braxton verabredet?«

Irgendetwas schwingt in seiner Stimme mit. O Gott, will er etwa wissen, ob ich mit Braxton *zusammen* bin? »Ja, er ist ein alter Freund.«

»Aber kein fester Freund?«, hakt er nach.

Wow, ziemlich direkt. Gefällt mir.

Ich lache auf. »Großer Gott, nein. Braxton und ich kennen uns schon seit unserer Kindheit. Er hat eine Freundin. Und die bin nicht ich.«

Derek zieht einen Mundwinkel hoch. »Interessant. Und was ist mit dir? Braxton ist nicht dein Freund, aber gibt es einen?«

Ich streiche mir das Haar aus dem Gesicht. Plötzlich ist mir warm. »Nein, den gibt es nicht.«

»Das überrascht mich aber«, stellt er fest.

»Mich eher weniger«, kontere ich.

Derek kommt etwas näher. »Da ich im Moment keine Konkurrenz habe, sollte ich die Gunst der Stunde nutzen. Möchtest du mit mir ausgehen?«

Ich klappe den Mund auf, brauche jedoch einen Augenblick, bis ich die Sprache wiedergefunden habe. Offenbar sind mir vorübergehend die Worte abhandengekommen. Hat mich Derek Marshall gerade gefragt, ob ich mit ihm ausgehen will?

»Sehr gern.«

Sein Lächeln wird breiter, und er zückt sein Handy. »Wie wäre es mit Dienstag? Gib mir deine Nummer, dann melde ich mich bei dir.«

»Dienstag klingt super«, erwidere ich. *Himmel nochmal!* Wir tauschen Nummern aus, und er steckt sein Telefon wieder ein.

»Hey, Derek, was machst du denn hier?« Beim Klang von Braxtons Stimme zucke ich zusammen.

»Hey, Mann, ich glaube, ich habe meine Brieftasche hier vergessen.« Derek geht in Richtung Umkleide. »Ich sehe nur eben nach, ob sie da ist.«

Braxton mustert mich mit einem seltsamen Blick. Hat er gesehen, wie ich Derek meine Nummer gegeben habe? Macht es ihm etwas aus?

Falls dem so ist, hat er jedenfalls kein Recht dazu.

Derek ist zurück, ehe einer von uns etwas sagen kann. Er hält an der Tür inne und wirft mir noch einen Blick zu. »Hat mich gefreut, dich kennenzulernen, Kylie. Ich melde mich noch mal wegen Dienstag.«

»Ich freue mich schon darauf«, antworte ich.

»Was war denn das?«, will Braxton wissen, sobald die Tür zugefallen ist.

»Nichts«, gebe ich zurück. »Er hat mich um ein Date gebeten.«

Braxton zieht die Augenbrauen hoch. »Er hat dich um ein Date gebeten?«

»Ist das so schockierend?«, frage ich pikiert. »Gibt er sich etwa sonst nur mit Supermodels ab, und du kannst dir nicht vorstellen, dass er an mir interessiert sein könnte?«

Er sieht weg. »Nein, so etwas würde ich nie sagen, Kylie. Ich bin nur überrascht, dass du Ja gesagt hast.«

»Wieso?«

»Keine Ahnung.«

Ich runzele die Stirn und stemme eine Hand in die Hüfte. »Hast du ein Problem damit?«

Braxton öffnet den Mund, als Selene hereinstürmt.

»Hey, ihr zwei, tut mir leid, dass ich zu spät bin. Mein Team hatte gestern ein Seminar, und seitdem bombardiert mich mein Boss mit Nachrichten«, erklärt sie. »Scheinbar ist ihm völlig egal, dass heute Sonntag ist.«

Mein Handy vibriert, und ich werfe einen Blick darauf, während wir zu Braxtons Wagen gehen.

Hey, hier ist Derek. Ich will nur sichergehen, dass ich deine richtige Nummer habe.

Ich muss lächeln. *Wenn du der gut aussehende große Typ bist, den ich eben in einem Fitnessstudio kennengelernt habe, dann habe dir die richtige Nummer gegeben.*

Perfekt. Ich dachte, ich gehe lieber auf Nummer sicher, ehe ich anfange, dir heiße Nachrichten zu schreiben. Das könnte sonst nach hinten losgehen.

Okay, der Typ gefällt mir. *Jetzt freue ich mich noch mehr auf* Dienstag.

Ich mich auch, Kylie. Ich mich auch.

9
Kylie

Ich wünschte, ich wüsste, warum Selene so besessen von Triple-Dates ist. Immer, wenn wir alle Beziehungen haben, besteht sie darauf. Sie reitet ewig auf dem Thema herum, bis Braxton und ich nachgeben und Ja sagen. Wahrscheinlich will sie nur sicherstellen, dass wir uns dann immer noch sehen und dass die Personen, mit denen wir ausgehen, gut genug zusammenpassen, damit wir weiterhin als Gruppe harmonieren und uns amüsieren können.

Etwa die Hälfte der Zeit macht es Spaß – vor allem dann, wenn unsere zusammengewürfelte Sechsertruppe genug Alkohol trinkt. Manchmal ist es aber auch nur unangenehm, was meist zum Ende einer Beziehung führt.

Diesmal weiß ich nicht, was ich erwarten soll.

Wir treffen uns im Brody's, was sich komisch anfühlt, weil ich bei meinem letzten Besuch hier Aubrey kennengelernt habe. Aber heute bin ich nicht allein.

Derek ist wirklich toll. Ich gebe zu, dass ich ein kleines bisschen fasziniert von ihm bin, weil er einigermaßen berühmt ist, aber wenn wir zusammen sind, ist er eigentlich ganz normal. Außerdem fühlt es sich gut an, wenn ein Mann hartnäckig ist. Aufgrund meines Jobs musste ich unser erstes Date von Dienstag auf Donnerstag verschieben, und die Tage dazwischen hat er mir eine Mischung aus süßen und sexy Nachrichten geschickt. Sie waren weder nervtötend noch aufdringlich, sondern witzig und flirtend, und die Aufmerksamkeit hat mich nicht im Geringsten gestört.

Wir haben uns auf Anhieb gut verstanden und sofort ziemlich viel Zeit miteinander verbracht. Sein Zeitplan ist im Augenblick relativ flexibel, weil gerade Saisonpause ist, darum treffen wir uns oft. Er hat sogar schon mit mir darüber gesprochen, was sich alles ändern wird, wenn die Saison wieder losgeht, und denkt also an die Zukunft – jedenfalls an die unmittelbare.

Veränderungen. Ein Mann mit Potenzial. Witzig. Sexy. Er hat alles, was man sich wünschen könnte. Das ist definitiv etwas Gutes.

Die Tatsache, dass ich diesen Sachverhalt im Kopf andauernd wiederhole, ignoriere ich allerdings tunlichst.

Ich hatte in letzter Zeit beruflich viel um die Ohren, vor allem, weil ich mich hin und wieder davonstehle und mich während der Arbeitszeit meinen Designprojekten widme. Das macht mich natürlich nicht zur Mitarbeiterin des Jahres, aber deswegen bin ich auch nicht besorgt. Mein Job als Büroassistentin ist nun wirklich nicht das, was ich in fünf Jahren noch machen will. Eigentlich nicht mal in einem. Der Gedanke, zu kündigen und Vollzeit-Freiberuflerin zu werden, ist ziemlich Furcht einflößend, aber inzwischen auch mein Ziel. Seitdem ich an Braxtons Logo arbeite, habe ich mich hier und da vorgestellt und tatsächlich ein paar Kunden an Land gezogen. Das ist sehr aufregend.

Mein Jahr der Veränderung hat endlich begonnen.

Als ich ankomme, sitzen die anderen schon am Tisch. Sogar Derek. Matthew starrt ihn mit großen Augen an, als könnte er nicht glauben, mit einem Profi-Footballspieler am selben Tisch zu sitzen.

Irgendwie macht mich das stolz, wie ich zugeben muss.

»Hallo, Leute«, sage ich, während ich mich neben Derek setze.

»Entschuldigt die Verspätung.« Eine Kellnerin kommt und verteilt Getränke, darunter auch ein großes Glas Red Hook für mich. Ich wende mich Derek zu. »Danke.«

»Braxton hat für dich bestellt«, meint Derek und nippt an seinem Bier.

»Danke, Brax«, sage ich.

Braxton hebt sein Glas, und ich stoße mit ihm an.

Das Essen kommt, und wir sprechen weiter munter dem Bier zu. Die Atmosphäre ist angenehm und entspannt. Die Männer reden über Sport, wir Frauen über alles Mögliche – über die Arbeit oder die Tatsache, dass Selene süchtig nach irgendeiner Serie ist und die nächste Staffel nicht abwarten kann. Sie und Aubrey scheinen sich bestens zu verstehen, und zum ersten Mal geht Braxton mit einer Frau aus, die mich nicht pausenlos mit Blicken töten will.

Das Essen neigt sich dem Ende zu, und Selene ist begeistert. Es war das perfekte Triple-Date, und ich weiß, dass sie sich wahnsinnig darüber freut. Es kommt mir etwas komisch vor, dass ich kaum ein Wort mit Derek gewechselt habe, aber das liegt sicher nur daran, dass ich mich heute Abend hauptsächlich mit den Mädels unterhalten habe und die Männer in ihr eigenes Gespräch vertieft waren.

»Hey«, meint Aubrey plötzlich, während wir dabei sind, einen Teller voller Donuts mit Zimt und Zucker zu vernichten. »Ich habe da eine Idee. Meiner Familie gehört ein Ferienhaus in Leavenworth. Wie wäre es, wenn wir alle zusammen dort hinfahren? Da gibt es vier Schlafzimmer, also hätten wir mehr als genug Platz, und wir müssten nur die Reinigungsgebühr bezahlen. Was meint ihr?«

»O mein Gott«, schwärmt Selene. »Das wäre toll.«

Ich werfe Derek einen Blick zu und frage mich, was er davon hält. Dieser Vorschlag wird ihm wohl kaum gefallen, oder?

»Klingt super«, sagt er. »Solange wir vor dem Trainingslager hinfahren, bin ich dabei.« Er lächelt mir zu und legt mir eine Hand auf den Oberschenkel.

Ich zwinge mich, sein Lächeln zu erwidern. Wieso habe ich keine Lust darauf? Unser Essen zu sechst war doch schließlich ein voller Erfolg. Es gibt schlimmere Dinge, als das Wochenende mit Freunden zu verbringen. Und eine Reise mit Derek böte uns die Gelegenheit, einander besser kennenzulernen, bevor die Football-Saison anfängt und er deutlich weniger Zeit für mich hat.

»Ja, klar«, stimme ich zu.

»Super«, meint Aubrey. »Ich bin mir ziemlich sicher, dass es für eines der kommenden Wochenenden eine Absage gab, aber ich schreibe euch allen noch mal, wenn ich es genau weiß.«

Ich mustere meinen Teller und zupfe an meinem Donut herum. Dabei bilde ich mir ein, Braxtons Blick auf mir zu spüren. Als ich aufblicke, stelle ich fest, dass er mich tatsächlich beobachtet. Was er wohl denkt? Ich wünschte, ich könnte seinen Gesichtsausdruck deuten. Obwohl wir uns schon seit einer Ewigkeit kennen, gelingt es ihm bis heute, alles vor mir zu verbergen.

Da ich es nicht wage, seinen Blick zu erwidern, wenn er mich so ansieht, schaue ich lieber woandershin.

—

Mein Telefon klingelt und reißt mich aus dem Schlaf. Ich schnappe nach Luft, greife danach und stelle fest, dass es ein Uhr früh ist.

Das Display zeigt mir Braxtons Nummer.

»Was ist los, Braxton?«, frage ich und versuche, so zu klingen, als wäre ich nicht gerade aufgewacht.

»Hey, Kylie«, sagt er. »Entschuldige die späte Störung. Hab ich dich geweckt?«

»Irgendwie schon.«

»Oh. Vergiss es, ist nicht so wichtig. Schlaf weiter.«

»Nein«, wiegele ich eilig ab, ehe er auflegen kann. »Ist schon okay. Was ist?«

Einen Moment lang herrscht Schweigen, aber ich spüre, dass er immer noch dran ist. »Kann ich vorbeikommen?«

»Ja, natürlich«, antworte ich.

»Danke, Ky«, gibt er zurück. »Bin gleich da.«

Ich schleppe mich aus dem Bett, ziehe mir Leggings an und werfe mir eine lange Strickjacke über mein Tanktop. Dann mache ich heißes Wasser für einen Tee und frage mich, was Braxton wohl auf der Seele liegt. Um diese Zeit will er schließlich nicht einfach nur mit mir abhängen. Also muss irgendetwas nicht in Ordnung sein.

Kurz nachdem ich mich mit dem Tee auf die Couch gesetzt habe, klopft es an der Tür, bevor er sich selbst reinlässt, da er einen eigenen Schlüssel hat. Er sieht ein wenig derangiert aus – so, als hätte er in seinen Klamotten geschlafen.

Trotzdem ist er nach wie vor der schönste Mann, den ich je gesehen habe, aber darüber denke ich jetzt lieber nicht genauer nach.

»Hey«, begrüße ich ihn. »Was ist passiert?«

Er lässt sich neben mich auf die Couch sinken. »Es war einfach einer dieser Tage.«

Mein Brustkorb zieht sich zusammen. Mir ist sofort klar, dass er weder von der Arbeit noch seinem Auto oder gar seiner Freundin spricht. Er vermisst seine Eltern.

Eine Weile starrt er vor sich hin, und ich lasse ihn in Frieden. Er wird schon das Wort ergreifen, wenn er so weit ist und es will. Es könnte auch passieren, dass er einfach wieder aufsteht und geht und diesen Besuch mit keinem Wort mehr erwähnt. Aber irgendwie ist mir klar, dass es ihm hilft, hier zu sitzen, ob er nun reden will oder nicht. Das passiert nicht zum ersten Mal.

»Ich wollte ihr nicht erst alles erklären müssen«, sagt er nach einer Weile.

»Wem?«

»Aubrey«, antwortet er. »Sie weiß, dass sie tot sind, aber … Na ja, du warst ja dabei.«

Ich schlucke schwer, um den Kloß im Hals loszuwerden, und beiße mir auf die Unterlippe, weil mir die Tränen kommen. »Ja.«

»Ich weiß nicht, was ausgerechnet an heute so scheiße ist«, erklärt er mit leiser Stimme. »Heute hätte niemand Geburtstag … und es ist auch kein Feiertag. Manchmal trifft es mich einfach wie aus heiterem Himmel.«

Ich sehe diese Seite von Braxton so selten, dass ich nie weiß, wie ich damit umgehen soll. Im Moment drängt es mich, ihn zu umarmen und seinen Kopf an meine Brust zu drücken, aber ich tue es nicht. Ich kann es nicht.

»Kann ich was für dich tun?«, erkundige ich mich.

Er schüttelt den Kopf. »Darf ich einfach eine Weile bei dir sitzen?«

»Ja, natürlich.«

Er sieht mich mit seinen dunklen Augen an, dass es mir durch Mark und Bein geht. »Danke, Kylie.«

Abermals schnürt es mir den Hals zu, und ich muss mich sehr zusammenreißen, um nicht loszuheulen. Ich stelle die Teetasse auf den Tisch, nur um ihn nicht mehr ansehen zu müssen. »Für dich würde ich alles tun, Braxton.«

Alles.

10
Braxton

Ich wünschte, Aubrey hätte ihre Idee mit dem Wochenendausflug mit mir besprochen, ehe sie einfach damit herausgeplatzt ist, denn ich weiß wirklich nicht, was ich davon halten soll. Nichtsdestotrotz betreten wir ein paar Wochen später ein Ferienhaus in Leavenworth. Selene und Matthew sind mit uns hergefahren, und Derek und Kylie werden in etwa zwanzig Minuten dazustoßen.

Derek und Kylie.

Mir ist, als würde mir mein Leben entgleiten. Ich habe die Beziehung mit Aubrey angefangen, um die Kontrolle wieder an mich zu reißen. Das hier sollte meine *Veränderung* sein. Ich hatte die Nase voll davon, wie die Dinge liefen, aber statt sie zu verbessern, habe ich irgendwie alles nur noch schlimmer gemacht.

Wäre ich nicht mit Aubrey zusammen, hätte Kylie sich möglicherweise nicht mit Derek eingelassen.

Ich bin kein solches Arschloch, dass ich Kylie nicht glücklich sehen will. Aber er sieht sie auf eine Art und Weise an, bei der ich ständig das Bedürfnis verspüre, ihm die Fresse zu polieren. Als wäre sie sein Eigentum. Dabei kennt er sie doch kaum.

Okay, vielleicht verdient sich irgendwann ein anderer Kerl das Recht, sie so anzusehen, aber dafür muss er sich zuerst ein bisschen anstrengen. Er kann nicht einfach einen Monat lang mit ihr ausgehen und sich dann einbilden, sie würde ihm gehören.

Himmel, ich bin völlig am Ende.

Aber ich muss zugeben, dass das Haus einladend aussieht. Nun kann ich nachvollziehen, warum sich Aubrey so darauf gefreut hat. Es liegt direkt am Fluss, und die Stadt ist zu Fuß erreichbar. Uns stehen eine große Küche, vier Schlafzimmer, mehrere Badezimmer und ein Balkon mit Blick auf den Fluss zur Verfügung.

Leavenworth ist ziemlich touristisch – alles ist im Stil eines altbayerischen Dorfes gehalten –, aber die Berge sind wunderschön, und die Wettervorhersage fürs Wochenende ist traumhaft. Wir kommen am späten Freitagabend an und machen nicht mehr viel, außer uns Zimmer auszusuchen und uns häuslich einzurichten.

Ich versuche, nicht daran zu denken, dass Derek und Kylie in ihrem Zimmer auf der anderen Seite des Hauses wahrscheinlich gerade miteinander schlafen. Bevor wir zu Bett gehen, verwöhnt mich Aubrey mit dem Mund, was mich zugegebenermaßen eine Weile von allem ablenkt.

Das macht mich vermutlich zu einem schlechten Menschen.

Am nächsten Tag wollen die Frauen sich in der Stadt umschauen. Die Männer werden mitgeschleppt, obwohl mir schleierhaft ist, warum sie uns dabeihaben wollen. Selene und Kylie scheinen gut ohne uns klarzukommen, aber Aubrey besteht darauf, dass wir alle zusammenbleiben. Angeblich ist der Grund dafür die Möglichkeit eines gemeinsamen Mittagsessens, doch ich kann das Gefühl nicht abschütteln, dass sie einfach nur mit meiner Kreditkarte einkaufen gehen will.

Was sich kurz darauf bestätigt.

Wir schlendern von einem Geschäft zum nächsten, und es dauert nicht lange, bis Aubrey einen Juwelier erspäht. Sie zieht mich am Arm hinein und betrachtet staunend die Kollektion. Immerhin reden wir hier nicht von Diamanten oder ähnlichen Steinen, daher muss ich mir wenigstens keine Sorgen wegen möglicher Andeutungen in Bezug auf Verlobungsringe machen (denn das kann sie getrost vergessen). Aber sie findet eine Kette, die ihr gefällt, und gibt mir wenig subtil zu verstehen, wie gern sie sie hätte. Sie klimpert mit den Wimpern, und ich zucke mit den Achseln und schenke sie ihr.

Tatsächlich schenke ich ihr eine ganze Menge Sachen. Eigentlich frage ich mich schon seit einer Weile, ob Aubrey wirklich auf mich oder eher auf mein Geld steht – denn sie scheint mich zwar zu mögen, aber wenn ich ihr etwas kaufe, das sie wirklich haben will, steige ich ungemein in ihrer Gunst. Ich weiß inzwischen genau, wie ich sie dazu bringen kann, mir einen zu blasen: Ich muss ihr nur ein Geschenk kaufen.

Selbstverständlich stehe ich auf Blowjobs, aber langsam wird es langweilig.

Die Frauen sind noch eine Weile mit Shoppen beschäftigt, und ich kaufe Aubrey noch ein Kleid und ein Paar Sandalen. Kylie wirft mir einen komischen Blick zu, doch ich tue so, als hätte ich es nicht bemerkt. Zum Mittagessen gönnen wir uns richtig leckere Bratwurst mit Bier (ich lade Aubrey selbstverständlich ein) und gehen dann zum Haus zurück. Aubrey, Selene und Matthew beschließen, zum Supermarkt zu fahren, um Lebensmittel zu besorgen. Derek will joggen gehen, und ich überlege, mich ihm anzuschließen, aber meine Achillessehne ist diese Woche ein wenig gereizt, und ich will mir nichts zerren. Außerdem habe ich so meine Schwierigkeiten mit Derek.

Er ist mein Kunde, und innerhalb der vier Wände meines Fitnessstudios geht es strikt ums Geschäft. Dort kann ich mich auf meinen Job konzentrieren. Ich will ihn unbedingt gut auf dieses Trainingslager vorbereiten und werde mir von diesem verdammten Chaos in meinem Kopf keinen Strich durch die Rechnung machen lassen.

Aber außerhalb des Studios schwanke ich zwischen milder Verachtung und dem Bedürfnis, ihn zu erwürgen.

Ich beschließe, mich mit einem Bier auf die Terrasse zu setzen, und bin durchaus erleichtert, Aubrey mal für eine Weile los zu sein. Erschreckenderweise brauche ich schon jetzt ein wenig Abstand zu ihr, und das Wochenende ist noch nicht einmal zur Hälfte vorbei.

Kylie tritt durch die Schiebetür und hält inne. Sie trägt eine Bierflasche in der einen und ein Buch in der anderen Hand.

»Oh, hey. Entschuldige, ich wusste nicht, dass du hier draußen sitzt.«

»Schon okay, Baby Girl«, erwidere ich lächelnd. »Setz dich zu mir.«

Sie lässt sich auf einem Liegestuhl neben mir nieder. Ihre Shorts betonen ihre langen Beine, und ihre Brüste sehen in dem engen Tanktop sensationell aus. Ich versuche, sie nicht allzu sehr anzustarren.

»Was ist?«, fragt sie.

Ich ziehe die Augenbrauen hoch. »Was meinst du?«

»Wieso siehst du mich an?«

Verdammt, so viel zu nicht-zu-sehr-starren. Ach, was soll's. »Weil du eine schöne Frau bist.«

»Hör auf damit, Brax«, meint sie schnaubend.

»Womit?«, frage ich unschuldig.

»Du weißt schon.«

Allein ihr Anblick beschert mir schon eine Erektion. Ich sollte wirklich damit aufhören, sie anzusehen. Es ist leichter, mit einer Frau zusammen zu sein, die Kylie nicht hasst, aber ich werde das Gefühl nicht los, dass Aubrey irgendetwas hinter ihrem Lächeln verbirgt. Sie ist ein wenig *zu* nett zu Kylie. Wirkt zu gezwungen. Wenn sie zurückkommt und meinen Ständer bemerkt, könnte diese Fassade in sich zusammenbrechen.

Aber wäre das denn wirklich so schlecht?

»Was liest du da?«, will ich wissen. Ich muss *auf jeden Fall* damit aufhören, sie anzustarren, aber ich will nicht aufhören, mit ihr zu reden. In den letzten Monaten haben wir uns kaum gesehen.

»Ach, das weiß ich gar nicht genau. Irgendetwas Spannendes, das mir eine meiner Kolleginnen ausgeliehen hat.«

Sie schlägt das Buch auf, aber ich erkenne an ihrer Kopfhaltung, dass sie nicht liest. Stattdessen starrt sie auf den Fluss hinaus. Ich beobachte sie aus dem Augenwinkel und frage mich, was sie wohl denkt.

Ich verliere sie.

Der Gedanke kommt aus dem Nichts, und ein unangenehmes Gefühl steigt in mir auf. Wir driften auseinander. Auf meiner Suche nach einer richtigen Beziehung habe ich mich unabsichtlich von Kylie abgekapselt. Und jetzt macht sie dasselbe mit mir – wir entfernen uns jeden Tag ein bisschen weiter voneinander. Ist das das unvermeidliche Ende unserer Freundschaft? Werde ich in zehn Jahren verheiratet und als Vater einiger Kinder aufwachen und feststellen, dass wir seit Jahren nicht miteinander gesprochen haben?

Ich nehme noch einen Schluck, um den Gedanken zu ertränken.

»Wie läuft's mit Aubrey?«, fragt sie zaghaft.

Die Frage trifft mich völlig unvorbereitet. »Äh …« Ich zögere. Soll ich mit ihr darüber reden? Was soll ich sagen? Was *kann* ich denn sagen? »Ja, ziemlich gut, denke ich.«

Feigling.

»Gut«, sagt sie. »Das ist gut.«

»Wieso fragst du?«

Jetzt sieht sie verunsichert aus. »Ich weiß auch nicht. Reine Neugier, schätze ich.«

Ich atme ein. »Eigentlich bin ich mir nicht sicher, wie es läuft.« Das ist wenigstens die Wahrheit.

»Inwiefern?«

Nun befinden wir uns auf unbekanntem Terrain, und erneut habe ich eine Eingebung. Bisher hielt ich unsere stille Vereinbarung immer für etwas, das *Kylie* schützt. Doch jetzt, da ich meine Worte abwäge, fällt mir auf, dass ich eigentlich eher mich selbst damit schütze. Denn wenn wir dieses Thema vertiefen, werde ich früher oder später nicht vermeiden können, ihr anzuvertrauen, dass ich in Beziehungen eigentlich nur derart versage, weil keine der Frauen, mit denen ich zusammen bin, sie ist.

Bei *ihr* wäre das alles anders.

Ich würde sie niemals von mir wegschieben, sondern sie so wertschätzen, wie sie es verdient. Ich würde sie, und nur sie, in mein Herz lassen.

Verdammt, wieso denke ich so was? Genau damit wollte ich doch aufhören.

Ich hole tief Luft. Na gut, da wir dieses Gespräch jetzt wirklich führen … »Sie hat ihre guten Seiten«, gebe ich vorsichtig zu, »aber ich weiß nicht, ob sie die Richtige für mich ist.«

»Vielleicht seid ihr nur noch nicht lange genug zusammen«, gibt Kylie zu bedenken. »Beziehungen brauchen Zeit zum Wachsen.«

Ich nicke und nippe an meinem Bier. »Denkst du das wirklich? Dass ich uns mehr Zeit geben sollte?«

Sie hält inne und kaut nachdenklich auf der Unterlippe. »Wenn sie dich glücklich macht, dann ja.«

»Hast du denn den Eindruck?«

»Ehrlich gesagt weiß ich es nicht, Braxton. Du kommst mir jedenfalls glücklich vor.«

Okay, wenn sie fragt, darf ich es dann auch? »Und wie läuft's mit Derek?«

Sie zögert. Das gefällt mir. Ihr Zögern muss einen Grund haben. »Gut, denke ich.«

»Denkst du?«, frage ich.

»Na ja, so lange sind wir ja noch nicht zusammen«, erklärt sie. »Er hat ebenfalls seine guten Seiten.«

»Aber?«

»Ich weiß es nicht«, gesteht sie. »Vielleicht gibt's kein Aber.«

»Es klang aber ganz danach«, beharre ich.

Sie lacht auf. »Jetzt klingst du wieder, als hättest du schmutzige Gedanken.«

Ich grinse sie spitzbübisch an. »Willst du, dass ich schmutzige Gedanken habe?«

Sie seufzt entnervt. »Derek ist okay. Er ist ein netter Kerl. Er behandelt mich gut, und es macht Spaß, mit ihm zusammen zu sein.«

Ich betrachte sie schweigend. Gott, ich will diese Frau in meinem Bett haben. Ich will sie so hart und so gut ficken, dass sie für den Rest ihres Lebens keinen anderen mehr ansehen wird. Ich will ihr jeden Zentimeter von mir geben, tief in ihr versinken und ihr zeigen, wie lange ich sie schon begehre.

»Ich bin nicht der Mann, für den du mich hältst, Kylie.« *Verdammt.* Das wollte ich nicht aussprechen.

Ihr Blick ruht auf mir, aber ich weiche ihm aus.

»Wie meinst du das?«, will sie wissen.

Ich nehme noch einen Schluck von meinem Bier. Ich müsste dringend meine Hose zurechtrücken, weil mein Ständer einfach nicht weggeht, aber Kylie wendet den Blick nicht ab. »Ich dachte, ich tue das Richtige, aber jetzt habe ich das Gefühl, alles noch schlimmer gemacht zu haben.«

Ich rechne damit, dass sie nachhakt, aber sie starrt mich nur an. »Vielleicht können die Dinge trotzdem besser werden«, sagt sie schließlich leise.

Ich halte die Luft an und starre aufs Wasser. Mein Körper schmerzt, weil ich mich so sehr nach ihr sehne. Ich will sie in die Arme nehmen, auf mich ziehen und sie küssen, bis keiner von uns mehr atmen kann.

Das ist so was von falsch.

Ich versuche wirklich, alles richtig zu machen. Keiner von uns ist Single. Ich mag ja ein Riesenarschloch sein, aber so einer bin ich nicht.

Notgedrungen stehe ich auf und gehe ins Haus, ehe ich etwas tue, das ich später bereuen werde.

11
Kylie

Kaum ist Selene mit den Einkäufen zurück, widme ich mich dem Alkohol.

Seitdem wir hier sind, bereue ich, diesem Wochenendausflug zugestimmt zu haben. Selene will aus uns eine Sechsergruppe à la *Friends* machen, wie mir vollkommen klar ist, doch das kann sie vergessen. Aubrey ist zwar nett zu mir, meint es allerdings nicht ernst. Das spüre ich deutlich. Ich weiß nicht, was sie im Schilde führt, aber keine Faser an ihr ist aufrichtig. Niemandem gegenüber.

Sie ist nur des Geldes wegen mit Braxton zusammen, und das ärgert mich maßlos. Zwar ist sie nicht die Erste, von der man das behaupten kann, aber sie kommt mir heimtückischer vor als der Großteil ihrer Vorgängerinnen. Sie verbirgt es gut. Hoffentlich passt er bei ihr gut auf. Sie kommt mir wie der Typ Frau vor, der sich absichtlich schwängern lässt.

Ich greife mir meinen Drink – hauptsächlich Rum mit einem Spritzer Cola – und setze mich an den Küchentisch. Braxton hat sich seit unserem merkwürdigen Gespräch nicht mehr blicken lassen. Es war, als hätte ein verdammtes Alien von seinem Körper Besitz ergriffen, und dann ist er einfach verschwunden. Seine Stimme hat mich mehr als sonst erschauern lassen, als er sagte, er sei nicht der Mann, für den ich ihn halte.

Was hat das zu bedeuten?

Derek kommt verschwitzt vom Laufen zurück. Er nimmt sich eine Wasserflasche aus dem Kühlschrank und stürzt die Hälfte des Inhalts in einem Zug herunter. »Hey, Babe, ich gehe duschen. Willst du mitkommen?«

Ich sollte wahrscheinlich das Bedürfnis verspüren, mich ihm anzuschließen, bin aber nicht in Stimmung. Ganz und gar nicht. Daher schenke ich ihm ein entschuldigendes Lächeln. »Ich habe mir gerade einen Drink gemacht, und das Buch ist so spannend.«

Er sieht nicht enttäuscht aus und zuckt nur mit den Achseln. »Okay. Bin gleich zurück.«

Auch wenn ich froh bin, dass er mich nicht bedrängt, könnte er es doch wenigstens versuchen, oder nicht?

Derek ist das andere Problem. Die Anspannung zwischen ihm und Braxton ist unmöglich zu ignorieren. Anfangs schienen die beiden gut miteinander auszukommen, und ich dachte, das würde daran liegen, dass sie einander schon kannten. Aber jetzt ist das anders. Mir entgehen Dereks Blicke nicht, wenn sich Braxton mit mir unterhält. Hätte er uns beide vorhin auf der Terrasse gesehen, müsste ich mir jetzt bestimmt einiges anhören.

Das nervt, weil Derek Braxtons Kunde ist – noch dazu ein wichtiger. Wenn es mir nicht gelingt, beide Beziehungen in Einklang zu bringen, könnte ich Braxton das Geschäft vermasseln. Ich will nicht der Grund dafür sein, dass er einen Klienten verliert, aber die Feindseligkeit zwischen den beiden wird immer spürbarer.

Ich nehme einen Schluck. Der Drink brennt mir in der Kehle und steigt mir direkt zu Kopf, so dass mir leicht schwummrig wird. Ich beschließe, dass mir das Gefühl gefällt, und nehme noch einen Schluck. So beabsichtige ich, den Rest des Wochenendes zu überstehen. Ich habe nicht vor, meine Verwirrung genauer zu ergründen oder mich zu stressen, weil Braxton mit Aubrey möglicherweise einen Riesenfehler macht ... genau wie ich mit Derek.

Also werde ich diesen ganzen Mist einfach in Rum ertränken und mich verdammt nochmal amüsieren.

Meine Party-Attitüde ist ansteckend, und schon bald fließt der Alkohol in Strömen.

Braxton taucht wieder auf und scheint meinen Plan für gut zu befinden, denn kaum hat er die Küche betreten, sehe ich ihn zwei Shots hinunterstürzen. Aubrey, die kleine Goldgräberin, trägt ihr neues Kleid und hängt an Braxtons Arm, als müsse sie ihn markieren.

Als die Sonne untergeht, sind wir alle sturzbesoffen.

Selbst Derek, der sonst nicht viel trinkt, lacht sich mit Matthew einen Ast. Ich weiß nicht, was so verdammt witzig ist, und es ist mir auch egal. Ich habe zu viel Rum intus, um mich noch um *irgendetwas* zu scheren.

Ich sitze auf der Couch, lausche mit halbem Ohr den Gesprächen, und mir wird auf einmal klar, dass sich die anderen gerade erzählen, wie sie ihre Jungfräulichkeit verloren haben. Selene sieht etwas wehmütig aus, als sie von den romantischen Versuchen ihres Highschoolfreunds berichtet. Matthews erstes Mal war auf einem Autorücksitz, Derek wurde nach dem Sieg bei einem Footballspiel entjungfert – wer hätte mit etwas anderem gerechnet? Aubrey hatte den ersten Sex beim Camping, und aus heiterem Himmel lachen alle über Matthews »Ficken in Zelten«-Witze. Braxton ist bei dem Thema ungewöhnlich zurückhaltend. Ich rechne damit, dass er damit angibt, wie großartig er von Anfang an im Bett gewesen ist, aber er zuckt nur mit den Achseln und erzählt, dass er sie in sein Zimmer geschmuggelt hat.

Alle Blicke wenden sich mir zu. O Mann. Muss ich da wirklich mitmachen? Ich spreche nicht gern über mein erstes Mal. Es ist keine schöne Geschichte.

»Was ist mit dir, Kylie?«, will Matthew wissen.

Ich schinde Zeit, indem ich einen Schluck nehme.

»Ist schon gut, sie muss nicht antworten«, wirft Selene ein.

Ich schenke ihr ein dankbares Lächeln.

»Wieso, was ist so schlimm daran?«, nörgelt Matthew. »Ist ja nicht so, als wäre es erst letzte Woche passiert.«

»Nein, es war nur nicht besonders toll«, gestehe ich.

Aubrey sieht mir lachend in die Augen. »Das ist es doch nie, oder? Komm schon, Kylie, wir haben unsere Geschichten doch auch erzählt.«

Ich versteife den Rücken. Sie fordert mich heraus, daran besteht kein Zweifel. »Na gut«, gebe ich nach. Irgendwo im Hinterkopf ist mir bewusst, dass ich diese Geschichte in nüchternem Zustand niemals erzählen würde. Nicht hier. Nicht vor diesen Leuten, die mich kaum kennen. Nicht einmal Braxton hat sie je gehört.

Aber ich bin ja eindeutig nicht nüchtern.

»Sein Name war Ryder«, fange ich an. »Gut aussehend. Beliebt. Alle Mädchen waren scharf auf ihn. Er ist mit mir zu einem Schulball gegangen. Danach sollte er mich nach Hause bringen, aber stattdessen fuhren wir zu einem verlassenen Grundstück, wo wir ganz allein waren. Ich hatte das Gefühl, dass er vor mir schon mit anderen da war, und wollte eigentlich gar nicht mit ihm schlafen, doch er wollte mein Nein nicht akzeptieren.«

Mit dieser Geschichte verderbe ich den anderen so richtig den Spaß. Sie starren mich schweigend an. Es wäre wirklich klüger, jetzt einfach den Mund zu halten, aber betrunken trifft man nun mal nicht unbedingt die besten Entscheidungen.

»Es war ihm egal, dass er mir wehtat oder dass ich danach weinte. Als es vorbei war, hat er mich nach Hause gebracht, als wäre nichts passiert. Ich habe lange niemandem davon erzählt. Ich wollte es einfach nur vergessen.«

»Oh, Kylie«, murmelt Selene sanft.

Aubrey und Matthew rutschen verlegen herum, aber sowohl Derek als auch Braxton starren mich mit sturmumwölkten Mienen an. Eine Ader an Braxtons Hals tritt hervor, und er atmet schwer.

Sie fangen beide gleichzeitig an zu reden, aber ich verstehe ihre Worte nicht, und dann stutzen sie und starren einander an.

Es ist wie ein verdammter Showdown auf einer staubigen Straße vor einem Saloon im Wilden Westen. Sie bräuchten nur noch Colts an den Hüften, und kurz darauf hätte einer der beiden eine Kugel in der Brust. Ihre erbosten Blicke wirken, als müssten sie darum wetteifern, wer von ihnen sich meinetwegen mehr aufregen darf. Wer das Recht hat, mich aufzumuntern. Ich ziehe die Schultern ein, und die Anspannung im Raum raubt mir die Luft zum Atmen.

»Mann, das ist übel«, wirft Matthew ein, als hätte er noch nicht mitbekommen, dass die beiden anderen Männer im Raum so aussehen, als wollten sie aufeinander losgehen.

Ich muss die Situation entschärfen, und zwar schnell. »Na ja, ich habe ihm später in die Eier getreten, also war es am Ende doch gar nicht so schlimm.«

Aubrey lacht erneut auf. »Wow, das ist krass.«

Derek kommt zur Couch und legt mir eine Hand auf den Arm. »Das ist ja furchtbar, Babe.« Er drückt mir einen Kuss auf den Scheitel und geht an mir vorbei in die Küche.

Ich brauche frische Luft. Selene war der einzige Mensch auf der Welt, der davon wusste, und jetzt habe ich es vor all diesen Leuten ausgeplaudert. Ich stehe auf und trete auf den Balkon.

Seit Sonnenuntergang hat es sich beträchtlich abgekühlt. Die Luft ist richtig eisig, obwohl die Temperaturen tagsüber auf fast dreißig Grad geklettert waren. Ich gehe ans Geländer und lehne mich dagegen, während ich dem beruhigenden Klang des rauschenden Flusswassers lausche. Die kühle Luft klärt mir den Kopf, aber das flaue Gefühl im Magen will nicht weichen. Es liegt nicht am Rum, obwohl ich eindeutig viel zu viel getrunken habe.

Hinter mir wird die Glastür geöffnet und wieder geschlossen. Mir ist sofort klar, wer es ist.

Ich drehe mich um und will ihm sagen, dass es mir gut geht, doch ehe ich dazu komme, nimmt mich Braxton in die Arme und drückt mich fest an seine Brust. Ich versteife mich, und mir kommen die Tränen. Himmel, er fühlt sich so gut an. Das ist nicht richtig. Seine Arme sind kräftig, und sein Körper ruht warm an meinem. Er ist stark und ruhig und duftet nach Zedernholz und Whiskey. Ich schließe die Augen und lasse die Umarmung zu, will jetzt nicht darüber nachdenken, was die anderen sagen werden, wenn sie uns so sehen.

Braxton lässt mich nicht los. Ich spüre, wie sich seine Brust hebt und senkt, und auf meiner Haut spüre ich die kühle Luft im Kontrast zu seiner Körperwärme.

Seine Stimme ist ein kehliges Flüstern. »Ich wünschte, du hättest es mir gesagt.«

»Du hättest nichts tun können«, erwidere ich. »Und ich wollte nicht, dass du ihn umbringst und ins Gefängnis kommst.«

Seine Umarmung ist felsenfest. »Ich hätte das hier tun können.«

Ich entspanne mich, gebe mich seiner Wärme hin, und die Anspannung schwindet aus meinem Körper. Meine Arme sind gebeugt, dicht an meine Seiten gepresst – der einzige Grund, warum das hier keine echte Umarmung ist. Braxton streicht mir über den Rücken. Ich möchte ihm die Arme um die Taille legen und ihn an mich drücken. Ich möchte das Gesicht an seiner Brust vergraben und weinen. Warum auch immer. Seitdem ist mehr als genug Zeit vergangen, und inzwischen bin ich über das Geschehene hinweg. Ich rede nicht gern darüber, aber die Erinnerung dreht mir nicht länger den Magen um. Trotzdem brennen meine Augen und es schnürt mir die Kehle zu.

Derek wird uns sehen. Es ist zwar dunkel, aber die Schiebetür liegt direkt neben der Küche. Was soll ich ihm sagen? Ich war betrunken und traurig? Braxton ist ein guter Freund, und ich brauchte eine Umarmung? Seine Arme fühlen sich an, als würde ich dorthin gehören, und ich möchte ihn gar nicht mehr loslassen?

Die Tür geht auf, und meiner Kehle entweicht ein leises Keuchen. Braxton lässt die Arme sinken, und wir rücken sofort voneinander ab. Die Kälte umfängt mich abermals, als hätte ich ein wärmendes Lagerfeuer verlassen und wäre in eine Nebelwand gelaufen.

»Oh, hey, Leute.« Es ist Matthew. »Kylie, Selene sucht nach dir. Alles okay?«

Braxtons Blick ruht auf mir. Selbst in der Dunkelheit sehe ich seine Intensität. Mein Herz schlägt viel zu schnell.

»Ja, mir geht's gut«, antworte ich und versuche, locker zu klingen. »Sag ihr, wir reden morgen, okay? Es war einfach zu viel Rum, verstehst du?«

»Ja, total. Wir sind wohl alle ziemlich drüber. Dann bis morgen.«

»Gute Nacht«, sage ich.

Matthew schließt die Tür.

Braxton rührt sich nicht.

Ich weiß nicht, was ich von ihm erwarte. Einerseits wünsche ich mir, dass er mich wieder umarmt, andererseits soll Derek es keinesfalls sehen. Was sagt das über mich aus?

Nichts Gutes.

»Mir geht's gut, Brax«, murmele ich. »Ich bin nur betrunken und muss ins Bett.«

Ich warte seine Antwort nicht ab und gehe hinein, um geradewegs auf mein Zimmer zuzuhalten. Er bleibt auf dem Balkon zurück.

12
Braxton

Ich bin mir eigentlich ziemlich sicher, was ich zu tun habe, aber beschließe, es nicht in Leavenworth durchzuziehen.

Eine Woche vergeht, und ich meide Aubrey. Ich gehe nicht ans Telefon, wenn sie anruft. Zwar will ich sie nicht einfach abservieren, aber ich muss zuerst meine Gedanken sortieren.

Am Montagnachmittag bin ich früh mit dem Training fertig und statte Mr Winters einen Besuch ab. Es ist ein sonniger Tag, aber eine stete Brise sorgt dafür, dass es nicht zu heiß wird. Als ich eintreffe, sitzt er im Garten hinter dem Gebäude. Seine Pflegerin nickt mir grüßend zu.

»Braxton«, sagt Mr Winters. »Dich habe ich heute nicht erwartet.«

»Störe ich?«, frage ich.

»Natürlich nicht«, antwortet er. »Du bist hier immer willkommen. Das weißt du doch.«

Neben ihm steht eine Bank, auf die ich mich setze. Eine Weile sitzen wir einfach schweigend beieinander. Die Sonne fühlt sich gut an auf meiner Haut.

»Und, was ist los?«, bricht er schließlich die Stille.

Ich erwäge kurz, einfach abzustreiten, dass ich aus einem bestimmten Grund hergekommen bin, aber dann gestehe ich mir ein, dass ich mit ihm reden möchte. »Glauben Sie, dass ich dazu verdammt bin, für immer allein zu bleiben?«

Mr Winters schnaubt. »Ich denke, die Antwort kennst du bereits. Wieso? Läuft es nicht gut mit Aubrey?«

»Nein«, gebe ich zu. »Ich glaube, ich muss die Beziehung beenden.«

»Und jetzt fragst du dich, ob das der richtige Weg ist?«, will er wissen.

»Eigentlich nicht«, gestehe ich. »Ich habe den Eindruck, sie mag mein Geld mehr als mich, aber das ist nicht das eigentliche Problem.«

Er schwieg kurz. »Und was *ist* das eigentliche Problem?«, hakt er dann nach.

Beinahe hätte ich es ausgesprochen, ihm gebeichtet, dass ich in seine Tochter verliebt bin. Dass ich sie seit unserer Kindheit liebe und dass es mich umbringt, weil wir nicht zusammen sein können.

Aber ich tue es nicht.

»Ich liebe sie nicht«, antworte ich stattdessen. »Ich mag sie, schätze ich. Sie sieht gut aus, und wir haben Spaß miteinander. Wir sind noch nicht besonders lange zusammen, aber ich sehe einfach keine Zukunft für uns.«

»Dann tust du recht daran, es zu beenden«, schlussfolgert er. »Mit der falschen Person zusammen zu sein, ist nie eine gute Idee.«

Wieder sitzen wir schweigend da. Ich warte, bis seine Pflegerin ins Haus geht, und reiche ihm die Flasche, die ich reingeschmuggelt habe.

Er nimmt einen Schluck und gibt sie mir zurück. »Das mit der Liebe ist oftmals ein Scheißspiel.«

Ich muss lachen. »Allerdings.« Nach einem Schluck stelle ich die Flasche neben mich auf die Bank.

»Du hältst mich bestimmt für einen Zyniker«, sagt er. »Aber das bin ich nicht. Ich habe es nie bereut, Kylies Mutter geheiratet zu haben, weil es Kylie ohne sie nicht geben würde, aber es war trotzdem eine schlechte Entscheidung. Eine ganze Reihe schlechter Entscheidungen, wenn ich ehrlich bin.«

»Haben Sie je darüber nachgedacht, ein zweites Mal zu heiraten?«, will ich wissen.

»O ja«, antwortet er. »Aber ich habe mir immer zu viele Sorgen um Kylie gemacht. Ich wollte nicht, dass jemand unsere Beziehung stört. Außerdem habe ich zu viel gearbeitet. Ich habe alles, was ich hatte, in die Kanzlei und in meine Tochter gesteckt. Da war nicht mehr viel für eine dritte Person übrig.«

»Bereuen Sie das?«

»Ein bisschen«, gibt er zu. »Es wäre schön, jetzt jemanden an meiner Seite zu haben, mit dem ich mein Leben teilen könnte. Ich habe natürlich Kylie und dich und auch deine Schwester. Aber ihr drei führt euer eigenes Leben, und ich möchte, dass ihr euch darauf konzentriert.«

Ich reiche ihm die Flasche, und er setzt sie an die Lippen.

»Soll ich dir sagen, was du tun musst, Braxton?«, fragt er.

Ich schiebe die Sonnenbrille zur Nasenspitze und ziehe die Augenbrauen hoch. »Will ich das wirklich hören?«

Er gibt mir die Flasche zurück. »Ja, das willst du. Du bist der Typ Mann, der Dinge durchzieht. Deshalb bist du so erfolgreich in deinem Beruf.«

»Ich weiß nicht recht. Ich hatte eine Menge Startkapital«, gebe ich zurück. »Ich konnte es mir leisten, die ersten paar Jahre Verlust zu machen, während ich mir einen Kundenstamm aufbaue.«

»Das ist wahr«, räumt er ein. »Du hattest einen finanziellen

Vorteil, anders als viele andere junge Männer. Aber du hast ihn sinnvoll genutzt. Du hast deine Chance genutzt und das Beste daraus gemacht.«

Ich nehme noch einen Schluck. »Stimmt.«

»Was ich damit sagen will ...«, fährt er fort, »wenn es etwas gibt, das du willst, dann musst du es dir holen. Falls Aubrey nicht die Frau ist, die du dir wünschst, beende die Beziehung lieber sofort. Dann bist du wenigstens offen für etwas Neues, das dich glücklich macht.«

Wieder reiche ich ihm die Flasche. »Da haben Sie vollkommen recht.«

—

Am nächsten Tag lade ich Aubrey zu mir ein, damit wir reden können. Kaum ist sie eingetreten, scheint sie bereits etwas zu ahnen. Normalerweise bin ich ganz gut darin, mich hinter meinen Mauern zu verstecken, aber heute fehlt mir dafür die Energie. Ich gehe mache ihr Platz, als ich die Tür öffne, vermeide so den Begrüßungskuss und gehe ins Wohnzimmer.

»Was ist los?«, will sie wissen.

Ich lasse mich auf die Couch sinken. »Setz dich zu mir.«

Sie beäugt mich skeptisch.

Ich sollte es einfach hinter mich bringen. »Aubrey, ich habe nachgedacht ...«

»Du machst mit mir Schluss?«, fragt sie. Ihr feindseliger Tonfall trifft mich unvorbereitet. Natürlich habe ich nicht erwartet, dass sie glücklich darüber ist, aber jetzt frage ich mich, ob sie mehr Gift verspritzen wird, als ich verkraften kann.

»Ganz ehrlich? Ja.«

Sie kneift die Augen zusammen. »Du Wichser.«

Ernsthaft? »Es tut mir leid, Aubrey. Du bist eine tolle Frau, aber es fühlt sich einfach nicht richtig an.«

»Was fühlt sich nicht richtig an?«, will sie wissen. »Wir haben Spaß zusammen. Die Chemie zwischen uns stimmt. Was zum Henker willst du denn noch?«

Ich will Kylie. »Hör zu, du hältst mich jetzt wahrscheinlich für ein Arschloch, aber das ist das am wenigsten Arschige, was ich für dich tun kann.«

»Soll ich mich jetzt etwa besser fühlen?«, fragt sie. »Weil du tust, was am besten für mich ist?«

»Es ist immer noch besser, als dir etwas vorzuspielen«, gebe ich zu bedenken.

Sie steht auf und tritt mit verschränkten Armen ans Fenster. »Es ist wegen Kylie, oder?«

Verdammt. »Wie meinst du das?«

»Ach, tu doch nicht so, Braxton.«

Ich atme gepresst aus. Es ist mir schrecklich unangenehm, das mitten in einer Trennung zum ersten Mal auszusprechen, aber es wäre sinnlos, sie anzulügen. »Ja. Es ist wegen Kylie.«

»Weißt du, schon als du mir von deiner besten Freundin erzählt hast, sind bei mir die Alarmglocken losgegangen. Du warst so felsenfest von eurer Freundschaft überzeugt, aber ich dachte mir, was soll's. Ich würde dich schon davon überzeugen, dass du mich willst, egal, wie du für sie empfindest. Aber so sehr ich es auch versucht habe, was ich auch tat … Du hast mich nie so angesehen wie sie.«

»Es tut mir leid, Aubrey«, sage ich. »Ich wollte wirklich, dass das mit uns funktioniert. Ehrlich. Aber ich schaffe es einfach nicht.«

Sie nimmt ihre Handtasche und geht zur Tür. »Du wirst letzten Endes allein bleiben, das ist dir doch hoffentlich klar? Denn was auch immer es mit diesen Gefühlen auf sich hat, die du für sie hegst, sie werden nie zu etwas führen. Wie lange lässt du schon zu, dass sie dein Leben sabotiert? Wenn bis jetzt nichts passiert ist, wird das nie geschehen. Außerdem würde niemand, der noch alle fünf Sinne beisammen hat, mit Derek Marshall Schluss machen. Nicht einmal du kannst mit ihm konkurrieren.«

Sie stolziert hinaus und schlägt die Tür hinter sich zu.

Na ja, wenigstens war es schnell vorbei.

Mein erster Impuls ist, Kylie zu schreiben, dass ich mich von Aubrey getrennt habe. Ich glaube zwar nicht, dass es einen Unterschied macht, aber ich will es sie wissen lassen. Andererseits könnte es komisch rüberkommen, wenn ich ihr aus dem Nichts ein Beziehungs-Update gebe. Normalerweise mache ich keine große Sache aus meinen Trennungen. Ich werde es ihr einfach sagen, wenn wir uns das nächste Mal sehen. Vielleicht schreibe ich stattdessen Selene und poste irgendetwas vages auf Facebook in der Hoffnung, dass Kylie es versteht.

Ich bin überrascht, wie erleichtert ich mich fühle. Bis eben war mir nicht klar, wie sehr mich die Sache mit Aubrey belastet hat. Obwohl ich nicht vergessen kann, was sie mir kurz vor ihrem Abgang entgegengeschleudert hat. Ihre Worte haben mir ganz und gar nicht gefallen; insbesondere, weil ich befürchte, dass sie recht hat.

Denn ich wollte wirklich, dass die Sache mit Aubrey funktioniert. Aber eine Lüge zu leben ist auch nicht besser als der oberflächliche Sex, den ich früher hatte. Es liegt nicht nur an der Tatsache, dass mich ihre Liebe zu meiner Kreditkarte beleidigt hat. Ich liebe sie eben nicht, und dabei geht es nicht darum, sich mehr Zeit zu nehmen. Ich werde sie nie lieben.

Es gibt nur eine Frau, die ich je lieben werde.

Ich habe nicht vor, wieder zu dem Schürzenjäger zu werden, der ich vor Aubrey war. Wenn ich das nächste Mal mit einer Frau schlafe, wird es Kylie sein. Anders geht es einfach nicht. Es kümmert mich nicht, wie lange ich auf sie warten muss. Ich werde mich nicht in ihre Beziehung einmischen. Ich werde nicht sabotieren, was sie mit Derek hat, und wenn es ernst wird, muss ich eben einen Weg finden, damit zu leben.

Aber sobald sie wieder Single ist, werde ich da sein.

13
Kylie

Das Trainingslager und die Vorsaison haben im August angefangen, und ich sehe Derek nur noch selten. Er hat viele Übungsspiele und ist ständig unterwegs. Er schreibt mir, und wir sehen uns, wenn wir es einrichten können. Ich habe den Eindruck, dass uns die Distanz guttut. Mir jedenfalls. Ich habe mehr Zeit, mich auf die Designkunden zu konzentrieren, die mich inzwischen beauftragen. Es wird noch etwas dauern, ehe ich genug verdiene, um das aufzugeben, was ich nun als meinen *Tagesjob* bezeichne, aber wenigstens bin ich auf dem richtigen Weg.

Selene habe ich seit mehreren Wochen nicht gesehen, weil wir beide ziemlich beschäftigt sind, aber sie hat mich bei einem Telefonat wissen lassen, dass sie sich mit Matthew nicht mehr so sicher ist. Sie sagt, er ist launisch und ignoriert sie. Ich rate ihr, den Idioten fallen zu lassen und sich jemanden zu suchen, der sie gut behandelt, weiß jedoch nicht, ob sie auf mich hören wird.

Und Braxton? Der ist seit Leavenworth regelrecht untergetaucht. Ich habe weder von ihm gehört noch ihn getroffen. Alles, was ich sehe, sind ein paar vage Facebook-Posts, die meine Verwirrung noch steigern, doch er meldet sich nicht bei mir.

Allerdings habe ich ihn auch nicht angerufen. Ich weiß einfach nicht, was ich ihm sagen soll.

An einem Dienstag schreibt mir Derek und fragt, ob wir uns an diesem Abend treffen wollen. Fünf Minuten später bekomme ich dieselbe Nachricht von Selene. Ich überlege hin und her und antworte ihr schließlich, dass ich gerade von Derek gehört habe. Dann schlage ich beiden vor, dass wir uns alle zusammen treffen könnten, und die Idee scheint ihnen zu gefallen.

Nach der Arbeit gehe ich nach Hause, um mich umzuziehen. Irgendwie habe ich Lust auf etwas Heißes, daher ziehe ich mir ein rotes Neckholder-Bustier, einen schwarzen Minirock und großartige brandneue schwarze High Heels an. Die Schuhe schimmern ganz leicht und haben ordentlich hohe Absätze, was in Gesellschaft all der großen Menschen in meinem Leben stets ein Vorteil ist.

Derek holt mich ab und führt mich auf die Straße, wo ich mich fragend nach seinem Wagen umsehe. Stattdessen steht da ein scharfes schwarzes Mercedes-Cabrio.

»Ist das deiner?«, frage ich.

»Ja«, antwortet er stolz. »Heute früh abgeholt.«

»Wunderschön.«

Derek öffnet mir die Tür, und ich lasse mich auf dem luxuriösen Ledersitz nieder. Er steigt ebenfalls ein, setzt sich eine Sonnenbrille auf und lächelt mir zu. Ich habe ein gutes Gefühl, was den heutigen Abend angeht.

Wir kommen an der Bar an, wo Selene bereits auf uns wartet. Ohne Matthew.

»Oh, wieso bist du allein?«, will ich wissen, als ich ihr gegenüber auf die Bank rutsche.

»Matthew geht's nicht gut«, antwortet sie. »Aber ich wollte dich sehen, darum bin ich trotzdem gekommen.«

»Ich besorge uns Drinks.« Derek ist schon auf dem Weg zur Bar.

Ich bin mir nicht sicher, ob ich es wirklich wissen will, aber ich nutze Dereks Abwesenheit, um die entscheidende Frage zu stellen. »Kommt Braxton auch noch?«

»Ja, ich habe vorhin mit ihm gesprochen«, sagt Selene. »Ehrlich gesagt überrascht es mich, dass er noch nicht hier ist.«

»Wahrscheinlich holt er Aubrey ab.«

Selene starrt mich verblüfft an. »Aubrey? Sie sind seit über einem Monat nicht mehr zusammen.«

Mir fällt die Kinnlade herunter, und ich klappe den Mund schnell wieder zu. »Wirklich?«

»Ja.«

»Hat sie es beendet oder er?«, will ich wissen.

»Er«, berichtet sie. »Er hat nicht viel erzählt und nur gemeint, dass es nicht gut lief.«

Verdammte Scheiße. Ich fühle mich, als hätte mir jemand den Boden unter den Füßen weggezogen. Während ich noch nach Worten ringe, kehrt Derek zurück und reicht mir ein Bier.

»Hier, Babe«, sagt er.

»Danke.«

Braxton kommt herein und schlendert zu unserem Tisch. Er sieht unfassbar gut aus in seinem weißen T-Shirt und den Jeans. An den Klamotten ist nichts Besonderes, aber seien wir mal ehrlich – mit einem Körper wie seinem ist das auch gar nicht nötig. Sein Blick findet meinen, und seine Lippen kräuseln sich zu einem Lächeln.

Großer Gott, Braxton. Sieh mich heute Abend nicht so an.

Derek legt einen Arm um mich. Das ist untypisch für ihn, weshalb es sich besitzergreifend anfühlt.

»Derek.« Braxton nickt ihm zu. »Du hast am Wochenende ein gutes Spiel gemacht. Gibst auf dem Feld eine gute Figur ab.« Er sieht von Selene zu mir. »Wie geht's meinen Mädels heute Abend?«

Selene zuckt mit den Achseln. »Gut. Und dir?«

»Auch gut«, antwortet er mit einem Lächeln. Er klingt geradezu enthusiastisch.

»Wieso hast du so gute Laune?«, fragt Selene.

»Hab ich die?« Wieder wirft er mir dieses Lächeln zu, das mein Höschen in Flammen stecken könnte. »Ich hole mir ein Bier.«

Mir entgeht nicht, dass Derek verstohlen die Augen verdreht, als Braxton den Tisch verlässt, und ich seufze leise.

Derek entdeckt jemanden auf der anderen Seite des Raums. »Ist nicht wahr«, murmelt er. »Bin gleich wieder da, Babe. Da drüben steht ein alter Freund vom College.« Er steht auf und geht zu einem großen Kerl in der Nähe der Bar. Sie umarmen sich wie echte Männer – ein Arm oben, einer unten – und schlagen sich gegenseitig auf die Schultern.

»Ist es komisch, dass ich noch keinen von Dereks Freunden kennengelernt habe?«, frage ich Selene, als er außer Hörweite ist.

Sie sieht zu ihm hinüber. »Irgendwie schon. Vielleicht hat er hier keine Freunde. So lange lebt er ja noch nicht in Seattle.«

»Gut möglich«, räume ich ein. »Aber seine Familie kenne ich auch noch nicht – allerdings habe ich ihn Dad ebenfalls noch nicht vorgestellt und kann mich vermutlich nicht einmal beschweren. Aber ich weiß nichts über seine Familie. Er spricht nie über sie.«

»Das ist in der Tat merkwürdig«, mein Selene und nimmt

einen Schluck von ihrem Martini. »Vielleicht hat er eine üble Familie und redet nicht gern darüber.«

»Vielleicht.«

Seltsamerweise habe ich das Gefühl, Derek kaum zu kennen. Wir sind jetzt schon seit Monaten zusammen, aber es gibt eine Million Dinge, die ich nicht über ihn weiß. Das Wesentliche ist mir natürlich bekannt – wo er aufgewachsen ist, und auch über seine Footballkarriere bin ich größtenteils im Bilde. Aber hat er einen besten Freund? Einen Lieblingsfilm? Ist er außer zu Spielen schon mal verreist? Wäre er gern mehr unterwegs? Ich habe versucht, mehr über ihn herauszufinden, aber er hält mich auf Abstand.

Braxton kehrt mit einem Bier in der Hand zurück und setzt sich neben mich. Sein Arm berührt meinen. »Das ist viel besser«, meint er. »Ich habe euch beide viel lieber für mich allein.« Er wendet sich mir zu. »Hey, Baby Girl. Es ist viel zu lange her. Ich hab dich vermisst.«

Er ist mir so nah, dass mir das Denken schwerfällt. »Ich dich auch.«

Selene taucht den Finger in ihr Eiswasser und bespritzt Braxton damit. »Halt die Luft an, Freundchen.«

»Was ist denn?«, fragt er.

»Das weißt du genau«, kontert sie.

Ihr Tonfall hat etwas Schneidendes, und ich habe das Gefühl, von ihm wegrücken zu müssen. Aber ich kann es nicht.

Braxton zwinkert ihr zu. »Wie läuft's mit deinem Designprojekt, Ky?«

»Ich habe heute einen neuen Kunden an Land gezogen«, berichte ich. »Es ist nur ein kleines Unternehmen, das Apps entwickelt, aber sie brauchen einfach alles – Logo, Website und den ganzen Kram. Die Arbeit mit ihnen wird mir bestimmt großen Spaß machen.«

Er stupst mich mit dem Arm an. »Das ist ja toll. Ich bin sehr stolz auf dich.«

Wohlige Wärme durchströmt mich, und ich lächele ihm zu, während ich mich in seiner Anerkennung aale. »Danke, Brax.«

»Ihr wisst, was das bedeutet?«, fragt er. »Das muss gefeiert werden.«

»Ach, na ja. Es ist keine große Sache«, wiegele ich ab. »Ich bin immer noch meilenweit von der Vollzeitauslastung entfernt.«

»Das mag ja sein, aber ich finde, wir sollten auch die kleinen Dinge feiern«, wendet er ein.

»Genau, Kylie«, stimmt Selene ihm zu. »Du solltest stolz auf dich sein. Du hast vor nicht einmal einem Jahr damit angefangen, und jetzt sieh dich an.«

»Meine Rede.« Braxton stupst mich abermals an. »Bin gleich wieder da.«

Ich atme kurz durch, um mich von dem Kribbeln an der Stelle zu erholen, an der mich Braxton berührt hat. Selene sieht ihm mit zusammengezogenen Augenbrauen hinterher. Sie kann es nicht leiden, wenn er mit mir flirtet – das war schon immer so.

Ich streiche mir das Haar aus der Stirn. Möglicherweise liegt es daran, dass Braxton mir bis eben so nah war, aber plötzlich ist mir warm. Ich sehe zu Derek hinüber, der noch immer in das Gespräch mit seinem alten Freund vertieft ist. So ungern ich es zugebe, bin ich doch froh, dass er nicht hier ist. Es fühlt sich gut an, endlich mal wieder nur mit Braxton und Selene zusammen zu sein. Das haben wir viel zu lange nicht mehr gemacht.

Braxton kommt zurück, und eine Minute später taucht der Barkeeper mit einem Tablett auf, auf dem drei Tequila-Shots, ein Teller mit Limettenspalten und ein Salzstreuer stehen. »Danke, mein Freund.« Braxton verteilt die Gläser, und wir nehmen uns jeder ein Stück Limette, ehe wir uns Salz zwischen Daumen und Zeigefinger streuen.

Wir heben die Gläser.

»Auf Kylie«, sagt er.

Wir lecken das Salz ab, beißen in die Limetten und stürzen den Tequila herunter. Der Alkohol brennt in der Kehle. Normalerweise trinke ich gern mehrere Shots, aber heute scheint mir schon der erste nicht zu bekommen. Irgendwie ist mir sofort übel.

Ich greife nach dem Wasserglas und nehme einen Schluck. Bestimmt bin ich nur dehydriert.

»So …« Ich mustere Braxton. »Wie ich höre, bist du wieder Single?«

Er lächelt schon wieder, und dieses Kribbeln stellt sich erneut ein. Wieso lächelt er mich so an? Das ist unfair. Ich kann nicht klar denken. »Das wusstest du nicht?«, hakt er nach.

Ich schüttele den Kopf. Worte bringe ich momentan nicht zustande.

Er zuckt gleichgültig mit den Achseln. »Ja, es hat einfach nicht funktioniert.« Bei den nächsten Worten sieht er mir tief in die Augen. »Aber wenigstens bin ich jetzt frei für die Richtige, sobald sie vorbeikommt.«

»Das ist gut«, sage ich und trinke noch einen Schluck Wasser. »Ich wollte eigentlich nichts sagen, bin aber doch erleichtert.«

»Ach ja?«, meint er. »Wieso?«

»Na ja, ich glaube, es ist besser für deinen Geldbeutel. Wie viel hast du allein für Schmuck ausgegeben? Sagen wir, in einer Woche?«

Er grinst verschmitzt. »Ein paar tausend Dollar, schätze ich. Denk nur an all das Geld, was mir jetzt wieder zur Verfügung steht. Was soll ich nur damit anstellen?«

»Für mich ausgeben natürlich«, kontere ich. »Ich könnte ein neues Auto gebrauchen, und neue Möbel wären auch nicht schlecht ...«

»Da kann ich dir tatsächlich behilflich sein«, erklärt er. »Wann wollen wir einkaufen gehen?«

»So bald wie möglich«, erwidere ich.

»Abgemacht«, verspricht er. »Brauchst du auch neue Unterwäsche? Denn das könnten wir gleich mit erledigen.«

»Braxton!«, schimpft Selene.

Er grinst sie an und wackelt mit den Augenbrauen.

»Du bist unverbesserlich«, sagt sie lachend.

»Wisst ihr was?«, fragt er. »Wir brauchen noch einen Shot. Um mein sagenhaftes Vermögen zu feiern.«

Ich halte das für keine gute Idee, aber ehe ich protestieren kann, ist er aufgestanden und auf dem Weg zur Bar.

»Ist alles in Ordnung?«, erkundigt sich Selene. »Du bist ein bisschen rot im Gesicht.«

Ich zupfe an meinem Oberteil und fächele meinen Brüsten Luft zu. »Ist es hier drin nicht ganz schön warm?«

»Finde ich nicht, aber Braxton ist dir mal wieder zu dicht auf die Pelle gerückt. Vielleicht liegt es daran.«

Ich trinke noch mehr Wasser. »Ja, könnte sein.«

Braxton kommt zurück, und wir stürzen den nächsten Tequila herunter. Ich lehne mich zurück, während er sich mit Selene unterhält. Auf einmal ist mir nicht mehr zu warm, sondern eiskalt. Ich rücke näher an Braxton heran und lehne den Arm an seinen. Er positioniert sein Bein so, dass er meins berührt. Eine halbe Sekunde überlege ich, dass wir vermutlich nicht so sitzen sollten, aber seine Körperwärme versickert in mir, darum rücke ich nicht wieder von ihm ab.

Entweder ist dieser Tequila unglaublich stark, oder mit mir stimmt etwas nicht. Mein Körper fühlt sich an, als müsste er jeden Moment zerfließen, und mein Gesicht brennt. Ich lege die Unterarme auf den Tisch und lasse beinahe den Kopf folgen.

Das ist nicht gut.

Selene macht große Augen und sieht mich alarmiert an. »O Gott, Kylie, was ist mit dir?«

»Ky?« Braxton macht ein besorgtes Gesicht, als er mir die Hand auf die Stirn legt. »Sie ist kochend heiß.«

»Wie bitte?« Derek steht unverhofft am anderen Tischende und starrt Braxton an.

»Hey, Mann, ich glaube, sie muss nach Hause ...«

»Ja, nimm bloß die Finger von ihr. Ich mach das schon«, faucht Derek.

Ich spüre, wie sich Braxton neben mir versteift, aber er erwidert nichts und rutscht zur Seite.

Schon allein das Aufstehen fällt mir schwer. Meine Beine wollen mein Gewicht nicht tragen, und mir ist schwindlig. Es fühlt sich an, als würde ich nach einem Alkohol-Blackout wieder zu mir kommen, nur ohne den Filmriss, und betrunken bin ich auch nicht. Ich spüre die beiden Tequila-Shots kaum, und am Bier habe ich bestenfalls genippt. Zaghaft lege ich mir eine Hand an die Stirn und lehne mich gegen den Tisch.

»Scheiße«, murmele ich.

Braxton steht auf und nimmt meinen Arm, um mich zu stützen. »Ist alles okay, Ky? Was hast du denn?«

»Ich bringe sie nach Hause.« Derek legt einen Arm um mich – grob, als wäre er sauer auf mich – und zieht mich zur Tür. Ich stolpere hinterher; um mich herum ist alles verschwommen, und ich muss mich an ihn klammern, um nicht hinzufallen.

Er bringt mich zum Auto, und ich kann mich nicht einmal anschnallen. Meine Arme fühlen sich schlapp an, und mir dreht sich der Magen um. Derek steigt schweigend ein und lässt den Motor an. Ich lehne den Kopf zurück und schließe die Augen. Es ist mir schlichtweg unmöglich, sie offen zu halten. Ich weiß nicht, wie mir geschieht, aber mir ist abwechselnd zu warm und zu kalt, und meine Gliedmaßen gehorchen mir nicht mehr. Ich will nur noch nach Hause und ins Bett.

Was zum Henker ist los mit mir?

14
Braxton

Ich warte, solange ich es aushalte, bevor ich eine Ausrede erfinde und Selene zurücklasse. Sie sah auch besorgt aus, schien sich jedoch seltsam sicher zu sein, dass Derek Kylie sicher nach Hause bringen wird. Mir ist scheißegal, was Derek tut oder lässt. Ich mache mir große Sorgen um Ky. Sie hat so schnell abgebaut. Ihr Gesicht war furchtbar blass, und sie hatte tiefe Ringe unter den Augen. Ich rase zu ihrer Wohnung und parke auf der gegenüberliegenden Straßenseite. Dereks Wagen entdecke ich nicht, aber vielleicht hat er woanders geparkt. Hoffentlich hat er sie nicht zu weit nach Hause laufen lassen. In ihrem Zustand hätte es mich nicht überrascht, wenn er sie tragen musste. Ich renne zur Tür und klopfe an. Es macht bestimmt einen seltsamen Eindruck, dass ich in diesem Moment vorbeikomme, und Derek wird garantiert sauer sein. Aber darauf scheiße ich. Derek ist mir egal.

Keine Reaktion. Ich klopfe noch einmal. Vielleicht hat er sie ins Krankenhaus gebracht? Ist sie so krank?

Ich lege das Ohr an die Tür und lausche. Irgendetwas ist im Inneren zu hören. Sie ist definitiv in ihrer Wohnung. Ich beschließe, mich nicht darum zu scheren, ob Derek herausfindet, dass ich einen Schlüssel habe. Ich stecke ihn ins Schloss, aber die Tür ist nicht abgeschlossen.

Der Geruch nach Erbrochenem trifft mich wie ein Schlag, und es ist offensichtlich, dass es eben erst passiert sein muss. Eine regelrechte Spur führt durch den kurzen Flur, und mir dreht sich bei dem Anblick der Magen um.

Ich höre Ky würgen, dann Wasser plätschern. Scheiße. Schon renne ich den Flur entlang, allerdings vorsichtig, um nicht in die Sauerei zu treten.

Sie kniet vor der Toilette, beugt sich vor, stützt die Hände auf die Oberschenkel. Ihr Rücken bewegt sich auf und ab, während sie nach Luft schnappt.

»Kylie«, sage ich. Auf dem Boden ist noch mehr Erbrochenes. Ich schnappe mir wahllos ein Handtuch und wische es weg, ehe ich mich neben sie knie.

»Braxton?«, wispert sie schwach.

»Ja, Baby Girl. Wo ist Derek?«

»Hat mich hergebracht«, antwortet sie.

Was ist das für ein verfluchter Mist? »Er hat dich einfach alleingelassen?«

»Ich hab ihm in sein neues Auto gekotzt.«

Ich bin so wütend, dass ich kaum geradeaus sehen kann, aber Ky klingt mitleiderregend. Stöhnend hält sie sich den Bauch.

»Ist dir immer noch schlecht?« Ich reibe ihr beruhigend über den Rücken.

Sie nickt. Ich halte ihr Haar zurück, das ein wenig feucht ist, was ich jedoch ignoriere, da sie sich abermals krümmt. Ich kann mir nicht vorstellen, dass sich in ihrem Magen noch etwas befindet, das sie ausspucken könnte. Sie würgt und zuckt, aber es kommt fast nichts mehr heraus.

Irgendwann lehnt sie sich zurück und schnappt zitternd nach Luft. Ich halte ihr Haar, falls sie doch noch nicht fertig ist.

Endlich schließt sie die Augen und entspannt sich ein wenig. Ich versuche, den Gestank zu ignorieren – ihn nicht an mich heranzulassen.

»Ich glaube, das war's«, sagt sie und betätigt die Spülung. »Zumindest vorerst.«

»Kannst du aufstehen?«, frage ich.

»Vielleicht.«

Ich lasse ihr Haar los und nehme ihre Hände, um ihr auf die Beine zu helfen. Überall ist Erbrochenes – in ihren Haaren, auf dem Oberteil und auf dem Rock.

»Du solltest duschen.« Allerdings ist mir sofort klar, dass ich sie dabei nicht allein lassen werde. Sie sieht so schwach aus; ich weiß nicht, ob sie sich überhaupt auf den Beinen halten kann.

»Mir ist so kalt.«

Ich sehe mich im Bad um und überlege, wie wir das anstellen sollen. Aber sie sollte wirklich duschen. Ich kann kaum glauben, dass ich das gleich tun werde. Sie ist mit Derek zusammen. *Er* sollte sich jetzt um sie kümmern und ihr beim Duschen helfen.

Tja, scheiß auf dich, Derek. Du hast sie in diesem Zustand alleingelassen, du Arschloch.

Ich öffne die Schleife ihres Oberteils in ihrem Nacken und ziehe es ihr sanft über den Kopf.

»Was machst du da?«, fragt sie.

»Wir müssen dich saubermachen, damit du dich hinlegen kannst.«

Kylie protestiert nicht, als ich ihr den Rock ausziehe. Sie steht einfach nur da in ihrem trägerlosen BH und dem schwarzen Höschen. Es ist nicht kalt im Bad, und ihre Wangen sind gerötet, aber sie zittert, als stünde sie mitten in einem Schneesturm.

Ich drehe das Wasser auf. Wie soll ich das anstellen? Ich kann sie ja nicht nackt ausziehen, oder? Kann sie sich lange genug auf den Beinen halten, um sich zu waschen? Sie schwankt jetzt schon.

Scheiß drauf. Ich ziehe mir das T-Shirt und alles andere aus, bis ich in Unterwäsche dastehe. Sie hat sich die Arme um den Leib geschlungen und bibbert noch immer, und mir fällt auf, dass ihr BH ebenfalls nass ist. Wahrscheinlich ist das Erbrochene durch ihr Oberteil gesickert.

Ich beschließe, sie einfach umzudrehen und meine Unterwäsche anzubehalten. Dampf dringt aus der Duschkabine, und ich passe die Temperatur an. Sanft lege ich ihr die Hände auf die Schultern, drehe sie um und öffne ihren BH. Sie breitet die Arme aus, und er fällt zu Boden. Dann hakt sie die Finger in den Saum ihres Slips und streift ihn ab.

Als sie heraussteigt, stütze ich sie. Verdammt, ich träume schon so lange davon, dieser Frau das Höschen auszuziehen, aber doch nicht so. Auf keinen Fall so. Sie zittert, und ihre Haut brennt unter meinen Händen.

Ich lenke sie unter die Dusche und stelle mich zu ihr, damit sie nicht hinfällt. Ihre Beine geben beinahe nach, und ich muss ihr die Hände um die Taille legen, um sie zu stützen. Mein Herz hämmert. Ich versuche, den Blick von ihrem nackten Hintern fernzuhalten.

Dann schließe ich die Augen, als sie sich umdreht, um sich die Haare nass zu machen. Sie sagt kein Wort. Als sie sich wieder umdreht, nehme ich ihr Shampoo und wasche ihr die Haare. Ich halte mich nicht lange damit auf und massiere ihr weder die Kopfhaut noch den Rücken, denn das könnte schlimmstenfalls damit enden, dass ich sie von hinten nehme. Nichts würde ich lieber tun, aber sie ist so zittrig und schwach.

Außerdem würde Selene mich umbringen.

Ich nehme ihr Duschgel vom Regal und öffne es für sie. Der Geruch dringt mir in die Nase, und ich muss mich festhalten. Es riecht nach ihr. Kylie in einer gottverdammten Flasche. Der Behälter ist klein und grün und trägt die Aufschrift *Lilac Breeze*. Aber darin ist sie. Ich kenne diesen Duft. Ich nehme ihn schon seit Jahren wahr. Er verlässt meine Nase nie ganz, egal, wie lange wir uns nicht sehen. Ich halte mir die Flasche unter die Nase und atme tief ein. Der Duft vermischt sich mit der feuchten Luft in der Dusche.

Jetzt geben *meine* Beine fast nach.

Ich drücke ihr etwas von dem Duschgel auf die Hand, damit sie sich waschen kann, und wende erneut den Blick ab, während sie sich abduscht. Sie braucht meine Hilfe beim Ausstieg aus der Duschkabine. Ich merke, dass sie kurz davor ist, einfach umzufallen, wickele erst mich und dann sie in ein Handtuch und führe sie ins Schlafzimmer.

Sie kriecht nackt ins Bett. Ihr Haar tropfnass. Ich helfe ihr aus dem Handtuch und decke sie eilig zu. Es ist so schwer, sie nicht anzusehen … ihren wunderschönen Körper. Doch er gehört nicht mir.

Ich gehe in die Küche und hole ihr ein Glas Wasser. Doch ich lasse sie nur einen Schluck nehmen und entziehe es ihr, ehe sie mehr trinken kann. Ich frage mich, ob sie sich den Mund mit Mundwasser ausspülen möchte, habe jedoch Sorge, dass sie sich dann abermals übergeben muss.

Sie hat die Augen geschlossen, daher lasse ich sie in Ruhe, werfe meine nasse Unterhose in den Trockner und ziehe die anderen Sachen wieder an. Jeans ohne etwas drunter trage ich nur äußerst ungern, aber ich will nicht nackt in ihrer Wohnung herumlaufen. So vorsichtig, wie ich nur kann, ziehe ich den Reißverschluss hoch … aus *Gründen*.

Ich wische das Erbrochene in Flur und Bad auf und werfe alle Handtücher in die Waschmaschine. Unter der Spüle finde ich einen Behälter mit Lappen und Bleiche und wische die ganze Wohnung – Türknäufe, Griffe, Schubladen, Lichtschalter. Ich schätze, ich habe mir längst eingefangen, was immer sie hat – das Fieber lässt vermuten, dass es sich nicht um eine Lebensmittelvergiftung handelt –, aber das macht mir nichts aus. Ich bin größer und robuster als sie und werde es schon überstehen.

Als alles blitzblank ist, kann ich auch die Unterhose wieder anziehen, wofür ich sehr dankbar bin. Dann sehe ich nach Ky. Sie schlägt langsam die Augen auf, und ich lasse sie am Wasserglas nippen.

»Hey«, murmelt sie. Ihre Haut ist aschfahl, und ihre Lippen sehen wächsern und blau aus. Die Augenringe sind noch schlimmer als vorhin, und auf ihrer Stirn glitzert Schweiß.

»Sch«, mache ich. »Nicht reden. Ruh dich aus.«

»Mir ist hundeelend, als müsste ich sterben.« In ihrer Stimme schwingt Angst mit. Es zerreißt mir das Herz. Sie wirkt so winzig und zerbrechlich, so blass und vergraben unter all den Decken.

»Du wirst nicht sterben«, beruhige ich sie. »Das lasse ich nicht zu.«

»Ich habe ihm ins Auto gekotzt.«

»Scheiß auf sein Auto.« Ich bin kurz davor, unsere stille Vereinbarung zu brechen. Er hat sie in diesem Zustand allen

Ernstes alleingelassen? Das ist echt nicht zu fassen. Wieder brodelt Zorn in mir hoch. Ich hole tief Luft, kommentiere es jedoch nicht weiter, denn ich will nicht, dass sie sich noch mieser fühlt. »Möchtest du noch etwas Wasser?«

»Nein«, flüstert sie. »Mir ist so kalt. Mir wird einfach nicht wärmer.«

Ich fühle ihre Stirn. Sie ist kochend heiß, doch ihr Körper zittert unter den Decken. »Du hast Fieber.«

»So ein Mist.« Ihr Wimmern ist herzzerreißend. Ich setze mich auf die Bettkante und streichele ihr die erhitzte Haut. Damit sollte ich besser aufhören. So wollte ich sie schon immer berühren. Sanft und vertraut. Intim. Aber es ist nicht richtig, das jetzt zu tun, außerdem ist sie krank. Und selbst andernfalls würde sie Derek niemals betrügen, wie ich ganz genau weiß. Ich würde das auch nie von ihr verlangen. So will ich sie nicht.

Da habe ich sie lieber gar nicht.

Dieser Gedanke schmerzt viel zu sehr. Ich quäle mich, während ich ihre Stirn und ihre Wange streichele, als hätte ich ein Recht dazu. Als wäre sie nicht meine beste Freundin.

Ich bemerke, dass sie Tränen in den Augen hat, und ziehe die Hand weg und räuspere mich. »Ich lasse dich jetzt mal schlafen. Wenn du etwas brauchst, ruf mich einfach. Ich bin auf der Couch.«

»Lass mich nicht allein.«

Ihre Stimme ist so leise, dass ich nicht sicher bin, ob ich sie richtig verstanden habe. Aber ihr flehender Blick aus den großen Augen spricht Bände.

»Keine Sorge«, flüstere ich und berühre ihr Gesicht erneut. »Ich lass dich niemals allein.«

»Mir ist so kalt.«

Sie zittert immer noch. Ich weiß, wie ich sie aufwärmen könnte, aber ich will es nicht tun. Das ist nicht meine Aufgabe. Aber ich habe schon so viel getan, und sie braucht jemanden. Derek sollte an meiner Stelle sein, aber statt ihm bin nun ich bei ihr.

Ich ziehe Jeans und T-Shirt aus und krieche zu ihr unter die Decke. Sie liegt schon auf der Seite, und so ziehe ich ihren Körper an mich, bis wir einander berühren. Ich bin heilfroh, dass ich die Idee mit dem Trockner hatte, denn ihr nackter Hintern an meinem Glied wäre die reinste Katastrophe. Nun lege ich mich so hin, dass sie meinen Ständer nicht bemerkt, berühre sie aber mit jedem Zentimeter meines restlichen Körpers.

Sie ist so heiß, dass ich schnell zu schwitzen anfange, aber ich ignoriere mein Unbehagen. Anfangs zittert sie noch fürchterlich, doch es dauert nicht lange, bis meine Körperwärme sie erreicht. Sie entspannt sich, und das Zittern verwandelt sich in ein fast unmerkliches Beben. Ihr Rücken hebt und senkt sich langsam, und ihre Arme und Beine entspannen sich. Ich halte sie fest, habe die Hände um ihren Bauch gelegt, das Gesicht in ihrem immer noch feuchten Haar vergraben. Ihr Duft umgibt mich. Er ist in ihren Haaren, auf ihrer Haut, in ihrer Bettwäsche. Ich schwebe in einem Meer daraus – einem Ozean aus *Lilac Breeze*.

Meine Position wird langsam unbequem, und mir ist viel zu warm, aber ich bewege mich nicht. Ich werde mich keinen Zentimeter rühren, bis sie es von mir verlangt. Ich halte mich an ihr fest, wünsche mir verzweifelt, dass sie sich besser fühlt, aber noch mehr, dass dieser Moment nie zu Ende geht. Dass ich nie wieder in die Realität unseres Lebens zurückkehren muss. Die Realität, in der wir nur Freunde sind, die mit anderen ausgehen. In der ich mit irgendwelchen Frauen ins Bett gehe, für die ich nichts empfinde, nur um mich gleich danach beschissen zu fühlen. Eine Realität, in der sie mit Typen zusammen ist, die zu dämlich sind, um zu erkennen, wie wundervoll sie ist.

Unser Timing war schon immer beschissen, aber das hier ist schlimmer als sonst. Ihren Körper an meinem zu spüren, ist betörend, aber ich werde nichts unternehmen. Ich kann es nicht. Ich habe nicht das Recht dazu, und wenn sich das nicht ändert, muss ich einen Weg finden, damit zu leben.

Aber jetzt, in diesem Augenblick – auch wenn sie fiebert und tief schläft – *ist* sie mein.

15
Kylie

Vier Tage, nachdem ich in Dereks Wagen gekotzt habe, wache ich auf. Ich erinnere mich an kaum etwas, das nach Verlassen der Bar passiert ist. Die Krankheit hat mich so eiskalt erwischt, dass ich sofort wusste, es wird übel werden. Die letzten vier Tage habe ich im Fieberwahn verbracht. An viel erinnere ich mich nicht.

Nur an Braxton.

Jedes Mal, wenn ich die Augen aufschlug, war er da, so, als warte er nur darauf, dass ich aufwache. Er hat mir Wasser in kleinen Schlucken verabreicht und später etwas, das nach verdünntem Gatorade schmeckte. Er half mir, zur Toilette zu gehen, stützte mich, während ich den Flur entlangtorkelte, fast zu schwach, um mich auf den Beinen zu halten. Außerdem hat er das Erbrochene weggewischt, die Spur, die von meiner Wohnungstür bis zur Toilette führte.

Er schlief neben mir in meinem Bett. Wir sprachen nicht darüber; er tat es einfach. Dafür bin ich ihm unglaublich dankbar, denn in der ersten Nacht wurde ich wach und musste mich sofort wieder übergeben. Von einem Augenblick zum nächsten war er auf den Beinen und hielt mir eine Glasschüssel vor die Nase, damit nichts aufs Bett spritzt. Danach half er mir beim Waschen, deckte mich zu und hielt mich fest an sich gedrückt. Ich zitterte vor Kälte, bis mich sein Körper aufwärmte und den fiebrigen Schüttelfrost durchdrang. Hinterher schlief ich tief und fest und meine Angst war verflogen.

Mir wird klar, dass das Schlimmste vorbei sein muss, als ich eines Morgens aufwache und Hunger verspüre. Brax liegt nicht neben mir, aber ich weiß, dass er da ist. Ich höre dumpfe Geräusche aus der Küche, doch daran liegt es nicht. Es ist einfach eine Gewissheit. Ich spüre seine Gegenwart in der Wohnung. Seine Anziehungskraft.

Mein Bett riecht nach ihm. Es ist eigenartig, aber auch so gut, dass ich den Kopf in das Kissen drücke, auf dem er geschlafen hat, und tief einatme.

Das ist nicht richtig. Sogar völlig falsch. Er war der denkbar beste Freund auf der Welt und hat sich um mich gekümmert, während ich krank war. Aber so etwas darf ich auf keinen Fall denken. Ich bin mit Derek zusammen. Ich habe einen Freund, und die Sache ist ziemlich ernst – ernst genug, dass es eindeutig in die Kategorie Fremdgehen fallen würde, wenn ich mich mit Brax einlasse.

Außerdem reden wir hier von Braxton, verdammt nochmal. Es dürfte keine Rolle spielen, wie schön es sich angefühlt hat, ihn hier neben mir im Bett zu spüren, meinen Körper an seinen zu schmiegen, als wären wir zwei Puzzleteile. Ich bin tief gerührt, dass er so etwas für mich getan hat – tagelang bei mir blieb, mich von vorn bis hinten bedient und sogar das ganze widerliche Erbrochene aufgewischt hat.

Wir sind schon so lange befreundet und waren in harten Zeiten immer füreinander da, aber das hier ist neu.

Ich habe mehrere Tage im Delirium verbracht und kann mich weder an Nachrichten noch Anrufe erinnern. Was seltsam ist, denn man sollte doch annehmen, dass Derek sich melden würde. Mir stockt der Atem. Hat er womöglich angerufen und Brax erwischt? Verdammt, das ist nicht gut.

Mein Handy liegt auf dem Nachttisch, aber es ist aus. Ich schalte es ein und sehe nach verpassten Anrufen und Nachrichten auf der Mailbox. Da ist eine von meinem Vater, die zwei Tage alt ist, und Selene hat mehrere Nachrichten geschickt. Aber ich entdecke nichts von Derek.

Braxton taucht in der Tür auf und lehnt sich an den Rahmen. »Ich fand schon vorhin, dass du heute besser aussiehst.«

Ich blinzele ihn verwirrt an, bin immer noch ein wenig orientierungslos und weiß nicht genau, was echt ist und was nicht.

Die Dusche muss ein Traum gewesen sein. Nie im Leben hat er mit mir zusammen geduscht.

»Ja«, stimme ich zu und setze mich auf. Ich trage ein weites T-Shirt ohne BH und einen einfachen Baumwollslip. Wahrscheinlich sollte es mir peinlich sein, dass ich halbnackt bin, aber das ist es nicht. Ich bin mir ziemlich sicher, dass Braxton mir die Sachen angezogen hat, und seltsamerweise fühlt es sich nicht komisch an. Dann starre ich mein Handy an. »War es die ganze Zeit aus?«

»Ja, das war ich«, erwidert er. »Ich habe es ausgeschaltet, damit es dich nicht stört. Außerdem warst du ohnehin nicht in der Lage, mit irgendwem zu reden.«

»Stimmt«, sage ich. Hat Derek wirklich nicht angerufen? »Danke.«

»Hast du schon Hunger?«

»Ich glaube, ich bin am Verhungern, aber es ist trotzdem schwer zu sagen«, antworte ich. Mein Magen fühlt sich leer, aber auch ziemlich empfindlich an. »Ich habe ein wenig Angst davor, etwas zu essen.«

»Ich bringe dir ein wenig Suppe«, erklärt er. »Wir fangen langsam an.«

»Du musst das nicht machen, Brax«, wiegele ich ab.

Er zuckt mit den Achseln. »Ist schon okay. Ich habe auch Hunger.« Er geht hinaus, ehe ich protestieren kann.

Wieder überprüfe ich mein Telefon, um sicherzugehen, dass ich wirklich nichts von Derek verpasst habe. Ich habe ihm ins Auto gekotzt und bin dann mit der Hand vor dem Mund in die Wohnung gestürzt, während ich mich weiter übergeben musste. Es war also offensichtlich, dass ich krank war. Hat er mich tatsächlich nur abgesetzt und nicht einmal angerufen, um sich zu erkundigen, wie es mir geht? Das erscheint mir unwahrscheinlich.

Trotzdem frage ich mich, was passiert ist, also wähle ich seine Nummer.

»Hi«, meldet er sich.

»Hey«, sage ich. »Störe ich?«

»Ich bereite mich nur gerade auf das Spiel morgen vor.« Er klingt gereizt.

»Tut mir leid, ich wollte nicht stören. Ich … habe nur so lange nichts von dir gehört. Mein Handy war aus, daher konnte ich nicht mitbekommen, falls du angerufen hast.«

»Habe ich nicht.«

»Du hast nicht versucht, mich anzurufen?«

»Nein.«

»Aber du hast doch gesehen, wie schlecht es mir ging, Derek. Wolltest du denn gar nicht wissen, wie es mir geht?«

»Du hast meinen brandneuen Wagen vollgekotzt«, entgegnet er. »Und es ist ja nicht so, als hättest *du* dich gemeldet, um dich dafür zu entschuldigen.«

Ich kann nicht glauben, was ich da höre. »Ist das dein Ernst? Du wartest seit Tagen darauf, dass ich dich anrufe, um mich dafür zu entschuldigen, dass ich in dein Auto gekotzt habe?«

»Ja, verdammt, das war nun mal supereklig«, verteidigt er sich. »Die Reinigung hat mich dreihundert Dollar gekostet, und die konnten mich erst gestern dazwischenschieben. Es hat so widerlich gestunken, dass ich den Wagen die ganze Zeit stehen lassen musste.«

»Ich war so krank, dass ich nicht einmal aufstehen konnte.« Meine Stimme wird immer lauter. Ich will nicht, dass Braxton uns streiten hört, aber ich bin so sauer, dass ich nicht anders kann. »Ich habe es ohne Hilfe kaum bis ins Bad geschafft, und du sorgst dich um deine blöde Karre?«

»Ich wusste ja nicht, dass du krank bist«, sagt er.

»Weil du nicht einmal angerufen hast. Außerdem war es ziemlich offensichtlich, findest du nicht auch?«

»Verdammt, Kylie, ich dachte einfach, du hattest zu viel getrunken. Du und dieser Wichser Braxton, ihr habt Shots weggehauen, als wärt ihr auf einer bescheuerten Collegeparty.«

»Ich hatte zwei Tequila, du Arschloch«, fauche ich. »Zwei.«

Er schweigt kurz. »Es kam mir wie mehr vor.«

»Waren es aber nicht«, erwidere ich. »Und keine Sorge, die Reinigungskosten zahle ich dir zurück.«

»Nein, nein«, wiegelt er ab. »Man, es tut mir leid. Ich hatte echt keine Ahnung. Ich dachte, Braxton hätte dich abgefüllt, und das hat mich gewurmt. Mir war wirklich nicht klar, dass du krank bist. Geht's dir wieder besser?«

»Ja«, antworte ich. Ich werde ihm nicht sagen, dass es Brax war, der mich umsorgt hat. Das würde ihn nur wütend machen, und mir fehlt im Augenblick die Kraft für einen Streit.

Als ich aufblicke, steht Braxton in der Tür. Er hat ein Tablett mit einer dampfenden Suppenschüssel, einem Glas Eiswasser und einem kleinen Stapel Salzkräcker in den Händen. Nie im Leben hat er die Suppe so schnell aufgewärmt. Was bedeutet, er hat sie gekocht, während ich noch geschlafen habe.

Meine Güte.

»Ich bin sehr froh, dass es dir gut geht, Babe«, sagt Derek.

Doch ich starre Braxton an. Seine Stoppeln sind dichter als sonst, und er trägt dieselben Klamotten wie an dem Abend in der Bar. Er war die ganze Zeit bei mir …

Ich erinnere mich vage, dass ich ihn in der ersten Nacht angefleht habe, mich nicht allein zu lassen. Und er hat es tatsächlich nicht getan. Brax ist geblieben. Ich bin fassungslos und ungemein verwirrt, denn was ich für Braxton empfinde, ist nicht das, was ich fühlen sollte.

»Kylie?«, fragt Derek.

»Entschuldige, ich bin immer noch müde. Wir reden später.«

»Okay, bis dann, Babe.«

Braxtons Blick ist auf den Boden gerichtet, als ich auflege. Natürlich weiß er, mit wem ich gesprochen habe. Als er zu mir aufsieht, erkenne ich etwas in seinem Blick, das ich dort noch nie gesehen habe. Schmerz.

Ich habe ihn erlebt, als er körperliche Schmerzen hatte. Ich war nach seinem Motorradunfall bei ihm, bei dem er sich das Bein zerquetscht hatte. Er hat die Schmerzen tapfer ertragen, aber ich konnte sie in seinen Augen sehen, wenn ich ihn im Krankenhaus besucht habe.

Aber dieser Schmerz ist anders. Tiefer. Persönlicher.

Nein, das ist völlig ausgeschlossen. Das kann nichts mit mir zu tun haben, mit Derek oder der Tatsache, dass er die letzten vier Tage in meinem Bett geschlafen hat. Er tut nur das, was beste Freunde nun mal füreinander machen. Deshalb sind wir so gut füreinander. Wir kümmern uns umeinander.

Wir *sind* gut füreinander.

Verdammt.

Ein neuer Gedanke schießt mir durch den Kopf und frisst sich mit verheerender Klarheit durch mein Hirn. Obwohl, neu ist er eigentlich nicht. Ich habe ihn schon seit Jahren und ihn bisher nur immer verdrängt. Ignoriert. Aber wie ich Braxton da in der Tür stehen sehe, mit dem Teller Suppe, die er extra für mich gekocht hat, kriege ich diesen Gedanken nicht mehr aus dem Kopf. Ich kann ihn genauso wenig verdrängen wie das wundervolle Gefühl, ihn die letzten vier Tage in meiner Nähe gehabt zu haben.

Ich bin völlig, total, heillos und bis über beide Ohren in ihn verliebt.

16
Kylie

Keine Frage, ich muss das mit Derek beenden. Es ist weder ihm noch mir gegenüber fair. Ich bin nicht einmal sauer wegen des Abends, an dem ich krank wurde. Sein Verhalten war natürlich das Letzte, hat am Ende jedoch nicht den Ausschlag gegeben.

Ganz im Gegensatz zu Braxton.

Ich werde Derek einfach erklären, dass ich für unsere Beziehung keine Zukunft sehe und finde, wir sollten uns trennen. Dabei bin ich mir nicht einmal sicher, ob es ihn groß kümmern wird. Als wir frisch zusammen waren, schien er völlig begeistert von mir zu sein, aber in letzter Zeit frage ich mich, ob es ihm überhaupt auffällt, wenn wir uns mal eine Zeit lang nicht sehen.

Ganz unabhängig von meiner kürzlichen Erleuchtung ist mir vollkommen klar, dass meine Beziehung zu Derek keine Zukunft hat.

Was ich wegen Braxton tun will, weiß ich allerdings nicht. Ich bin zu durcheinander. Ihm die Wahrheit zu sagen, steht außer Frage. Ich darf auf keinen Fall damit herausplatzen. Wir sind schon so lange befreundet, dass diese Sache unsere Beziehung bis in die Grundfesten erschüttern würde. Obwohl er mich manchmal auf diese bestimmte Art und Weise ansieht, kann ich mir nicht vorstellen, dass er dasselbe empfindet.

Er flirtet nur gern. Keine seiner bisherigen Beziehungen war auch nur annähernd ernst, und ich kann schlecht von ihm erwarten, dass sich das bei mir plötzlich ändert. Außerdem will ich auf gar keinen Fall als weitere Kerbe an seinem Bettpfosten enden.

Eine Woche lang versuche ich, mich mit Derek zu verabreden, aber er hat immer irgendetwas anderes vor. Ich will das nicht übers Telefon machen, beschließe dann jedoch, dass ich nicht länger warten kann, und rufe ihn an.

»Hey, Babe«, begrüßt er mich. Er klingt abgelenkt.

»Derek, hast du eine Minute Zeit?«, frage ich. »Passt es gerade?«

»Ja, klar«, antwortet er.

»Hör zu, ich hatte das eigentlich anders geplant, aber ich versuche schon so lange, mich mit dir zu treffen, und du bist immer beschäftigt«, erkläre ich.

»Okay.«

Ich hole tief Luft. »Ich glaube, es wäre besser, wenn wir uns trennen.« Endlich. Ich habe es ausgesprochen.

Derek ist lange Zeit still. »Ist das dein Ernst?«

»Ja«, bestätige ich. »Es tut mir echt leid, Derek. Du bist toll, aber … *wir* sind nicht toll. Als Paar, meine ich. Wir sind nur okay, und ich will mehr als okay.«

Ich höre ihn einatmen. »Ich habe geahnt, dass so etwas kommt. Verdammt, Kylie, du bist wirklich eine wundervolle Frau.«

»Danke«, gebe ich zurück. »Ich … kann nur nicht mehr so tun, als ob alles gut wäre, verstehst du? Mir ist klar geworden, dass unsere Beziehung zu nichts führt, und wir beide verdienen etwas Besseres.«

»Da hast du wohl recht.«

Wow. Das ist die leichteste Trennung, die ich je erlebt habe. Wir müssen nicht einmal Sachen beim anderen zu Hause abholen. »Geht's dir gut?«

»Klar«, meint er. »Wird schon. Mach's gut, Kylie. War schön mit dir.«

»Ja, mit dir auch.«

Nach dem Auflegen lasse ich mich aufs Sofa sinken. Ich bin erleichtert, dass es geschafft ist. Es kratzt ein wenig an meinem Stolz, dass er nicht einmal versucht hat, um mich zu kämpfen, aber ich sehe das nur als Bestätigung dafür, dass ich das Richtige getan habe.

Aber was jetzt?

Ich muss es Selene sagen. Vielleicht inspiriert es sie ja dazu, dass sie sich von Matthew trennt. Sie hat ohnehin nichts Gutes mehr über ihre Beziehung zu berichten.

Aber es ist nicht Selene, die mir im Kopf herumschwirrt, sondern Braxton.

Normalerweise würde ich es ihm nicht sofort mitteilen, wenn ich mit jemandem Schluss gemacht habe – außer natürlich, ich hätte ein gebrochenes Herz und wollte mich bei ihm ausweinen, was schön öfter passiert ist, als ich zugeben mag.

Diesmal ist mein Herz aber unversehrt. Andererseits war Derek sein Kunde. Ich sollte ihn vorwarnen. Weil es sich eventuell auf seine Geschäftsbeziehung auswirken könnte. Das ist alles.

Ich könnte ihm schreiben, ertappe mich jedoch dabei, wie ich seine Nummer wähle.

»Hey, Baby Girl«, sagt er.

Mein Herz droht, mir beim Klang seiner Stimme aus der Brust zu springen.

»Hi, Brax«, erwidere ich. *Na los, raus damit.* »Falls du nichts vorhast, könnten wir zusammen essen gehen?«

Moment, warum habe ich das gefragt? Es gibt doch keinen Grund, sich persönlich zu treffen.

»Gern«, sagt er. »Heute?«

»Ja«, antworte ich. Okay, das wird schon gut gehen. »Treffen wir uns in einer Stunde im Brody's?«

»Ich werde dort sein«, bestätigt er.

—

Ich sitze in einer Nische im hinteren Teil des Restaurants und bin froh, dass sie mir diesen Tisch zugeteilt haben. Hier fühle ich mich geschützt, weil nicht so viele andere Gäste in der Nähe sind. Ich bin derart nervös, dass mir das Herz bis zum Hals schlägt.

Braxton kommt herein und trägt noch die Sonnenbrille. Man, sieht er gut aus. Seine Muskeln zeichnen sich unter dem schwarzen T-Shirt ab, und die Jeans betonen seine kräftigen Beine. Seinen Hintern kann ich von hier nicht sehen, aber ich weiß, wie gut er aussieht, besonders in dieser Hose. Er nimmt die Sonnenbrille ab und grinst mich quer durch das Restaurant an.

Auf einmal habe ich Schmetterlinge im Bauch, als wäre ich ein verliebtes kleines Mädchen. Ich erwidere sein Lächeln und nehme einen Schluck Wasser. Wieso bin ich so nervös? Ich will ihm doch nur sagen, dass ich mit Derek Schluss gemacht habe. Das sollte doch keine große Sache sein. Wir beide haben im Laufe der Jahre schon so viele Beziehungen gehabt. Wieso fühlt sich diesmal so bedeutsam an? So, als würde sich alles ändern, wenn ich es ihm mitteile?

Er setzt sich zu mir, und schon erscheint eine Kellnerin. Sie wirft ihm schmachtende Blicke zu und ignoriert mich völlig. Das ärgert mich. Am liebsten würde ich sie vom Tisch wegschieben und ihr sagen, dass sie ihn nicht so anstarren soll. Ich hole tief Luft. Oje, ich bin echt angespannt und muss mich beruhigen, sonst mache ich noch etwas Dummes. Etwas *sehr* Dummes.

Braxton bestellt ein Bier, und die Kellnerin fragt, ob ich auch etwas trinken möchte. Ich bleibe bei meinem Wasser, denn nach Alkohol ist mir heute nicht. Meine Hemmungen sollen schön so bleiben, wie sie sind. Heute brauche ich eine ganze Mauer aus Hemmungen, um mich zu schützen, denn ich darf nicht zulassen, dass er merkt, was ich für ihn empfinde.

»Du siehst toll aus«, sagt er.

»Danke«, erwidere ich. Ich habe ihn seit dem Tag, an dem er mir die Suppe gekocht hat, nicht mehr gesehen. Seit dem Tag, an dem ich gemerkt habe … *Nein, denk jetzt nicht daran, Kylie.*

»Es ist schön, wieder unter den Lebenden zu weilen.«

»Das glaub ich gern.«

Die Kellnerin bringt sein Bier. Er zwinkert ihr zu, und ich versteife den Rücken.

Das hier, das ist genau der Grund, warum ich meine schrecklich verräterischen Gefühle für mich behalten muss. Braxton ist ein Schürzenjäger sondergleichen. Er besorgt sich wahrscheinlich noch vor dem Wochenende die Telefonnummer dieser Kellnerin, und danach besorgt er es ihr.

Solche Spielchen sind nichts für mich.

»Und, was ist los?«, will er wissen. »Außer natürlich, dass du dringend irgendwas essen musst. Du siehst aus, als hättest du fünf Kilo verloren.«

Ich habe während meiner Krankheit tatsächlich abgenommen, und es war keine angenehme Methode. Mein Gesicht sieht ziemlich ausgezehrt aus. »Das kannst du laut sagen.« Ich zwinge mich zu einem lockeren Tonfall, auch wenn ich mich alles andere als locker fühle. »Ich denke, ich nehme einen Burger und Pommes. Vielleicht könnten wir uns eine Vorspeise teilen. Zwiebelringe zum Beispiel?«

Ich rede zu schnell, und Brax sieht mich an, als würde er ahnen, dass etwas passiert ist. »Alles okay?«

»Ja, ich bin nur so lange nicht mehr unterwegs gewesen.«

Er nickt, aber ich merke, dass er mir nicht glaubt. Die Kellnerin kehrt zurück, und er bestellt drei Vorspeisen. »Du musst wieder zunehmen«, stellt er fest, nachdem sie verschwunden ist.

»Ich habe mich von Derek getrennt.« Die Worte sind raus, ehe ich darüber nachdenken kann.

Braxtons Miene erstarrt, und sein Blick scheint mich zu durchbohren. Er starrt mich an, während sich seine Brust schnell hebt und senkt. »Was?«

Oh, Scheiße. Er ist sauer. Ich hätte das mit ihm absprechen müssen. Derek war schließlich sein Klient.

»Tut mir leid, ihr habt ja geschäftlich miteinander zu tun«, presche ich vor. »Hoffentlich versaue ich dir damit nichts.«

Er zieht die Augenbrauen zusammen. »Geschäftlich? Nein. Nein, das ist mir egal.«

Ich schlucke schwer. Wieso sieht er mich so an? Ich erwarte, dass er auflacht und anfängt, Witze darüber zu reißen, was für ein Blödmann Derek ist. Das tut er schließlich immer, wenn ich mit einem Kerl Schluss mache.

»Na, dann ist ja gut«, sage ich. »Weil es schon ein paar Stunden her ist.«

Er beugt sich vor und stützt die Unterarme auf den Tisch.

»Ist das wirklich dein Ernst?«

Sein Verhalten macht mich noch nervöser. Meine ganze Haut kribbelt und fühlt sich plötzlich zu eng an. Findet er, ich habe einen Fehler gemacht? »Ja.«

Seine Augen bewegen sich nicht. Sie halten starr meinen Blick. Ich habe keine Ahnung, was um mich herum passiert. Nichts existiert mehr außer Braxtons dunklen Augen.

»Sagst du auch noch mal etwas?«, frage ich.

Aber er schweigt. Ich weiß nicht, was ich von ihm erwarte, aber er tut gar nichts. Er starrt mich nur an.

»Warum?«, will er schließlich wissen.

Die Frage überrascht mich so sehr, dass ich nicht weiß, was ich darauf antworten soll. Ich kann ihm schlecht die Wahrheit sagen. »Ich schätze, weil es einfach nicht gut lief. Er ist kein schlechter Kerl, und ich mag ihn. Aber das reicht nicht.«

»Das reicht nicht«, wiederholt er. Plötzlich sitzt er neben mir, auf meiner Seite des Tischs. Ich will ihm Platz machen, aber seine Beine berühren meine, und sein Körper ist so nah. Er ist so viel größer als ich – nimmt den ganzen Platz ein, raubt mir die Luft zum Atmen.

»Ich weiß nicht, ob das eine gute Idee ist.« Seine Stimme wird ganz leise, und sein Gesicht ist mir so nah. »Aber ich kann das nicht länger ignorieren. Nicht schon wieder.« Er wendet den Blick ab. Da ist er wieder, der Schmerz in seinen Augen, den ich auch gesehen habe, als er bei mir war.

Er dreht sich wieder zu mir um, und diesmal wirkt seine Miene entschlossener. Den Blick auf meinem Mund gerichtet, rückt er mir näher.

O Gott, er wird mich küssen.

Ich will es so sehr, aber wenn er mich jetzt küsst, wird sich alles ändern. Wir haben uns noch nie geküsst. Sind einander nie auf diese Weise nähergekommen. Obwohl wir schon zigmal betrunken waren, ist nie etwas Körperliches zwischen uns passiert – nicht einmal etwas Unschuldiges. Das ist die Grenze, von der wir beide wissen, dass wir sie nicht überschreiten dürfen. Wie die stille Vereinbarung über unsere Beziehungen. Darauf basiert unsere Freundschaft. Deshalb hält sie schon so lange.

Seine Nase berührt meine, und ich neige den Kopf, um ihm freie Bahn zu gewähren. Er legt eine Hand auf meinen Arm, und ich erschauere ob der Berührung. Er fühlt sich heiß an. Mein Herz rast.

Zuerst streifen seine Lippen die meinen nur. Er bremst sich, und ich bemerke erschrocken, dass er genauso zittert wie ich. Ein Blitz durchzuckt mich und fährt mir von den Lippen geradewegs in die Brust. Ich keuche leise auf.

Seine Lippen werden fordernder, und ich schließe die Augen. Ich schmelze dahin; mein Körper wird zu Wasser, läuft den Sitz hinab und hinterlässt eine Pfütze am Boden. Sein Duft durchströmt mich – männlich, warm, vertraut.

Der Kuss dauert an, und wir entspannen uns. Ich nehme vage wahr, dass wir uns in einem Restaurant befinden und dass die Kellnerin möglicherweise längst zurückgekehrt ist. Aber das ist mir egal.

Er küsst mich langsam. Es fühlt sich ganz anders an als das, was ich erwartet hätte. Braxton ist doch eigentlich stürmisch und aggressiv, aber dieser Kuss ist süß. Beinahe ehrfürchtig. Ich öffne die Lippen und spüre seine Zunge, jedoch nur für einen Moment. Jede seiner Bewegungen ist vorsichtig und sanft.

Wir lösen uns voneinander und verharren. Ich spüre seinen Atem auf meinem Gesicht. Meine Augen sind geschlossen. Ich wage nicht, sie aufzumachen, denn ich fürchte, wenn ich es tue, werde ich aufwachen und erkennen, dass es nur ein weiterer Fiebertraum war.

Wie benommen öffne ich sie schließlich doch. Braxton ist immer noch da, sein Blick wirkt wild. Er legt die Wange an meine, so dass sein Mund direkt neben meinem Ohr ist, und gibt ein leises Knurren von sich. »Oh, Kylie. Das wollte ich seit einer Ewigkeit tun.«

Ich bin wie gelähmt und bekomme keinen Ton heraus.

»Wenn du Ja sagst«, knurrt er in mein Ohr, »verschwinden wir auf der Stelle, gehen zu mir, und dann ficke ich dich, wie dich noch nie einer gefickt hat und nie einer ficken wird.«

Meine Stimme ist kaum mehr als ein Flüstern. »Was?«

»Aber du musst Ja sagen«, fügt er hinzu. »Du musst sagen, dass du es willst.«

»Ja.« Etwas anderes bringe ich nicht zustande.

Er zückt seine Brieftasche und wirft einen Hunderter auf den Tisch zwischen die Vorspeisen. Dann nimmt er meine Hand und zieht mich vom Sitz.

Als wir gehen, folgen uns einige Blicke, doch wir verschwinden so schnell, dass es uns nichts ausmacht. Braxton wohnt nur wenige Blocks von hier entfernt, also gehen wir die Straße entlang zu seiner Wohnung. Er hält meine Hand, verschränkt die Finger mit meinen, als wären wir ein ganz normales Paar, das einen Abendspaziergang genießt.

Ich habe schreckliche Angst. Was ist da gerade passiert? Ich hatte mit Witzen und Gelächter gerechnet, vielleicht einer Umarmung, damit ich mich besser fühle. Oder dem Angebot, sich mit mir zu betrinken. Ich war darauf vorbereitet, meine Gefühle zu verbergen – tief in mir zu vergraben, damit er nicht merkt, was in mir vorgeht.

Stattdessen wird mir nach und nach bewusst, dass er auch etwas für mich empfindet. Etwas, das über unsere lange Freundschaft hinausgeht.

Kurze Zeit später stehen wir vor seiner Wohnungstür. Er holt den Schlüssel hervor und steckt ihn ins Schloss. Ich explodiere fast vor Adrenalin und ringe mit Fluchtgedanken.

Doch schon zieht er mich hinein, ohne meine Hand loszulassen, und schließt die Tür hinter uns. Er drückt mich dagegen und ragt turmhoch über mir auf. Er ist ein großer Mann, aber bisher hat er mir nie das Gefühl vermittelt, klein zu sein – weil er mir nie so lange so nahegekommen ist.

Sein Blick streift über mein Gesicht, als müsse er es sich einprägen. Er stützt sich mit einer Hand ab, während er die andere um meine Taille legt. Sie passt perfekt dorthin, als wäre sie dafür gemacht, mich zu halten.

»Bist du dir sicher?«, frage ich.

»Ich war mir noch nie bei irgendetwas so sicher.«

Ich bin drauf und dran, Selene zu erwähnen. Was wird sie davon halten? Sie wird sauer sein – das wissen wir beide –, aber ich will nicht, dass er aufhört, mich so anzusehen.

»Und wenn das ein Fehler ist?«, frage ich.

»Das ist es nicht«, beharrt er mit kräftiger Stimme. Leidenschaft schwingt darin mit. »Es kann kein Fehler sein.«

Ich will ihn nicht verlieren. Wenn das hier endet, wenn wir das tun und es schiefgeht – denn wir reden hier von Braxton, und ich weiß, wie das bei ihm läuft –, will ich nicht, dass unsere Freundschaft ebenfalls aufhört. Wie soll ich ohne ihn leben?

Aber ich kann kaum noch klar denken und will jetzt nicht aufhören.

Er lässt die Hand von meiner Hüfte hinaufgleiten, streift meine Brust und meinen Hals, um sie mir fest um den Hinterkopf zu legen.

»Ich will dich, Kylie«, sagt er. »Ich will dich schon länger, als du es dir vorstellen kannst.«

Ich kann keinen klaren Gedanken mehr fassen und starre ihn einfach an; sein Gesicht ist mir so nah, und seine Augen bohren sich mir in die Seele.

Er nimmt meinen Mund in Besitz − erobert ihn, als würde er ihm gehören und als wäre das schon immer so gewesen. Das ist ein Kuss, wie ich ihn von Braxton erwarte. Hart. Entschlossen. Besitzergreifend. Seine Hand hält meinen Kopf wie eine Schraubzwinge, seine Lippen sind fest und unerbittlich. Seine Zunge umgarnt die meine, genüsslich, aber mit Nachdruck. Es gelingt mir nicht, die Augen offen zu halten, und mein Kopf ist wie leer gefegt. Er überwältigt mich, küsst mich, wie ich noch nie in meinem Leben geküsst worden bin. Ich habe mich noch nie so offen, so verletzlich gefühlt. So begehrt.

Ich fahre ihm mit den Händen über die Brust und halte mich an seinem T-Shirt fest, als würde ich ertrinken. Unser Kuss wird noch inniger, und ich bin dieser Lust nicht länger gewachsen.

Als er die Lippen von meinen löst, beuge ich mich vor, denn ich will nicht, dass er aufhört.

»Ich werde es dir zeigen, Baby Girl«, sagt er und fährt mit dem Daumen über meine Unterlippe.

»Was?« Ich kann also doch noch sprechen.

»Alles«, antwortet er. »Alles, was ich je für dich empfunden habe. Heute Nacht werde ich jeden Zentimeter von dir lieben.«

Er küsst mich erneut, während er mir mit den Fingern durchs Haar streicht. Himmel, das kann er echt gut. Er hat mich vollkommen unter Kontrolle und könnte jetzt alles mit mir anstellen.

Abermals unterbricht er den Kuss und bahnt eine Spur aus Küssen über meinen Hals. Ich lehne den Kopf zurück und lehne mich gegen die Tür. Er presst den Körper gegen meinen und ...

Oh, wow, ist das etwa ...?

»Merkst du, was du mit mir machst?«, flüstert er mir ins Ohr.

Seine Erektion ist hart wie Stahl und drückt sich in meine Hüfte. Er fühlt sich ... *riesig* an. Und zwar von der Art *Verdammte Scheiße, ist der echt?*

»Was meinst du, Baby Girl?«, fragt er. »Soll ich dich gleich hier nehmen, oder willst du unser erstes Mal lieber im Bett erleben?«

Ich halte es kaum noch aus. »Ich will es überall.«

Er stöhnt an meinem Hals, lässt die Hände zu meinem Hintern wandern und hebt mich hoch. Ich schlinge die Beine um seine Taille, und er trägt mich zum Schlafzimmer, als würde ich nichts wiegen.

Kaum hat er mich auf dem Bett abgelegt, brenne ich vor Erwartung. Ich bin heiß und feucht, und mein ganzer Körper prickelt. Er zieht sich das T-Shirt aus und wirft es beiseite. Dann ist die Hose dran. Seine Erektion beult seine Boxershorts aus und ragt fast schon aus dem Bund. Ich habe ihn schon zigmal oben ohne gesehen, aber diesmal muss ich nicht so tun, als würde ich es nicht bemerken. Dass er verdammt perfekt ist. Breite Brust, sensationelle Bauchmuskeln, und, großer Gott, dieses V. Es zeichnet sich scharf zwischen seinen Hüften ab, wie ein muskulöser Pfeil, der auf seinen Penis zeigt. Er könnte genauso gut ein Schild auf dem Bauch tragen, auf dem steht: »Das ist für dich, Kylie.«

Er zieht eine Augenbraue hoch, und ein Lächeln umspielt seine Lippen.

»Du bist so sexy, wenn du mich so ansiehst«, sage ich.

»Ich tue alles, damit du so etwas noch viel öfter zu mir sagst, Baby.« Er entledigt sich seiner Boxershorts, enthüllt seine prächtige Erektion und grinst mich abermals an.

»Gefällt dir, was du siehst?«

»Und wie, Braxton«, murmele ich. »Passiert das gerade wirklich?«

»Und wie das passiert«, bestätigt er. »Und es wird immer wieder passieren.«

Er knöpft mir die Jeans auf und zieht sie mir aus. Mein Herz rast. Ist Braxton tatsächlich dabei, mich auszuziehen? Ich richte mich auf, damit er mir das Oberteil über den Kopf ziehen kann.

»Diesmal muss ich nicht wegsehen. Dreh dich um.« Er umfasst mein Becken und dreht mich auf den Bauch. Dann öffnet er meinen BH, und ich lasse die Träger von den Schultern gleiten. Zu guter Letzt schiebt er die Hände unter mein Höschen und streift es mir vom Körper.

Ich drehe den Kopf und sehe ihn über die Schulter hinweg an. »Diesmal?«

»Als du krank warst, standest du nackt vor mir in der Dusche. Gott, ich wollte dich so gern berühren. Und dieser Hintern.« Bei diesen Worten knetet er meine Pobacken.

»Ist das wirklich passiert?«, frage ich. »Ich hielt es für einen Fiebertraum.«

»Nein, das hast du nicht geträumt«, erklärt er. »Es war viel zu real. Aber das hier – Kylie, das war das Warten wert.«

Er schnappt sich meine Beine und zieht mich nach unten, bis ich über die Bettkante rutsche und meine Füße den Boden berühren. Danach drückt er sich an mich und beugt sich vor, so dass sein Körper den meinen völlig bedeckt. Seine Haut fühlt sich unfassbar gut an. Ich erschauere, als ich seine Hitze spüre, seine Haut und seine Härte an meinem Hintern. Er lässt eine Hand unter meinen Bauch gleiten und hebt meinen Oberkörper an. Ich richte mich auf, spüre seine Brust an meinem Rücken, und stütze mich mit den Armen ab. Seine Hand wandert nach unten. Er küsst mir die Schulter und den Nacken. Als seine Hand ihr Ziel zwischen meinen Beinen erreicht, keuche ich auf. Er findet meinen Kitzler sofort, als wüsste er genau, wie er mich berühren muss. Lust durchzuckt mich und raubt mir den Atem.

»O Gott, Braxton.«

»Ich liebe es, meinen Namen aus deinem Mund zu hören, Baby.«

Seine Finger liebkosen mich, und ich werde schnell immer feuchter. Er massiert mich sanft, und meine Beine fangen an zu zittern. Es fühlt sich so gut an, dass ich es kaum aushalte. »Wie machst du das?«

Er knabbert an meinem Hals, und ich erschauere. »Ich wärme dich nur auf.«

Ich lasse den Kopf nach hinten gegen seine Schulter sinken. Er hält mich mit einer Hand an der Hüfte fest, während er mit der anderen irgendeinen verrückten Zauber auf meinen Kitzler wirkt. Ich habe keine Ahnung, wie er es anstellt, aber es fühlt sich unglaublich gut an.

Mein Atem geht immer schneller, und ich lasse die Hüften im Rhythmus seiner Finger kreisen. Seine Erektion bohrt sich von hinten in mein Fleisch.

»O Gott, Braxton, ich bin so kurz davor.«

»Willst du es?«, raunt er mir ins Ohr. »Jetzt? So?«

Mir ist schwindlig, und ich verliere die Kontrolle. »Ja. Gott, Braxton, lass mich kommen.«

Er stöhnt leise und beißt mir sanft in die Schulter. Das tut ein bisschen weh, erregt mich aber noch mehr. Ich drücke mich gegen ihn und seine Härte.

Auf einmal verharrt er. Ich bin so kurz davor, so kurz vor dem Höhepunkt, dass es nur noch eine einzige Berührung bräuchte, bis ich explodiere.

»Noch nicht«, sagt er. »Ich will in dir sein, wenn du kommst.«

Er beugt sich vor und nimmt eine Kondompackung vom Nachttisch. Gerade jetzt will ich wirklich nicht darüber nachdenken oder gar erörtern, mit wie vielen Frauen er schon geschlafen hat – aber, verdammt, ich will ihn in mir. Ohne Gummi.

»Hast du dich untersuchen lassen, Brax?«, fragte ich. »Kürzlich?«

Er hält inne. »Ja. Ich nehme immer Kondome, aber ja, ich bin garantiert sauber.«

Ich sehe ihm in die Augen. »Ich auch. Ich kriege Dreimonatsspritzen, also, wenn du willst …«

»Ist das dein Ernst?«, hakt er nach. Sein Blick wandert über meinen Körper, und er lächelt erneut.

Mein heißer Kern zuckt so intensiv, dass ich kaum denken

kann, aber ich bin mir so was von sicher. Ich will ihn ganz. Ich drehe mich um und rutsche rückwärts aufs Bett. »Ich will, dass nichts zwischen uns ist. Gar nichts.«

Er lässt die Kondome fallen.

Ich rutsche noch etwas weiter, um ihm Platz zu machen, und er positioniert sich zwischen meinen Beinen. Seine Erektion verharrt genau vor meiner Öffnung. Ich will ihn so sehr in mir, dass ich kurz davorstehe, ihn anzuflehen, aber seine Miene wird plötzlich furchtbar ernst.

Er hält inne und reibt die Nase an meiner. »Bist du bereit für mich?«

»Ja.«

»Hier beginnt es, Ky«, haucht er. »Heute Nacht.«

»Ich weiß.«

Langsam und vorsichtig dringt er in mich ein. Er verdreht die Augen, schließt die Lider und stöhnt kehlig auf.

Du liebe Güte. Seine Ausmaße waren keine optische Täuschung. Ich bin so feucht, dass er problemlos in mich eindringen kann, und er dehnt mich gewaltig aus.

»Mehr«, verlange ich und umfasse seine Pobacken, um ihn noch tiefer in mir aufzunehmen.

»Bist du sicher?«

»Ja. Ich will alles.«

Er gleitet tiefer hinein, und als ich schon glaube, jetzt ist er ganz in mir, kommt noch mehr. Er gibt mir alles. Ich spüre, wie seine Eichel an meine Grenze stößt, sein Umfang mich ausfüllt. Er verharrt eine Weile, während unsere Körper miteinander verschmolzen sind.

»Grundgütiger, Kylie, du fühlst dich so verdammt gut an«, stößt er keuchend aus.

Ich halte ihn fest, klammere mich an ihn. Er ist tief in mir, aber ich will ihn noch näher spüren. Tiefer. Härter. Ich will, dass er mich in Besitz nimmt und nie wieder loslässt.

Er zieht sich zurück und dringt stöhnend wieder in mich ein.

»Verdammt, Kylie, ich wollte das eigentlich in die Länge ziehen, aber ich glaube, ich kann mich nicht zurückhalten.«

»Dann tu's nicht, Braxton«, flüstere ich. »Nimm mich hart. Ich will dich morgen früh noch spüren.«

Sofort richtet er sich auf und nimmt mich so hart, wie ich verlangt habe. Die Welt löst sich auf, vergeht, es gibt nur noch mich und Braxton, und er bewegt sich so hart und schnell. Er ist alles, was ich brauche. Pure Glückseligkeit. Jeder Stoß ist die reinste Ekstase. Kurz bevor ich komme, hält er inne, lässt mich im Nirwana schweben und nach Erlösung lechzen.

»O Gott, Braxton.«

»Ja, Baby.« Er stößt wieder zu. »Sag meinen Namen.«

»Braxton.«

»Sag mir, was du willst.«

»Lass mich kommen, Braxton«, erwidere ich fast winselnd. »Ich will kommen.«

»O Gott, Kylie, du bist so verdammt sexy – die schönste Frau auf diesem Planeten. Ich will nicht, dass das vorbeigeht.«

Sein Penis pulsiert. Ich spüre, dass er dem Orgasmus ebenfalls sehr nahe ist.

»Hör nicht auf«, bettle ich. Er streichelt meine Klitoris, perfekt, unnachahmlich. Ich weiß nicht, wie er das macht. Meine Muskeln ziehen sich zusammen, und mein Innerstes melkt ihn förmlich.

»O Gott, ja«, knurrt er. »Ja, ja, ja.«

Er stößt hart zu und versteift sich; seine Härte zuckt in mir, und plötzlich falle ich. Stürze durch die Sterne, völlig außer Kontrolle. Ich schreie seinen Namen, reite die Wellen seines Orgasmus mit ihm, während er sich in mir ergießt. Wieder und wieder umklammere ich ihn mit meinen Muskeln, kann gar nicht mehr aufhören und vergesse zu atmen.

Langsam kehre ich ins Hier und Jetzt zurück und ringe nach Atem. Braxtons Körper glänzt im schwachen Licht, das durch das Fenster dringt. Er richtet sich auf, ohne sich von mir zu lösen. Ich halte ihn weiter umklammert und in mir. Ich will mich noch nicht von ihm lösen.

Er küsst mir meine Stirn, die Wangen, das Kinn, den Unterkiefer. Seine Lippen finden meine und verharren dort, während er mich langsam und zärtlich küsst. Ich lege die Arme um seinen Nacken und versinke in dem Kuss. Es soll niemals mehr aufhören.

Irgendwann gleitet er aus mir heraus und dreht sich auf die Seite. Er fehlt mir sofort; die paar Zentimeter zwischen uns sind schon zu viel. Doch er umfasst meine Hüfte und zieht mich zu sich. Ich liege auf der Seite und kuschele mich an ihn. Sein Arm bedeckt mich, seine Beine verschränken sich mit meinen. Er umfängt meine Brust mit einer Hand und legt den Kopf neben meinen.

Schweigend bleiben wir so liegen. Wir müssen nicht reden. Meine Schenkel sind mit seinem Samen benetzt, und sein Schweiß vermischt sich mit meinem. Sein Duft ist überall. Er lehnt sich vor, um mir Ohr, Hals und Schulter zu küssen.

Nichts wird je so sein wie zuvor.

Ich will vor Glück weinen – und vor Angst. Das ist Braxton. Mein Braxton. Mir ist, als müsste ich gleich explodieren. Er hält mich fest umschlungen, als fürchte er sich genau wie ich davor, wir könnten morgen aufwachen und feststellen, dass nichts von alldem echt war.

Aber ich wünsche mir so sehr, dass es real ist.

Als mir die Tränen kommen, kneife ich die Augen zu. Braxton hält mein zerbrechliches Herz in seiner Hand. In dieser großen, starken Hand, die es ohne Weiteres zerquetschen könnte.

»Braxton?«, wispere ich.

Er umarmt mich heftiger, und ich spüre, wie er die Muskeln anspannt. »Ja, Baby Girl?«

»Bitte zerbrich mich nicht.«

»Niemals«, erwidert er mit tiefer, fester Stimme. »Ich verspreche es dir. Niemals.«

Ich schließe die Augen und hoffe inständig, dass er sein Versprechen halten kann.

17
Braxton

Ich wache mit Kylie in den Armen auf. Meine Brust fühlt sich an, als müsste sie explodieren, und ich halte mich nur mit Mühe davon ab, Kylie noch fester an mich zu drücken.

Nach den Ereignissen der letzten Nacht bin ich noch immer ein bisschen benommen. Bestimmt sehe ich aus wie ein Vollidiot, aber ich kann nicht aufhören zu strahlen. Sie atmet ruhig, ihr Rücken bewegt sich an meiner Brust. Ich will sie schlafen lassen, aber nun, da ich wach bin, kann ich nicht aufhören, sie zu küssen. Mein Penis richtet sich auf und bohrt sich in ihren Hintern, und ich küsse ihr Ohr, ihren Nacken, ihre Schulter.

Himmel, sie fühlt sich so gut an.

Nein, nicht nur gut. Sie ist alles.

Unser erstes Mal war zu schnell, aber, verdammt, es war auch unglaublich. Besser als mit jeder anderen Frau, mit der ich je geschlafen habe, und die Liste ist lang. Jede Einzelne von ihnen verblasst im Vergleich zu Kylie. Der Geschmack ihrer Haut auf meiner Zunge, das Gefühl ihres Körpers um meinen Schaft. Es war einfach zu viel. Ich bin lange, bevor ich es wollte, in ihr gekommen, aber ihr Orgasmus war so intensiv, dass ich mir deswegen nicht zu viele Gedanken mache. Wir haben es noch zweimal gemacht, ehe wir beide erschöpft eingeschlafen sind, und beide Male habe ich länger durchgehalten.

Viel länger.

Ich atme ihren Duft tief ein und vergehe in ihrem *Lilac-Breeze*-Aroma. Diesmal ist es keine Folter, sondern himmlisch. Nichts ist zwischen uns. Ihre nackte Haut ruht an meiner. Ich war in ihr, habe jeden Zentimeter von ihr ausgefüllt. Sie geküsst. Sie berührt. Sie festgehalten.

Und ich muss nicht damit aufhören.

Sie bewegt die Hüfte ein wenig und gibt ein kehliges Geräusch von sich, als sie langsam aufwacht. Dann dreht sie sich zu mir um und sieht mich an.

»Hey.«

»Hi, Baby Girl«, sage ich und drücke ihr einen Kuss auf die Nase. »Hast du gut geschlafen?«

»Selbstverständlich«, antwortet sie. »Du hast mich gestern Nacht ausgelaugt.«

»Das werde ich ab jetzt jede Nacht tun.«

Sie lacht leise auf. »Lass uns einen Schritt nach dem anderen machen, okay?«

»Was immer du brauchst, Baby.« Ich küsse erneut ihre Schulter. »Ich sorge dafür, dass du mich jeden Tag willst.« Schweigend liegen wir ein paar Minuten da, und ich spüre Nervosität in mir aufsteigen. Geht es ihr gut? Müssen wir über uns reden?

»Ky?«, murmele ich.

»Ja?«

»Alles okay?«

Sie dreht sich auf den Rücken, und ich stütze den Kopf auf, um ihr ins Gesicht zu sehen. Die Decke umspielt ihren Bauch und gibt den Blick auf ihre wundervollen Brüste frei. Ich fasse ihre fehlende Scham als gutes Zeichen auf, aber sie runzelt die Stirn.

»Ich denke schon«, gibt sie zurück.

»Du bist dir nicht sicher?«, hake ich nach.

»Es ist nur …« Sie hält inne und hat den Blick zur Decke gerichtet. »Ich habe nicht damit gerechnet. Ich kann nicht einmal sagen, *wie* das passiert ist. Denn das bist doch du. Das sind *wir*.«

»Bist du glücklich darüber?«, frage ich ein wenig bang. *Bitte sag Ja.*

»Ja.« Sie lächelt, und ich atme erleichtert auf. »Ja, das bin ich. Aber … Ich hatte keine Ahnung, dass du mich auf diese Weise willst.«

Ich beäuge sie kritisch. »Ist das dein Ernst?«

»Ja, absolut«, antwortet sie. »Okay, vielleicht nicht ganz. Ich habe mich schon hin und wieder gefragt, ob du mich begehrst. So, wie du mich manchmal angesehen hast. Aber ich dachte, du alberst nur herum. Ich hätte nie geglaubt, dass es dir wirklich ernst ist.«

Ich streichle ihre Wangen und schwelge im Gefühl ihrer Haut auf meiner. »Jedes einzelne Mal war mein voller Ernst.«

»Unmöglich.«

»Warum?«

»Weil du schon seit unserer Teenagerzeit mit mir flirtest.«

»Ich will dich, seit wir Teenager waren«, beichte ich.

Sie öffnet leicht den Mund. Ich kann es kaum erwarten, diese Lippen auf meinem Schaft zu sehen. Der Gedanke daran lässt ihn zucken.

»Das glaube ich dir nicht«, entgegnet sie.

»Es stimmt aber. Das schwöre ich.« Ich beuge mich hinunter, um sie sanft zu küssen. Sie schmeckt sogar früh am Morgen gut. »Ich wollte immer nur dich, Kylie.«

Sie starrt mich an. »Wieso hast du mir das nie gesagt?«

Ich weiche ihrem Blick aus. »Bestimmt tausendmal war ich kurz davor. Aber irgendetwas kam immer dazwischen. Entweder warst du mit jemandem zusammen oder ich. Und wenn wir beide Single waren … Ich weiß auch nicht, ich wollte es eben einfach nicht vermasseln. Wir hatten da diese Grenze, die wir nicht überschreiten, und so sehr ich es mir auch gewünscht habe, hatte ich Angst, unsere Freundschaft zu riskieren.«

»Warum dann gestern Abend?«

»Nach meiner Trennung von Aubrey habe ich beschlossen, beim nächsten Mal für dich bereit zu sein, egal, wie lange es dauert. Sobald du die Beziehung zu Derek beendest, wollte ich da sein. Ich wollte nicht noch eine Gelegenheit verstreichen lassen. Denn dann wäre der nächste Mann vielleicht derjenige, der dich mir für immer wegnimmt. Das konnte ich nicht zulassen.«

Sie dreht sich zu mir um. Ich nehme sie in die Arme und drücke ihr einen Kuss auf den Scheitel. Ich kann es kaum erwarten, wieder in ihr zu sein, aber mehr als alles andere staune ich darüber, dass sie hier in meinem Bett liegt.

»Kylie?«, frage ich. »Ist auch wirklich alles okay?«

Sie nickt an meiner Brust. »Mehr als okay.«

Ich halte sie lächelnd fest. Sie ist weich und warm und wunderbar.

»Und was passiert jetzt?«

Ich drehe sie auf den Rücken und beuge mich hinunter, um ihren Hals zu küssen. Mein Mund wandert hinab zu ihren Brüsten, und ich lasse die Zunge um ihre Brustwarze tanzen. Gestern Abend habe ich nicht genug von den beiden kriegen können.

»Erst einmal bleiben wir im Bett«, erkläre ich und lecke noch einmal ihre Brustwarze. »Ich mach dir später Frühstück, wenn du Hunger bekommst, aber zuerst will ich dich schmecken. Ich träume schon seit Jahren davon, und ich bin noch lange nicht fertig.«

Sie erschauert, als ich mit den Zähnen über ihre harte Knospe fahre. »Aber Brax ...«

Ihre Stimme ist zu ernst, und das gefällt mir nicht. Sie klingt immer noch besorgt. »Ja?«

»Was sagen wir Selene?«

Das musste ja irgendwann kommen. Es war wohl unvermeidbar, aber ich hatte gehofft, noch einmal mit ihr schlafen zu können, bevor wir uns diesem Problem widmen.

Ich lege mich wieder auf die Seite und stütze den Kopf auf eine Hand. Eigentlich will ich nicht aufhören, ihre Brüste zu berühren – sie sind einfach zu wundervoll und so herrlich nackt und zu verlockend, um sie in Ruhe zu lassen –, daher lasse ich statt der Zunge die Finger wandern.

»Das wird nicht leicht«, räume ich ein. Das ist vermutlich die Untertreibung des Jahrhunderts, aber ich will Kylie nicht beunruhigen und habe im Grunde genommen auch nicht die geringste Ahnung, wie Selene darauf reagieren wird. »Es wird ein bisschen dauern, bis sie sich daran gewöhnt hat.«

»Was machen wir, wenn sie sauer ist?«

Ich zucke mit den Achseln. Mich würde das nicht stören. Selene ist ständig sauer auf mich. »Sie wird darüber hinwegkommen.«

»Du sagst das so, als wäre es egal«, kontert sie. »Und wenn sie deswegen verletzt ist?«

Das Wort schnürt mir den Hals zu. Ich will meine Schwester nicht verletzen.

»Wir drei sind schon so lange befreundet«, fährt Kylie fort, »und mehr als Freunde waren wir nie. Wenn wir beide auf einmal etwas anderes sind, kann Selene es vielleicht nicht verkraften. Ich hatte immer das Gefühl, dass sie etwas dagegen hat, wenn ich dich auf diese Weise mag. So war das schon in unserer Kindheit. Jedes Mal, wenn ich irgendetwas über dich gesagt habe – über dein Aussehen oder so –, hat sie es sofort heruntergespielt.«

Sie hat recht, es wird nicht leicht werden, es meiner Schwester zu erzählen. »Vielleicht sagen wir es ihr nicht sofort.«

»Du willst sie anlügen?«

»Nicht ganz«, wiegele ich ab. »Wir können uns erst einmal selbst daran gewöhnen und mit ihr reden, wenn wir bereit dazu sind.«

»Wir warten also erst ab, wohin das hier führt?«, will sie wissen.

Ich weiß genau, wohin das meiner Meinung nach führen soll, und kann nur hoffen, dass sich Kylie sicherer ist, als es momentan den Anschein hat. Aber vorerst nehme ich, was ich kriegen kann. »Ja. Wir sehen, wohin es führt. Wir werden es schon merken, wenn wir so weit sind, es ihr zu sagen.«

»Okay«, erwidert sie. »Und was passiert heute?«

»Heute«, erkläre ich und lasse die Fingerspitzen von ihren Brüsten bis zu ihrem Bauchnabel wandern, »kannst du von mir haben, was immer du willst. Hart. Weich. Schnell. Langsam.« Ich male Häkchen auf ihre Haut, als würde ich ihre Auswahlmöglichkeiten ankreuzen. »Mund. Zunge. Schwanz. Von vorn. Von hinten, von der Seite, über Kopf. Alles. Ich will dir noch so viel zeigen.«

Sie lacht. »Du bist unersättlich.«

»Nur bei dir«, erkläre ich. »Ich war ein Verdurstender in der Wüste, unterwegs am Ufer eines Flusses, aber das Wasser war immer außer Reichweite. Ich bin gerade erst hineingesprungen und immer noch durstig.«

»Das klingt sehr nach einer griechischen Tragödie.« Sie streichelt mir die Brust und lässt die Hand bis zum Bauch wandern. »Aber das passt wohl; schließlich siehst du aus wie ein griechischer Gott.«

Ihre Hand fühlt sich so gut an. »Mmh, Baby, mach weiter. Das hilft.«

»Da wir gerade von Wasser sprechen; vielleicht sollte ich duschen gehen.«

Ich grinse sie an. »Ich mag dich schmutzig.«

»Wie schmutzig genau?«

Ich werde härter, und langsam kann ich es nicht mehr ignorieren. Ich will sie erneut. Jetzt gleich. »So schmutzig, wie ich dich kriegen kann«, antworte ich und befreie sie von der Decke. Sie erschauert und zieht die Knie an die Brust. »Ist dir kalt?«

»Ein bisschen.«

»Da kann ich Abhilfe schaffen.«

Ich lasse die Hand zwischen uns gleiten, damit sie die Beine spreizt und ich die Innenseite ihres Oberschenkels erreiche. Sie ist so verdammt perfekt – jede Kurve, jedes Mal, jeder Winkel. Ich lecke mir die Lippen und lasse die Finger über die weiche Haut zwischen ihren Beinen wandern. Abermals erbebt sie.

Als ich ihr ein Kissen unter das Becken lege, sieht sie mich fragend an.

»Vertrau mir«, sage ich.

Ich lege mich vor sie und knabbere an der Innenseite ihres

Oberschenkels. Sie fängt an zu keuchen, ehe ich auch nur in die Nähe ihrer Scham komme. Meine Bartstoppeln kratzen bestimmt, aber es scheint ihr zu gefallen. Ich entdecke eine einzelne Sommersprosse genau in der Beuge ihres Beins und fahre mit der Zunge darüber.

»Ich muss mich bei dir entschuldigen«, murmele ich und küsse ihren Schenkel.

»Wofür?«, fragt sie. Ich liebe den schrillen, gehauchten Klang ihrer Stimme.

»Ich war gestern Nacht viel zu sehr auf meinen Schwanz konzentriert«, gebe ich zu. Ich drücke einen Kuss direkt auf ihre Öffnung und lecke mir die Lippen. Verdammt, sie schmeckt himmlisch.

»Dein Schwanz ist aber auch beeindruckend«, schwärmt sie. »Du solltest dich dafür entschuldigen, ihn mir all die Jahre vorenthalten zu haben.«

»Baby, deine Muschi ist unglaublich.« Ich lasse die Zunge durch ihre Feuchtigkeit gleiten. »Ich wünschte, ich hätte das hier schon vor langer Zeit tun können.«

»Vielleicht waren wir noch nicht bereit dazu«, gibt sie zu bedenken.

Ich sehe ihr in die Augen. »Bist du es jetzt?«

Sie spreizt die Beine. »O ja, und wie.«

Ich tauche in sie ein und spüre ihre heiße, nasse Haut auf meiner Zunge. Ihre Hüfte liegt genau im richtigen Winkel, um ihr den Kitzler zu lecken.

Sie umklammert bebend die Decke. »O Gott, Braxton.«

Ich will, dass sie nicht aufhört, meinen Namen zu sagen. Ich will, dass er der einzige ist, den sie für den Rest ihres Lebens schreit.

Verspielt lecke ich sie und probiere verschiedene Techniken aus, um herauszufinden, was ihr gefällt. Ich habe noch so viel zu lernen, so vieles zu entdecken. Ich will alles wissen. Als ich fester zudrücke, bewegt sie das Becken im Rhythmus meiner Zunge. Ich passe mich ihr an und steigere das Tempo, bewege die Zunge vor und zurück und umspielte ihre Mitte.

Dann ziehe ich das Kissen näher an mich heran, so dass ihre Hüfte noch etwas höher liegt, und dringe mit der Zunge in sie ein.

»O Gott!«, keucht sie.

Ich gleite mit der Zunge wieder und wieder in sie hinein und lasse sie auch über die empfindliche Stelle oberhalb ihrer Öffnung gleiten. Ihre Hitze baut sich immer weiter auf, und sie drückt mir das Becken entgegen. Ich halte sie fest und bewege sie auf und ab, während ich sie gnadenlos lecke. Ich will sehen, wie schnell ich sie zum Höhepunkt bringen kann, also lege ich noch einen Zahn zu. Sie macht ein Hohlkreuz und krallt die Finger ins Laken. Bei jedem Stoß meiner Zunge keucht sie auf.

»O Gott, Braxton, ja!«, stößt sie zwischen den Atemzügen hervor. »Ja, ja, ja.«

Ich spüre ihre heiße Mitte zucken, als sie kommt, lasse jedoch nicht nach. Ich will es ausdehnen, sie völlig verrückt machen und sie auf ewig kommen lassen. Sie schreit meinen Namen, und ich bin so hart, dass ich kurz davor bin, mir selbst Erlösung zu verschaffen, während sie kommt – aber wenn ich es richtig anstelle, schaffe ich es womöglich, ihr gleich noch einen Orgasmus zu bescheren.

Ihre Bewegungen werden langsamer, und ich spüre, wie die Zuckungen nachlassen. Noch ehe es ganz vorbei ist, lasse ich die flache Zunge über ihren Kitzler wandern und fange von vorn an, diesmal jedoch gleich in einem hohen Tempo.

»Was zum …?«, keucht sie.

Sie spannt die Beine an, und ich drücke sie auseinander. Ihr Körper windet sich unter mir, und sie stößt laute und unverständliche Worte aus. Sie verliert völlig die Kontrolle. Ich spüre, dass sie kurz vor einem weiteren Höhepunkt ist, aber ich kann nicht mehr warten. Ich knie mich vor sie, zerre das Kissen unter ihr hervor und umklammere ihr Becken, um sie umzudrehen. Dann hebe ich ihren Hintern an und stemme ihr die flache Hand gegen den Rücken, um ihre Oberkörper nach unten zu drücken.

Ich umklammere ihre Hüften und stoße mich in sie hinein. Genüsslich lasse ich den Kopf zurücksinken, um in diesem unglaublichen Gefühl zu schwelgen. Sie nimmt mich ganz in sich auf, so tief es geht, umhüllt mich mit ihrer Perfektion. Ich verharre eine Weile, spüre ihre Enge, genieße es, mit ihr verschmolzen zu sein. Mich überkommt Glückseligkeit, ich bin trunken von ihrem Geschmack, ihrem Duft und dem Gefühl, wie sie mich umgibt.

»Verdammt, Braxton, fick mich jetzt«, verlangt sie.

Es gefällt mir sehr, dass ich die Macht besitze, dieses Begehren in ihr auszulösen. Ich stoße in sie hinein, ziehe mich wieder heraus, gebe es ihr so hart, wie ich es wage, denn ich will ihr nicht wehtun, aber sie stöhnt und empfängt jeden meiner Stöße mit Feuereifer.

Der Druck baut sich auf, Hitze strömt mir in den Unterleib, und meine Hoden ziehen sich zusammen. Ich bin bereit, mich in ihr zu ergießen. Es ist Jahre her, dass ich ohne Kondom in einer Frau war, und das Gefühl ihres nackten Fleisches um meinen Schaft ist unvergleichlich. Ich betrachte ihren Hintern, so schön und rund und … Mein Gott, sie ist wundervoll. Ich kriege nicht genug von ihr.

Ihre Mitte fängt an zu zucken. Sie wird gleich wieder kommen. Ich hätte sie nicht so lange warten lassen dürfen. Ich beschließe, sie noch einmal zum Höhepunkt zu bringen, ehe ich mich in sie entleere. Dann kann ich ihr einen dritten Orgasmus schenken und mit ihr gemeinsam den Gipfel der Lust erklimmen.

Ich beuge mich vor, lege einen Arm unter sie und hebe sie an, so dass ihr Rücken an meiner Brust lehnt. Dann suche ich mit der anderen Hand ihren Kitzler. Ich stoße tief in sie hinein und streichle sie zweimal, und schon drückt sie den Kopf gegen meine Schulter und kommt heftig. Ihre Muskeln ziehen sich um mich zusammen und ziehen mich beinahe mit über den Rand, aber ich behalt die Kontrolle und reibe ihre Klitoris, bis ihr Orgasmus verebbt.

Obwohl ich so kurz davor bin, lasse ich von ihr ab und drehe sie auf den Rücken. Dann gewähre ich ihr eine kleine Atempause, obwohl ich so hart bin, dass ich gleich jetzt hier auf ihren prächtigen Titten kommen könnte.

Sie hebt die Arme über den Kopf, und ihre Brüste bewegen sich auf und ab. Ihre Beine sind gebeugt und gespreizt, als hätte sie keine Kraft mehr, sie zu bewegen.

»O Gott, Braxton.« Sie wischt sich die Stirn. »Ich weiß nicht, was … Großer Gott.«

»Einmal noch, Baby Girl«, säusele ich.

Ich knie mich hin und ziehe sie zu mir, ehe ich meine Härte in ihr versenke und mehrmals zustoße. Zuerst vermute ich schon, sie wäre zu ausgelaugt, um ein drittes Mal zu kommen.

Sie hat die Augen halb geschlossen, den Mund leicht geöffnet, und keucht immer noch schwer. Trotzdem lasse ich den Daumen über ihre Klitoris gleiten, während ich mich in ihr bewege, und ich spüre, wie ihr Körper die letzten Reserven mobilisiert.

»Das kann doch nicht wahr sein«, staunt sie.

Ihr Blick trifft auf meinen, und das Feuer kehrt zurück. Ich massiere ihren Kitzler, während ich wieder und wieder in sie hineinstoße und den Blick fest auf sie gerichtet habe. Denn ich will, dass sie es sieht; ich will, dass sie all das fühlt, was ich seit Ewigkeiten für sie empfinde. Worte reichen nicht aus, um es ihr zu vermitteln, aber ich kann es ihr mit meinem Körper zeigen, meinen Händen, meinem Mund, meinem Penis. Ich will ihr zeigen, was sie mir bedeutet. Was sie mir schon immer bedeutet hat.

Ich will, dass sie weiß, dass das echt ist.

»Sag mir, wann es so weit ist, Baby Girl«, verlange ich keuchend. Ich stehe kurz vor dem Abgrund; mein Schwanz schmerzt so sehr, weil ich es kaum noch aushalte.

»Ich glaub's nicht …«, haucht sie und lässt die Hüfte kreisen. »O Gott, ja. Jetzt, Baby. Jetzt.«

Ich halte mich nicht mehr zurück, und mein Glied pulsiert, während ich mich in sie ergieße, sie bedecke, sie in Besitz nehme. Mein Körper versteift sich. Nichts ist vergleichbar mit der Woge aus quälender Glückseligkeit, die mich erfasst. Gerade als ich denke, es ist vorbei, kommt noch mehr, ein ekstatischer Impuls nach dem anderen durchzuckt mich.

Nach und nach komme ich vom Gipfel der Lust herunter und werde langsamer. Wir sind beide schweißgebadet und atmen schwer. Kylie starrt mich aus ihren wunderschönen blaugrauen Augen an, mustert mich, während sich ihr tinten-schwarzes Haar über das Kissen ergießt. Ihre Wangen sind ge-rötet, die Lippen rosa und voll. Ich beuge mich vor und strei-che ihr ein paar Strähnen aus dem Gesicht. Dann küsse ich ihre süßen Lippen, ihre Stirn, ihre Wangen und ihren Kiefer unter-halb des Ohrs.

»Kylie«, flüstere ich. Nichts sonst. Ich will nur ihren Namen sagen.

»Braxton.«

Ich lehne die Stirn gegen ihre und lächele sie an. Mein Herz droht, mir aus der Brust zu springen. Sie ist die Einzige, die ich je wollte, und die Einzige, von der ich immer glaubte, ich könne sie nicht haben.

Und jetzt ist sie endlich mein.

18
Braxton

Einige Wochen verstreichen, und Kylie ist das Zentrum meines Universums. Sie geht kurz nach Hause, um ein paar Klamotten zu holen und in meiner Wohnung zu deponieren. Wenn es nach mir ginge, könnte sie ihren Mietvertrag sofort kündigen, aber das spreche ich lieber nicht aus. Sie ist immer noch zögerlich, obwohl ich sie Nacht für Nacht mit Leichtigkeit davon überzeugen kann zu bleiben. Ich will nie mehr ohne sie sein.

Ich gehe ins Fitnessstudio und trainiere meine Kunden, um im Anschluss nach Hause zu eilen in der Hoffnung, dass sie schon von der Arbeit zurück ist. Allein der Anblick ihres Wagens vor meiner Haustür entlockt mir ein Lächeln.

Jeden Morgen wache ich mit ihrem Duft auf dem Laken und ihrem Haar auf meinem Kissen auf und kann mein verdammtes Glück kaum fassen.

Am Freitag führe ich sie zum Abendessen aus und meide dabei absichtlich unsere üblichen Treffpunkte. Ich will es nicht riskieren, Selene zu begegnen. Kylie und ich haben seit dem letzten Mal nicht mehr über sie gesprochen, aber für mich ist auch so offensichtlich, dass sich Kylie wegen meiner Schwestern Sorgen macht. Ich würde ihr gern versichern, dass ich mich um die Sache kümmere, doch dummerweise habe ich keine Ahnung, wie ich das anstellen soll.

Selene hat mir immer ihren Todesblick zugeworfen, wenn ich mein Interesse an Kylie bekundet habe. Jedes Mal, wenn meine Mauern Risse bekamen und ich auch nur einen Hauch von Aufrichtigkeit im Blick hatte – ob absichtlich oder nicht –, war Selene angespannt und hat mich grimmig angestarrt. Manchmal spüre ich beinahe, was sie denkt – bestimmt, weil wir Zwillinge sind –, und bei jedem Flirt mit Kylie war Selenes Zorn nicht zu übersehen. Sie wird garantiert sauer sein, weil ich mich mit Kylie eingelassen habe. Ich brauche einfach etwas Zeit, um darüber nachzudenken, was ich sagen will, damit sie es versteht; ich muss ihr versichern, dass meine Beziehung zu Kylie nicht bedeutet, dass sie ihre Freundin an mich verliert. Natürlich wird es anders sein als vorher, aber das ist ja nicht zwingend etwas Schlechtes.

Samstagmorgen habe ich einen Klienten, und als ich fertig bin, entdecke ich auf meinem Handy eine Nachricht von Selene. Sofort überkommt mich ein flaues Gefühl. Scheiße. Ihr Müllzerkleinerer ist kaputt, und sie bittet mich, vorbeizukommen und ihn zu reparieren. Eine Sekunde lang spiele ich mit dem Gedanken, ihr zu sagen, sie soll ihren bescheuerten Freund fragen. Aber ich bin immer zur Stelle, wenn Selene Hilfe braucht. Ich kümmere mich um meine Schwester. So läuft das eben.

Kylie ist zum Mittagessen bei ihrem Dad, und ich möchte Selene nichts erzählen, ohne sie dabeizuhaben. Ich beruhige mich mit dem Gedanken, dass Selene keinen Anlass hat, etwas zu vermuten. Also werde ich einfach zu ihr fahren und das kaputte Teil reparieren. Kylie und ich können ja heute Abend darüber sprechen, wie wir es ihr beibringen wollen. Ich weiß nicht, ob Kylie zögert, weil sie Angst vor Selenes Reaktion hat, oder weil sie nicht sicher ist, ob wir als Paar funktionieren. Dieser Gedanke behagt mir gar nicht, doch ich kann es ihr auch nicht verdenken. Vermutlich ist sie aufgrund meiner Vergangenheit alles andere als überzeugt davon, dass ich in der Lage bin, mich auf Dauer an eine Frau zu binden. Das Einzige, was ich tun kann, ist, es ihr zu zeigen.

Und zwar nicht nur, indem ich sie Nacht für Nacht um den Verstand vögele, sondern indem ich bleibe.

Aber darum mache ich mir keine Gedanken. Das ist der einfache Teil. Ich habe nicht die geringste Absicht, irgendwohin zu gehen. Auf gar keinen Fall.

Ich fahre zu Selene und lasse mich selbst rein. Über die Jahre hat sie zwar hier und dort umdekoriert, aber es ist nach wie vor komisch, hier zu sein – und daran wird sich wahrscheinlich auch nichts ändern. Wir sind in diesem Haus aufgewachsen. Jeder Quadratzentimeter ist voller Erinnerungen. Einige davon sind wundervoll, vor allem die, in denen wir alle drei eine Rolle spielen. Wir sind auf Pappkartons die Treppe hinabgesaust, ich habe mich im Gästezimmer versteckt, um die Mädchen zu erschrecken, oder wir haben uns zu dritt mit Popcorn auf die Couch gekuschelt und uns einen Film angeschaut. Andere Erinnerungen sind schwerer zu ertragen, obwohl der Schmerz mit den Jahren zu einem dumpfen Pochen abgeflaut ist.

Ich gehe in die Garage und schnappe mir den kleinen roten Werkzeugkasten, der meinem Vater gehört hat. Der Rand ist verrostet und die Seite verbeult. Ich erinnere mich noch gut an einen Weihnachtsmorgen, an dem er einen Schraubenzieher herausgenommen hat, um Batterien in ein neues Spielzeug einzulegen.

»Selene«, rufe ich, als ich mit dem Werkzeug die Küche betrete. »Wo steckst du?«

Ihre Stimme hallt matt von oben herunter. »Bin gleich unten.«

Ich drehe das Wasser an und betätige den Hebel für den Müllzerkleinerer. Nichts passiert. Ein Blick in den Abfluss hilft mir auch nicht weiter, weil darin nichts feststeckt.

»Hey«, begrüßt mich Selene.

»Hallo, Schwesterherz«, erwidere ich. »Was hast du damit angestellt? Wieso funktioniert er auf einmal nicht mehr?«

»Ich habe gar nichts gemacht«, behauptet sie. »Ich benutze ihn nicht einmal besonders oft, aber heute Morgen, als ich hier saubergemacht habe, wollte ich ihn einschalten, und das hat nicht geklappt.«

»Vielleicht liegt es am Strom. Ich sehe mal nach der Sicherung.«

»Entschuldige, auf die Idee hätte ich auch kommen können«, sagt sie. »Daran habe ich gar nicht gedacht.«

Ich zucke mit den Achseln. »Macht nichts.«

»Hey, hast du in letzter Zeit mal mit Kylie gesprochen?«, fragt sie.

Ich erstarre. In Selenes Stimme schwingt ein verschwörerischer Unterton mit, als hätte sie ein Geheimnis, das sie mir unter die Nase binden will. Ich ziehe mich hinter meine Mauern zurück und zwinge mich zu einem unbeschwerten Gesichtsausdruck. »Ja, hab ich. Wieso?«

»Echt? Okay, vielleicht hast du ja mehr aus ihr rausbekommen als ich«, meint Selene. »Hat sie dir erzählt, dass sie mit Derek Schluss gemacht hat?«

Hoffentlich ist das Selenes großes Geheimnis. »Ja, das hat sie.«

»Weißt du auch, warum?«, bohrt Selene weiter, und es kommt mir so vor, als würde sie die Antwort bereits kennen und will nur herausfinden, ob ich ebenfalls im Bilde bin.

»Nein, sie meinte nur, es wäre nicht so gut gelaufen.«

Selene schüttelt den Kopf. »Ich bin mir ziemlich sicher, dass sie ihn für einen anderen verlassen hat.«

Ich starre die Arbeitsfläche, weil ich meinem Gesichtsausdruck nicht traue. »Wie kommst du darauf?«

Sie blickt hinauf zur Decke, als müsse sie ihre Antwort überdenken. »Es ist nur ein Bauchgefühl. Ich habe Anfang der Woche mit ihr telefoniert, und sie klang anders.«

»Inwiefern?«

»Na ja, zum einen bin ich mir ziemlich sicher, dass ich sie direkt nach dem Sex erwischt habe. Ich konnte es an ihrer Stimme hören.«

Ich durchforste mein Gedächtnis, kann mich jedoch nicht daran erinnern, dass Kylie mit Selene telefoniert hätte, erst recht nicht direkt nach dem Sex. Obwohl wir allein innerhalb der letzten Woche wahrscheinlich öfter Sex hatten als während meiner gesamten vorigen Beziehung. »Direkt nach dem Sex« könnte sich daher auf so gut wie jeden Zeitpunkt beziehen.

Ich zucke erneut mit dem Achseln und brumme etwas Unverständliches, während ich so tue, als wäre ich mit dem Werkzeug beschäftigt.

»O mein Gott«, ruft Selene aus.

Sofort verkrampfe ich den Rücken und die Schultern, richte den Blick jedoch starr aufs Werkzeug und gebe vor, das Gespräch mit Selene würde mich langweilen. »Was ist?«

»Du weißt irgendetwas.«

»Ich habe keine Ahnung, wovon du redest«, wiegele ich ab.

»Braxton«, erwidert sie mit fester Stimme. »Spuck's aus.«

Scheiße. Scheiße. Scheiße. Was soll ich jetzt sagen? »Was denn?«

»Verrat mir, was Kylie dir erzählt hat«, drängt sie.

»Na, wenn Kylie es dir nicht gesagt hat, wollte sie vielleicht nicht, dass du es weißt.« Verdammt. So hätte ich das nicht ausdrücken dürfen.

»Was in aller Welt soll das heißen?«

»Gar nichts, ich versuche nur, das Thema zu wechseln.« Ich kriege langsam Panik. »Ja, sie hat gesagt, dass sie Derek wegen eines anderen verlassen hat, aber ich hatte den Eindruck, das ist nur eine Bettgeschichte. Keine große Sache. Deshalb hat sie wahrscheinlich nichts erzählt. Sie will nicht, dass du sie für verrückt hältst.«

»Warum hat sie es dann *dir* gesagt?«, fragt Selene misstrauisch.

»Ich, äh … hab sie letztens getroffen. Sie hat versucht, es vor mir geheim zu halten, aber sie ist keine besonders gute Lügnerin. Darum habe ich sie darauf angesprochen.«

Selene trommelt mit den Fingernägeln auf der Arbeitsfläche. »Das stimmt. Sie ist wirklich eine schlechte Lügnerin. Und ich habe sie eine Weile nicht mehr gesehen …«

»Siehst du?«, gebe ich zurück. »Es hat garantiert nichts zu bedeuten.«

»Verdammt, ich hasse es, wenn sie Dinge vor mir verheimlicht.« Selene seufzt. »Andererseits habe ich ihr auch nicht gleich von Matthew erzählt. Und nach Derek braucht sie einen, der weiß, was er tut.«

Das klingt schon eher nach einem Gesprächsthema, das mich interessiert. »Was soll das heißen?«

Selene zuckt mit den Achseln. »Er hat's irgendwie nicht gebracht. Sie hat mir schon vor einer Weile anvertraut, dass sie seit einer Ewigkeit keinen richtigen Orgasmus mehr hatte.«

Ich muss mich wegdrehen, um das breite Grinsen zu verbergen, das ich einfach nicht unterdrücken kann.

»Arme Kylie.« Ich gehe in Richtung Garage. »Ich werde mal die Sicherung überprüfen.«

Die Sicherung ist tatsächlich rausgeflogen, und ich bringe die Sache wieder in Ordnung. Zurück in der Küche aktiviere ich das Gerät, das sofort loslegt.

»Das hätten wir.«

»Danke, Brax«, sagt Selene. »Tut mir leid, dass du nur deswegen herkommen musstest.«

»Schon okay«, sage ich. »Aber ich muss wieder los. Wir reden später, okay?«

»Wo willst du denn hin?«, will sie wissen. »Hast du heute Abend ein heißes Date?«

Lachend gehe ich zur Tür. Es ist schlauer zu schweigen, statt mich zu verplappern und mir ein noch größeres Grab zu schaufeln. Nur eine Bettgeschichte? Was zum Henker habe ich mir dabei gedacht?

»Bis dann, Selene.«

Die Tür fällt hinter mir ins Schloss. Ich muss Kylie unbedingt bitten, bei der Sache mitzuspielen, bis wir die Gelegenheit bekommen, uns mit Selene zusammenzusetzen und ihr zu sagen, was wirklich los ist. O Mann, dafür wird sie mir den Kopf abreißen.

Allerdings weiß ich nicht genau, ob ich damit Kylie oder meine Schwester meine.

19
Kylie

Wie konnte ich je ohne Braxton leben?

Nichts ist, wie es war, seit er mich im Restaurant geküsst hat.

Er füllt mein Leben aus, jeden Teil meines Körpers und meiner Seele. Die Tage vor ihm verblassen, und die Tage danach sind hell, lebendig und wundervoll.

Ich bin so verliebt in ihn. Zwar hatte ich mir schon ein Dutzend Mal eingebildet, einen Mann zu lieben, aber so habe ich noch nie empfunden. Ich wusste nicht, wie sich Liebe anfühlt, bis ich sie mit Brax erlebt habe. Jetzt kann ich mir nichts anderes mehr vorstellen. Ich kann mir nicht vorstellen, jemals einen anderen zu lieben.

Und das jagt mir eine Heidenangst ein. Denn wir reden hier von Braxton.

Er liebt mich wild, fickt mich um den Verstand oder liebt mich verzweifelter Sanftheit. Seine Küsse lassen mich dahinschmelzen und verwandeln mein Hirn zu Brei. Seine Berührung lässt mich erbeben. Wenn er in mir ist, so nahe wie sich zwei Menschen nur kommen können, will ich nicht, dass es aufhört. Ich möchte mit ihm verbunden bleiben, seine Haut auf meiner spüren und seinen Atem an meinem Hals. Ich kann nicht genug von ihm bekommen.

Seit unserer ersten gemeinsamen Nacht habe ich nicht mehr zu Hause geschlafen, und langsam frage ich mich, ob ich je wieder dorthin zurückwill. Die Vorstellung, allein zu schlafen, ohne seinen starken Körper an meiner Seite, missfällt mir. Ich verbringe die Tage wie im Schwebezustand und habe ein Dauergrinsen im Gesicht. Meinen Kollegen ist aufgefallen, dass sich irgendetwas verändert hat, und sie lassen entsprechende Kommentare fallen. Ich zucke nur lächelnd mit den Achseln und behalte den Grund für mich.

Bei Selene fällt mir das Schweigen deutlich schwerer. Warum Braxton ihr erzählen musste, ich hätte mir jemanden fürs Bett gesucht, ist mir absolut schleierhaft. Er meint, es wäre eine Panikreaktion gewesen. Bisher gehe ich Selene einfach aus dem Weg und verschiebe ein Treffen mit ihr. Das ist natürlich nicht in Ordnung, aber ich weiß einfach nicht, was ich tun soll.

Ich wünschte, Braxton hätte ihr die Wahrheit gesagt, aber er schwört, dass irgendwann alles wieder gut werden wird, und verspricht, sämtliche Schuld auf sich zu nehmen. Angeblich ist er sich sicher, dass sie es verstehen wird.

Dann verreist Selene für eine Weile mit Matthew, und ich spüre, wie der Druck von mir abfällt und ich mich endlich entspannen kann – zumindest bis zu ihrer Rückkehr.

Am Sonntagmorgen sitze ich auf Braxtons Couch und esse Pancakes – mein Leibgericht, und Braxton macht einfach die besten. So leicht und fluffig und mit Butter getränkt. Braxton ist in der Küche mit der letzten Ladung beschäftigt. Er trägt nichts als dunkelblaue Boxershorts, und hätte er mich nicht erst vor einer halben Stunde über die Rückenlehne des Sofas gebeugt genommen, würde ich mich jetzt vermutlich schon wieder nach seiner Härte sehnen.

Denn ganz im Ernst, sein Penis ist einfach der Hammer. Ein wahrer Zauberstab.

Er grinst mir zu, während er einen Pancake wendet, und ich merke, dass ich ihn anstarre. »Wie schmeckt dir das Frühstück?«, erkundigt er sich.

»Himmlisch«, antworte ich. »Fast so himmlisch wie du.«

Sein Grinsen wird noch breiter, während er Sirup auf seine Pancakes tröpfeln lässt und seinen Teller zur Couch trägt, um sich neben mich zu setzen. »Schmecken sie dir wirklich? Du isst ja gar nichts.« Er zieht die Augenbrauen hoch.

»Deine Bauchmuskeln lenken mich wieder mal ab«, gebe ich zu.

Er blickt an sich hinunter und lacht. »Das sind jetzt deine, Baby Girl.«

Ich drehe mich zu ihm um und schiebe die Zehen unter sein Bein. »Du bist so sexy.«

»Gott, ich liebe es, wenn du das sagst.«

Ich sehe ihm zu, wie er einen Bissen nimmt. Er leckt sich den Sirup von den Lippen, und schon wieder wird mir ganz heiß zwischen den Beinen. »Womit habe ich nur so viel Glück verdient?«

Er drückt sanft meinen Fuß. »Ich bin hier der Glückliche.« Dann nimmt er noch einen Happen und sieht mich mit schräg gelegtem Kopf an. »Was hast du vor, Ky?«

»Heute?«

»Nein, so habe ich das nicht gemeint«, erklärt er. »Wovon träumst du? Was steht auf der Liste der Dinge, die du tun möchtest?«

»Was auf der Liste steht?« Ich kaue nachdenklich. »Einiges. Ich möchte reisen. Ich war noch nicht an besonders vielen Orten.«

»Was würdest du gern sehen?«

»Für den Anfang wäre ein tropisches Ziel super. Hawaii oder die Karibik vielleicht. In Europa gibt es auch viele Orte, die ich sehen möchte. Und dann ist da noch eine Sache, von der ich immer geträumt habe, aber …« Es kommt mir albern vor, und ich weiß nicht, ob ich es ihm sagen will.

»Was denn?« Er drückt meinen Fuß. »Sag's mir.«

»Ich wollte schon immer Silvester in London verbringen. Ich möchte vor Big Ben stehen und dabei zusehen, wie die Zeiger der riesigen Uhr auf Mitternacht zugehen.«

»Okay«, meint er. »Dann lass uns das tun.«

»Was?« Silvester ist erst in drei Monaten, und wir sind schon einen Monat zusammen. Hatte Braxton überhaupt je eine Beziehung, die so lange gehalten hat? Ich versuche, die Übelkeit zu ignorieren, die bei diesem Gedanken in mir aufsteigt. »Ist das dein Ernst?«

»Natürlich«, bestätigt er. »Dieses Jahr wirst du es erleben. Silvester in London. Du und ich.«

Ich muss lachen. »Träume ich etwa?«

Er hält meinen Blick fest. »Nein, das ist alles real, Baby Girl. Absolut alles.«

Mein Telefon klingelt, und ich schnappe es mir vom Kaffeetisch. Es ist mein Vater.

»Hey, Dad«, begrüße ich ihn.

»Hallo, Kylie. Wie geht's dir?«

»Super«, antworte ich und zwinkere Braxton zu. »Wie fühlst du dich heute?«

»Ganz gut.«

Ich merke sofort, dass er lügt. Seine Stimme klingt zu gepresst.

»Lass uns später zu ihm fahren und mit ihm zu Abend essen«, schlägt Braxton leise vor.

Ich zögere einen Moment. Seit Braxton und ich zusammen sind, habe ich meinen Dad nur einmal gesehen und ihm nichts von uns erzählt. Ich war noch zu überwältigt und wusste nicht, was ich hätte sagen sollen. Und weil wir es auch Selene noch nicht gebeichtet haben, kommt es mir so vor, als müssten wir es vor dem Rest der Welt ebenfalls verbergen.

Aber Dad ruft wahrscheinlich an, weil er einsam ist und Schmerzen hat. Ich sollte ihn auf jeden Fall besuchen und die Gelegenheit nutzen, ihm reinen Wein einzuschenken. Allerdings kann ich nicht abschätzen, wie er darauf reagieren wird.

»Wollen wir heute Abend zusammen essen?«, frage ich. »Ich, ähm ... bin bei Brax und würde zusammen mit ihm vorbeikommen.«

»O ja«, erwidert er. »Das würde mich freuen.«

Ich nicke Braxton zu. »Super. Wir bringen etwas zu essen mit. Worauf hast du Lust?«

»Was immer ihr möchtet«, antwortet er. Das sagt er immer.

»Okay, dann bis später. Hab dich lieb.«

»Ich hab dich auch lieb, Kylie.«

Ich lege das Telefon beiseite. »Dann besuchen wir also gemeinsam meinen Dad.«

Braxton lächelt, als wäre das die beste Idee der Welt. »Ja, das machen wir.«

—

Braxtons Hand ruht in meinem Rücken, als wir die Einrichtung für betreutes Wohnen betreten. Es fühlt sich eigenartig an, dass er mich in der Öffentlichkeit so berührt – so vertraut und intim. Als wären wir ein Paar.

Was wir natürlich sind, irgendwie jedenfalls, obwohl ich mir immer noch nicht sicher bin, was das zwischen uns eigentlich ist. Ich möchte daran glauben, dass wir eine richtige Beziehung führen, aber ich muss auch immer wieder daran denken, wer er ist.

Die Frau am Empfangstresen hebt den Kopf und lächelt uns an. »Hallo, Kylie«, grüßt sie. »Braxton, lange nicht gesehen. Wie geht's?«

»Phantastisch, Chelsea«, antwortet er und nimmt den Stift, um sich einzutragen. »Und selbst?«

Sie lächelt ihm schüchtern zu. »Oh, ganz gut. Henry müsste oben in seiner Wohnung sein. Einen schönen Aufenthalt wünsche ich.«

Ich mustere Braxton, während wir zum Aufzug gehen. »Woher kennt sie dich?«

»Sie ist meistens hier, wenn ich vorbeikomme.«

Ich halte abrupt an. Das kann nicht sein Ernst sein. »Du besuchst meinen Dad?«

»Ja, ich versuche, alle zwei Wochen vorbeizukommen«, antwortet er. »Ich dachte, du weißt das.«

Ich starre ihn mit offenem Mund an. »Nein, ich hatte keine Ahnung. Dad hat zwar erwähnt, dass er dich manchmal sieht, aber ich wusste nicht, dass du regelmäßig herkommst.«

»Natürlich tue ich das.«

Dieser Mann ist unglaublich. Ich dachte, ich würde Braxton kennen, und erfahre doch ständig Dinge über ihn, die ich nie erwartet hätte.

Wir betreten den Fahrstuhl, und ich drücke die Papiertüte des griechischen Restaurants an die Brust. Adrenalin schießt durch meine Adern. Wir erreichen die Tür, und ich zücke den

Wohnungsschlüssel – ich schließe immer selbst auf, damit er sich nicht die Mühe machen muss. Dann hole ich noch einmal tief Luft.

Ich klopfe an, ehe ich eintrete. »Hallo, Dad«, sage ich.

Er sitzt bereits am Tisch; vor ihm auf dem Tablett steht eine Wasserflasche mit Strohhalm. Meine Brust zieht sich zusammen. Sein einstmals dunkles Haar ist von Grau durchzogen, aber obwohl sich Falten auf seiner Stirn und in den Augenwinkeln abzeichnen, sieht er nicht alt aus. Doch er sitzt vornübergebeugt da, und seine Hände sind verdreht. Er lächelt, aber ich sehe den Schmerz in seinen Augen.

»Hallo, Kylie«, grüßt er zurück. »Hallo, Braxton. Schön, dass ihr da seid.«

»Schön, Sie zu sehen, Mr Winters.«

Dad blickt zwischen uns hin und her. Braxtons Hand liegt noch in meinem Rücken, aber ich weiß nicht, ob Dad es sehen kann. Was soll ich jetzt machen? Eine große Ankündigung?

Braxton lässt mich los und nimmt mir die Tüte ab. »Ich hole uns Teller.«

Während ich Braxton in die Küche folge, der bereits dabei ist, das Essen aufzutun, schaut uns Dad hinterher. Der Duft von Dill, Paprika und Zitrone erfüllt die Luft. Braxton konzentriert sich auf seine Aufgabe, aber irgendetwas an seiner Körpersprache macht mich nervös. Als er aufblickt, runzelt er die Stirn und wirkt angespannt, als stünde er unter Strom.

Ach herrje. Er ist ebenso nervös wie ich. Mir geht auf, dass ich Braxton zum ersten Mal überhaupt so sehe.

»Alles okay?«, erkundige ich mich leise.

»Ja, natürlich«, erwidert er. Für eine Sekunde weicht die Anspannung von seinem Gesicht, und schon glaube ich, ich hätte mir das alles nur eingebildet. Doch als er durch die Tür in Richtung Wohnzimmer lugt, wirkt sein Gesicht abermals verkrampft.

Wir tragen das Essen zum Tisch und stellen Dads Teller vor ihm ab. Bilde ich mir das nur ein, oder wechselt sein Blick ständig zwischen mir und Braxton hin und her? Wir widmen uns dem Essen. Braxtons Bein berührt meins, was meine Nervosität nicht gerade mildert.

Einige Minuten lang machen wir Small Talk, ehe wir in Schweigen verfallen. Ich habe etwa den halben Teller geleert und schiebe den Rest darauf hin und her. Irgendwie muss ich etwas sagen, aber je länger die Stille anhält, desto schwieriger wird es.

»Ihr zwei seid heute schrecklich still«, meint Dad. »Was habt ihr heute früh gemacht?«

»Als Sie angerufen haben?«, fragt Braxton. »Da waren wir gerade beim Frühstück.«

Ich muss husten und lasse beinahe die Gabel fallen. »Hab mich verschluckt.« Rasch trinke ich einen Schluck Wasser.

»Beim *gemeinsamen* Frühstück?« Dad ist nicht blöd. Abwartend starrt er Braxton an.

O nein. Gleich lässt er den Anwalt raus.

Braxton sieht mich an, und ein breites Lächeln breitet sich auf seinen Zügen aus. Er streicht mir das Haar hinters Ohr, nimmt meine Hand und küsst mir die Finger.

Ich reiße die Augen auf und starre ihn an, weil ich viel zu ängstlich bin, um meinen Dad anzusehen. Mir schlägt das Herz bis zum Hals.

Ich sehe Dad aus dem Augenwinkel. Er betrachtet uns eine Weile. »Ist das neu?«

»Ja, Dad, das ist es«, bestätige ich und entziehe Braxton verunsichert meine Hand.

Dads Blick wechselt noch einige Male zwischen uns hin und her. »Ich war mir nicht sicher, ob ich diesen Tag noch erlebe.«

»Was?«, platzt es aus mir heraus.

»Okay, Braxton«, meint Dad mit bester Anwaltsstimme und legt die Gabel beiseite. »Ich hatte schon vor Ewigkeiten mit diesem Gespräch gerechnet, aber besser spät als nie. Wenn du mit meiner Tochter zusammen sein willst, solltest du ein paar Dinge wissen.«

Braxton rückt ein Stück von mir ab.

»Dad, du musst nicht ...«

»Kylie«, unterbricht er mich. »Zum einen gibt es drüben in Lake City ein Restaurant, in dem sie ihre Lieblings-Blaubeerpancakes servieren.«

»The Breakfast Club«, sagt Braxton.

»Korrekt«, bestätigt Dad. »Gut. Zweitens wird sie grummelig, wenn sie nicht genug Schlaf bekommt, also halte sie nicht zu lange wach. So war sie schon als Kind.«

»Dad!«

»Genug Schlaf«, wiederholt Braxton nickend. »Alles klar.«

»Drittens. Sie wollte zwar nicht in meine Fußstapfen treten und Jura studieren, aber sie hat das Streiten trotzdem von der Pike auf gelernt. Überleg dir also gut, wann es sich lohnt, mit ihr zu argumentieren. Manchmal lässt man sie lieber gewinnen.«

»Dad!«, protestiere ich.

Braxton grinst. Ich merke, wie sehr ihm das gefällt.

»Und zum Schluss ...« Dad hält Braxtons Blick stand. »Behandle meine Tochter anständig. Du bist wie ein Sohn für mich, mein Junge, aber wenn du meiner Kylie wehtust … Na ja, du weißt ja, ich kenne die besten Anwälte.«

»Das wird nie passieren, Mr Winters«, verspricht Braxton. Er sieht mich an, und mein Herz flattert. »Niemals.«

Nach dem Essen kehren wir in Braxtons Wohnung zurück. Ich habe es den Rest unseres Besuches geschafft, nicht in Tränen auszubrechen, aber das war nicht leicht. Mein Dad sah so glücklich aus. Wir haben ihm gesagt, dass Selene noch nichts weiß, und er hat versprochen, ihr nichts zu verraten. Beim Abschied glänzten seine Augen. Ich habe ihn schon lange nicht mehr so entspannt erlebt.

Braxton betritt die Küche, und ich setze mich auf einen Barhocker auf der anderen Seite des Tresens. In letzter Zeit fällt es mir schwer, meinen Dad in diesem Zustand zu sehen, und der Besuch hat mich emotional ausgelaugt.

»Was kann ich für dich tun?«, fragt Braxton. »Mehr Pancakes?«

Ich muss lachen. »Nein.«

»Ein Bier?«

»Ja. Gute Idee.«

Er holt zwei Flaschen aus dem Kühlschrank und öffnet sie, ehe er mir eine reicht.

Ich nehme einen Schluck. Für mich war zwar nicht absehbar, was mein Dad davon halten würde, dass Braxton und ich ein Paar sind, aber mit dieser Reaktion hatte ich nicht gerechnet. Er meinte, er sei überrascht, dass wir so lange gebraucht haben. Woher wusste er es? Was hat er all die Jahre in uns gesehen? Und wieso war ich selbst zu blind dazu?

Außerdem wirft mich die Tatsache um, dass Braxton meinen Dad regelmäßig besucht. Er hat es mir nie erzählt, und Dad blieb immer vage. Ich beobachte Brax, der in der Küche herumhantiert. Er dreht mir den Rücken zu und greift in einen Schrank, um etwas herauszuholen. Es gibt so vieles, was ich nicht über ihn weiß.

Ich stelle mein Bier ab.»Ich liebe dich, Braxton.«

Er erstarrt und spannt die Rückenmuskeln an.

O nein. Habe ich das gerade wirklich gesagt? Es ist einfach aus mir rausgeplatzt, ohne dass ich vorher darüber nachgedacht hätte. Damit werde ich ihn bestimmt vergraulen. Das ist zu viel. Zu schnell. Braxton ist so nicht drauf. Ich habe ihn diese Worte noch nie sagen hören – nicht einmal zu Selene, und ich weiß, dass er seine Schwester liebt. Panik wallt in mir auf, und ich bekomme den Mund nicht mehr zu. Ich will zurückrudern, einen Witz machen und ihm sagen, dass ich es nicht so gemeint habe.

Denn ich will ihn keinesfalls in die Flucht schlagen.

Doch ehe mir der Schweiß ausbrechen kann, spüre ich seine starken Arme um meinen Körper. Er vergräbt das Gesicht an meinem Hals, sein Atem weht heiß über meine Haut. Ich lege die Arme um ihn, und er hält mich so fest, dass mir beinahe die Luft wegbleibt.

Er ring erschauernd nach Atem, und ich umarme ihn und klammere mich ebenso erbittert an ihn wie er sich an mich. Es ist, als würde er ertrinken, und ich bin die Einzige, die ihn über Wasser hält. Ich streichele seinen Hinterkopf und fahre mit den Fingern durch sein Haar.

Endlich lehnt er sich zurück, nur ein Stück, damit er mich ansehen kann.»Ich liebe dich so sehr«, sagt er mit tiefer Stimme und berührt meine Wange.»Ich will es dir schon so lange sagen, aber ich hatte Angst, dass du nicht dasselbe empfindest.«

Diese Seite an ihm ist so entwaffnend, vor allem, da ich von ihrer Existenz rein gar nichts wusste. Mir kommen die Tränen. »Natürlich liebe ich dich«, erwidere ich. »Ich habe dich schon immer geliebt. Ich habe es mir nur erst kürzlich selbst eingestanden.«

Seine Lippen berühren meine, und er küsst mich hingebungsvoll und zärtlich. Er ist so warm und stark. Mein Herz fühlt sich an, als würde es immer größer werden wie beim Grinch in diesem Weihnachtsfilm. Es geht mir förmlich auf, und ich frage mich, ob es mir gleich aus der Brust springen wird.

Erneut rückt er von mir ab, und ein freches Grinsen umspielt seine Lippen. Seine Stimme klingt belegt. »Jetzt muss ich es dir wohl so richtig besorgen, damit du nicht an meiner Männlichkeit zweifelst.«

Er hebt mich hoch und trägt mich zum Schlafzimmer.

Ich weiß nicht, ob ich lachen oder weinen soll. Er liebt mich. Er empfindet dasselbe wie ich, und meine Gefühle sind derart gewaltig, dass ich es selbst kaum glauben kann. Kein anderer wird sich je mit meinem Braxton messen können. Seine Haut auf meiner, unsere Körper dicht an dicht. Er stößt tief in mich hinein, und ich erkenne die Wahrheit.

Ich werde nie einen anderen wollen.

20
Braxton

Ich wache früh an einem Sonntag auf. Ein Sonnenstrahl lugt durch die Jalousie und fällt auf Kylies Haar, das auf meinem Kissen ausgebreitet liegt. Gott, ich liebe diese Frau. Jeden Morgen erblicke ich als Erstes sie, und ich kann mir nichts Schöneres vorstellen.

Sie sieht so friedlich aus, und ich beschließe, sie nicht zu wecken. Ich gehe ins Bad, so leise ich kann, und drehe das Wasser auf, um zu duschen. Selene ist seit ein paar Tagen zurück, und wir haben sie immer noch nicht gesehen – jedenfalls nicht zusammen. Kylie ist letzte Woche mit ihr ins Kino gegangen, doch ich hatte einen späten Termin mit einem Kunden und konnte sie nicht begleiten. Ein paar Tage später war ich bei ihr, um ihr beim Möbelrücken zu helfen, aber da musste Kylie arbeiten. Heute Abend wollen wir uns mit ihr treffen, nur wir drei. Es wird so eine Erleichterung sein, die Beziehung endlich offiziell zu machen. Sie anzulügen, fühlt sich grässlich an. Sie wird sauer sein, aber ich habe vor, sie mit ein paar Drinks abzufüllen, ehe Kylie und ich die Bombe platzen lassen.

Das heiße Wasser rinnt mit über die Haut, sobald ich die Dusche betrete. Ich halte das Gesicht in den Wasserstrahl, als ich die Tür höre.

»Morgen«, gurrt Kylie.

Ich spähe durch die Glastür. Sie ist nackt.

O ja!

Wie oft habe ich mir unter der Dusche einen runtergeholt, während ich genau dieses Bild vor Augen hatte? Kylie durch den Dampf zu sehen, mit ihrer cremefarbenen Haut, dem dunklen Haar und den aufgerichteten rosafarbenen Brustwarzen. Ihre Kurven sind perfekt – wundervolle, runde Brüste, Hüften, die unter ihrer schmalen Taille breiter werden. Ich muss sie nur ansehen und bekomme sofort eine Erektion.

»Komm her, Baby Girl.« Ich öffne die Duschtür.

Sie tritt ein und beäugt meinen Penis. »Er freut sich, mich zu sehen.«

»Das tut er immer.« Ich lege ihr die Arme um die Taille und küsse ihre nassen Lippen.

Sie leckt das Wasser von meinem Hals und fährt mit den Händen über meinen Bauch nach unten, bis sie meine Härte umklammert. Ihre Zähne gleiten über meine Brust. Ich will sie hochheben, gegen die Wand drücken und nehmen, aber sie arbeitet sich an meinem Körper immer weiter nach unten.

Davon halte ich sie garantiert nicht ab.

Küssend und knabbernd erreicht sie meinen Unterkörper. Ich atme jetzt schon schwer; und die Vorfreude darauf, dass sie mich gleich in den Mund nimmt, macht mich irre. Vorsichtshalber drehe ich den Duschkopf zur Seite, damit sie nicht im Wasserstrahl hockt.

Kylie blickt mir ihren blaugrauen Augen schelmisch und verspielt zu mir hoch. Sie nimmt den Schaft in eine Hand und legt die Lippen um die Eichel, während ihr Blick den meinen festhält.

Für mich ist nichts damit vergleichbar, einer Frau dabei zuzusehen, wie sie mir einen bläst, aber bei Kylie steigert sich die

Freude ins Unermessliche. Sie sieht mir tief in die Augen und nimmt mich langsam in sich auf. Ihr Mund fühlt sich herrlich feucht und warm an. Sie umklammert meine Länge, übt genau den richtigen Druck aus und bewegt den Kopf dann im stetigen Rhythmus. Dabei nimmt sie mich so tief in sich auf, wie sie nur kann. Sie ist unglaublich gut und achtet darauf, mich nicht zu beißen. Langsam lässt sie ihn aus ihrem Mund gleiten, saugt an der Spitze und nimmt meine Länge wieder auf.

Ich greife in ihr Haar und leite sie. Sie öffnet den Mund noch weiter. Es ist nahezu unmöglich, mich zurückzuhalten, also stoße ich härter zu. Sie stöhnt, und ich bewege mich schneller. Sie umfasst die Peniswurzel mit einer Hand und meinen Hintern mit der anderen. Ich bewege das Becken und stoße immer wieder in sie hinein – zuerst vorsichtig, denn ich will ihr nicht wehtun, aber sie nimmt mich auf und zieht sich nicht zurück. Wieder und wieder gleite ich in ihren heißen, feuchten Mund. Ich berühre ihre Kehle, aber sie zuckt nicht einmal zusammen.

Gott, sie fühlt sich so unglaublich gut an. Ich fahre mit den Fingern beider Hände durch ihr Haar und erhöhe das Tempo. Als ich das erste Zucken spüre, suche ich ihren Blick, um mich zu vergewissern, dass sie die Härte und das Tempo verkraften kann. Ich lasse ihren Kopf los und halte mit pulsierendem Glied inne. Sie sieht zu mir hoch und nickt.

Dann lässt sie ihre Zunge über meine Eichel zucken und nimmt mich erneut vollständig in sich auf. Sie saugt an meiner Länge, als ob sie es wirklich will, als wollte sie mir zu verstehen geben, dass ich in ihrem Mund kommen und abspritzen kann. Ich lasse den Kopf zurücksinken und stoße zu, als sich mein Körper versteift.

»O ja, Kylie. Ja, scheiße, ja.«

Ich hämmere mich in ihren Mund. Mein Penis pocht, und auf einmal komme ich, zucke wie ein Wilder und ergieße mich in sie. Mein Körper spannt sich an, und die Beine geben beinahe nach. Großer Gott! Ich bin völlig überwältigt, als mein Orgasmus wie ein Tsunami über mich hereinbricht.

Als die letzte Welle verebbt ist, steht Kylie auf, leckt sich die Lippen und wischt sich übers Kinn.

Ich nehme sie in die Arme und küsse sie sanft und zärtlich.

»Ich habe dir doch nicht wehgetan, oder?«, frage ich.

»Nein.« Sie beißt mir sacht in die Unterlippe, nimmt meine Hand und legt sie sich zwischen die Beine. »Aber jetzt bin ich so erregt, dass du dringend etwas dagegen tun musst.«

»Oh, Baby Girl, ich besorge es dir so gut, dass kein anderer sich mit mir messen kann.«

Sie sieht mir in die Augen. »Ich will keinen anderen, Braxton. Nie wieder.«

»Ich liebe dich so sehr.« Ich lege ihr eine Hand in den Nacken und ziehe sie an mich, um sie leidenschaftlich zu küssen und gleichzeitig mit zwei Fingern in sie einzudringen. Sie hat nicht gelogen, denn sie ist heiß und mehr als bereit für mich. Selbst nach dem epischen Orgasmus bekomme ich fast augenblicklich eine Erektion.

Vielleicht kann ich sie ja doch noch an die Wand drücken und vernaschen.

Ich umfasse ihre Pobacken, um sie hochzuheben. »Willst du es hier, Baby Girl? Oder sollen wir rausgehen?«

»Hier. Jetzt.«

Kaum habe ich sie angehoben, schlingt sie mir die Beine um die Taille. Ich drücke ihren Rücken gegen die Wand und bin dankbar für meine breite Duschkabine. Schon bin ich tief in ihr, und sie lässt den Kopf zurücksinken.

»Ich brauch dich so sehr, Braxton.« Ihr Stöhnen lässt ihr Verlangen deutlich erkennen.

Wieder und wieder stoße ich mich in sie hinein und gebe ihr, was sie will. Sie hält sich an mir fest, hat mir die Arme um den Hals gelegt und ist so heiß und eng, dass ich gleich noch mal kommen könnte.

»Ja, Baby«, feuert sie mich an. »Ja, verdammt, ja!«

Es macht mich ungemein an, wenn sie die Kontrolle verliert. Ich halte sie fest und dringe so tief in sie ein, wie es nur möglich ist. Ihr Innerstes umfängt mich heißer und zieht sich um mich zusammen. Sie ist fast so weit.

Ich hebe sie ein wenig an, um ihrem Kitzler mehr Reibung zu verschaffen. Sie reißt die Augen auf und beugt den Kopf vor, um die Stirn gegen meine zu stützen. Ich lasse nicht locker, stoße wieder und wieder zu, liebe sie mit jedem Zentimeter.

Ihre Scheide zieht sich zusammen, und wir halten inne, schweben beide kurz vor der Ekstase.

»Ich liebe dich«, haucht sie.

Ich stoße noch einmal zu, und wir fallen gemeinsam in den Abgrund, während uns bebender, heißer Wahnsinn erfasst. Sie schreit meinen Namen, und ich ergieße mich in sie ... verliere mich vollkommen in ihr.

Als wir uns erholt haben, stelle ich sie behutsam auf die Beine. Das Wasser ist kalt geworden, daher drehe ich die Heizung auf.

»Großer Gott, Kylie, ich bin Wachs in deinen Händen.« Ich lege ihr eine Hand an die Taille und die andere hinter den Kopf. Dann sehe ich ihr tief in die Augen. »Keine andere hat das je geschafft.«

Sie stellt sich lächelnd auf die Zehenspitzen, um mich zu küssen. »Und keine andere wird es je schaffen.«

Und ich weiß mit jeder Faser meines Körpers, dass sie recht hat.

—

Gemeinsam kommen wir im Brody's an, und ich muss mir in Erinnerung rufen, dass ich Kylie nicht anfassen darf. In ihrem hautengen blauen T-Shirt und den Skinny-Jeans sieht sie zum Anbeißen aus. Ihr Hintern ist geradezu unfassbar sexy. Ich will ihn berühren, aber dann entdecke ich meine Schwester an einem der Tische und halte mich zurück.

Kaum sehe ich Selenes Gesicht, weiß ich, dass etwas nicht stimmt. Sie weicht meinem Blick aus, kaut auf ihrer Unterlippe und fummelt an ihrem Armband herum. Ihr Blick ist hart.

Ich spüre überdeutlich, wie schlecht es ihr geht und dass sie verstört ist. Ich setze mich ihr gegenüber und frage mich, ob Kylie und ich möglicherweise der Grund dafür sind.

Kylie rutscht neben sie auf die Sitzbank. »Hey, Selene. Was ist los?«

»Matthew, dieser Wichser«, flucht sie.

Augenblicklich verkrampfe ich mich.

»Was hat er getan?«, will Kylie wissen.

»Er hat sich heute Morgen von mir getrennt.«

Zorn steigt in mir auf, und ich balle die Fäuste.

»Was?«, fragt Kylie. »Nicht im Ernst.«

Selene nickt und beißt sich auf die Unterlippe. Ich sehe ihr an, dass sie mit den Tränen kämpft. »Doch.« Sie holt zittrig

Luft. »Wieso tue ich mir das immer wieder an? Jeder Mann, mit dem ich zusammen bin, ist wie er – sie sind nur Möchtegern-Frauenhelden mit heißem Körper und dickem Bankkonto. Ich habe selbst genug Geld, warum lasse ich mich dann bloß immer mit Typen ein, die meinen, mit Geld lasse sich alles entschuldigen?«

»Was hat er gesagt?«, fragt Kylie. »Ihr wart doch gerade noch in Mexiko. Ist irgendwas vorgefallen?«

Selene nippt an ihrem Drink. »Keine Ahnung. Er hat keinen Grund genannt und es mir nicht mal persönlich gesagt. Zuerst kam nur eine Nachricht. Ich habe ihn danach angerufen. Was für ein Arschloch macht per SMS Schluss?«

Ich rutsche nervös auf meinem Platz hin und her, denn ich habe so was ebenfalls schon abgezogen.

Selene schnieft. »Ich wusste schon vor Mexiko, dass es nicht gut läuft, aber als wir dort waren, hatten wir so viel Spaß. Ich weiß nicht, was passiert ist.«

Kylie legt den Arm um Selene und sieht mich an. Sie schüttelt den Kopf, gerade genug, dass ich es wahrnehme. Wir können es ihr nicht sagen. Nicht jetzt.

Ich will Matthew, diesem verdammten Wichser, den verdammten Schädel einschlagen. Schon bei unserem ersten Treffen wusste ich, dass er ihr das antun würde. Es war ihm nie ernst mit Selene.

Er hat mich viel zu sehr an mich selbst erinnert – vor meiner Beziehung mit Kylie.

Was nicht heißt, dass es mir möglich gewesen wäre, deswegen etwas zu unternehmen. Kylie und ich haben das Thema Beziehungen tunlichst gemieden, und Selene wird immer sofort sauer, wenn ich ihr sage, dass ihr aktueller Freund ein

Arschloch ist. Selbst, wenn ich es schon aus der Entfernung riechen kann.

Ich lasse die Frauen weiterreden, während ich versuche, mich zu beruhigen. Noch traue ich meiner Stimme nicht. Ich werde immer so wütend, wenn Selene verletzt ist. So wütend, dass ich etwas zerschlagen will. Sie reißt sich zusammen, aber ich spüre, wie aufgewühlt sie ist. Ich wünschte, sie würde aufhören, sich mit diesen selbstverliebten Wichsern einzulassen, die sie immer sitzen lassen.

»Ich muss mich irgendwie ablenken«, sagt Selene schließlich. Sie richtet sich auf und wischt sich energisch übers Gesicht. »Ich habe die Nase voll davon, ständig diesen Arschlöchern hinterher zu heulen. Scheiß auf sie. Lasst uns über etwas anderes reden. Wie läuft's mit deinem Typen, Kylie? Wann lernen wir den Mann kennen, der Derek Marshall ausstechen konnte?«

Kylie reißt alarmiert die Augen auf, und ich halte mich nur mit Mühe davon ab, breit zu grinsen.

Scheiße, ja, ich konnte Derek Marshall ausstechen.

»Na ja«, stammelt Kylie. »Das ist nicht weiter wichtig. Keine große Sache.«

»Komm schon, Kylie, gib mir irgendwas«, drängt Selene. »Wie ist er so? Dumm wie Brot, aber ein Riesenschwanz? Ist das der Grund, warum du ihn uns nicht vorstellst?«

Kylie sieht mir lachend in die Augen. »Oh, er ist definitiv riesig, und der Sex ist legendär.«

Abermals muss ich ein Grinsen unterdrücken.

»Freut mich für dich, Süße. Wenigstens hat eine von uns Sex.« Selenes Blick wechselt zu mir. »Du bist so still.«

Weil du sauer bist. Konzentrier dich darauf. »Ich will Matthew die Fresse polieren.«

Selene legt seufzend den Kopf an Kylies Schulter. »Ich weiß. Vielleicht sollte ich es diesmal einfach zulassen.«

»Du musst deine Prioritäten überdenken, Selene«, rät ihr Kylie. »Nimm dir eine Auszeit, und wenn du bereit bist, hör auf, dich auf die Schönlinge zu konzentrieren. Such dir zur Abwechslung mal einen anderen.«

»Hey, du wolltest Beziehungen auch anders angehen, aber stattdessen lachst du dir einen fürs Bett an, den du nicht einmal deinen Freunden vorstellen willst.«

»Mag sein, aber das ist ... anders«, erklärt Kylie. »Für mich jedenfalls.«

»Versteh mich nicht falsch, das sollte kein Urteil sein«, mein Selene. »Amüsier dich, Süße. Und du hast völlig recht. Ich lasse mich immer mit den Falschen ein.«

»Was können wir tun?«, fragt Kylie. »Gehen wir zu dir und betrinken uns?«

»Ja, aber vorher will ich Pommes«, erklärt sie.

»Das klingt schon besser«, lobt Kylie und reibt Selene den Rücken.

Kylie sieht wieder zu mir und lächelt mich schmallippig an. So sehr ich Selene heute Abend reinen Wein einschenken wollte – es fühlt sich einfach nicht richtig an. Im Augenblick braucht sie uns. Und ich lasse meine Schwester in einer solchen Situation auf gar keinen Fall im Stich.

21
Kylie

Ein neuer Song beginnt, und die Leute jubeln – *Monster Mash*. Seit Stunden läuft nur kitschige Halloween-Musik, aber sie macht Laune. Selene hat beschlossen, eine riesige Halloween-party zu schmeißen, und sie hat sich selbst übertroffen. Sie hat einen Dekorateur angeheuert, um ihr Haus in ein Gruselkabi-nett voller schwarzer Laken, Kürbisse, Geister, Spinnweben und blinkenden orangefarbenen Lichtern zu verwandeln. Sogar ein Barkeeper steht bereit, der wie ein Zombie-Arzt kostümiert und geschminkt ist und hervorragende Drinks zubereitet.

Alle Gäste sind verkleidet, und etwa die Hälfte der Frauen hat sich in derselben Abteilung im Kostümladen bedient – ich sehe eine sexy Krankenschwester, eine sexy Polizistin, ein sexy französisches Zimmermädchen (gibt es überhaupt eine andere Sorte?), eine sexy Bibliothekarin. Irgendeine hoch aufgeschos-sene Frau, die ich nicht kenne, geht als Playboy-Häschen. Die Kostüme der Männer reichen von Superheld über Vampir bis zu einem gruseligen Typ im Clownsoutfit, den ich am liebsten hinauswerfen würde.

Ich hasse Clowns wie die Pest.

Mit meinem klassischen *Wonder-Woman*-Kostüm habe ich mich auch ziemlich ins Zeug gelegt. Eigentlich bin ich dafür nicht groß genug, aber mein langes dunkles Haar passt per-fekt. Und meine Oberweite sieht in diesem Kostüm großartig aus. Ich trage den trägerlosen Bodysuit, kniehohe Stiefel und habe mir sogar die goldene Peitsche an die Hüfte geschnallt. Das Outfit ist verdammt scharf und ein kleines bisschen verrucht. Ich habe es ausgesucht, um Braxton anzuheizen. Er wird mich den ganzen Abend ansehen müssen, ohne mich anfassen zu dürfen.

Mein grandioser Plan würde allerdings besser funktionieren, wenn Braxton auch hier wäre.

Ich weiß, dass er kommen wird. Wir haben uns noch vor wenigen Stunden gesehen. Aber dann bin ich in meine Wohnung gefahren, damit er mein Kostüm nicht vor der Party zu Gesicht bekommt. Nun bin ich schon seit einer Weile hier und nippe an einem komischen lilafarbenen Drink, der gefährlich gut schmeckt, und von Braxton ist noch nichts zu sehen.

Selene trägt ein heißes Hexen-Outfit mit knappem schwarzem Rock, der ihre ellenlangen Beine betont, und einem Korsett, das mit glitzernden Spinnweben verziert ist. Ihre Lippen sind tiefrot, und sie hat sich falsche Wimpern angeklebt, die ihrem Look etwas Verruchtes verleihen. Sie steht bei einer Gruppe, die sie anscheinend von der Arbeit kennt, denn ich wüsste nicht, dass ich davon schon mal jemanden gesehen hätte. Es ist schön zu sehen, dass sie sich amüsiert. Sie hat sich gut von dem Schock mit Matthew erholt – vermutlich war es hilfreich, dass sie das Ende bereits kommen sah. Hoffentlich hört sie jetzt auf mich und sucht sich einen Mann, der sie besser behandelt. Selene ist großartig und hat einen ebenso großartigen Freund verdient.

Ein Raunen hallt durch den Raum, und ich drehe mich neugierig zur Haustür um. Die Leute treten zur Seite, und herein spaziert Braxton.

Dieser Mistkerl. Er hat mich doch tatsächlich übertrumpft. Er geht als *Magic Mike* und hat nur eine Jeans und eine Krawatte an, so dass seine breite Brust und seine wundervollen Bauchmuskeln gut zur Geltung kommen. Seine Haut glänzt, und seine Hose sitzt so tief, dass ich den Ansatz seines herrlichen Vs ausmachen kann.

Mir wird bei dem Anblick ganz heiß, und ich presse die Beine zusammen, da mir beinahe das Höschen in Flammen aufgeht.

Bestimmt die Hälfte der Partygäste starrt ihn an. Das Playboy-Bunny steht mit offenem Mund da und lässt fast ihren Drink fallen. Selbst dem Typen, mit dem sie sich bis eben unterhalten hat, klappt die Kinnlade herunter. Braxton bemerkt meine Anwesenheit mit einem kurzen Seitenblick, und ein freches Grinsen umspielt seine Lippen.

Dafür bringe ich ihn um.

Ich wende demonstrativ den Blick ab und nehme einen Schluck von meinem Drink, während ich ihn aus dem Augenwinkel weiter beobachte. Er begrüßt ein paar Gäste und gesellt sich zu seiner Schwester.

Als Selene ihn sieht, lacht sie laut los. Er beugt sich vor, um sie zu umarmen, und sie schubst ihn von sich weg.

»Hey, sieht ganz so aus, als gehören wir zusammen.«

Ich drehe mich um und erblicke einen lächelnden Mann im Superman-Kostüm.

»Wie bitte?«

»Wonder Woman«, erklärt er und zeigt auf mein Kostüm.

»Oh, ja. Superman«, antworte ich.

»Das Outfit steht dir super«, schwärmt er.

Oh, oh. Ich habe gar nicht darüber nachgedacht, wie ich reagieren soll, wenn mich ein Kerl anmacht. Meine Beziehung zu Brax ist immer noch geheim, und Selenes Halloweenparty ist nun wirklich nicht der geeignete Ort, um sie öffentlich zu machen. Ich schaue zu Braxton hinüber, der jedoch noch mit Selene plaudert.

»Danke«, sage ich und wende den Blick ab, um ihm zu verstehen zu geben, dass ich kein Interesse habe.

»Kann ich dir noch einen Drink holen?«, bietet er an.

»Nein, danke, ich habe noch genug.« Ich halte ihm meinen halbvollen Becher vor die Nase.

Er rückt näher. »Ich bin Paul. Verrätst du mir deine geheime Identität?«

Der Gute scheint meine Körpersprache nicht deuten zu können, aber ich will nicht unhöflich sein. »Kylie.«

»Freut mich, dich kennenzulernen, Kylie«, sagt er und hält mir die Hand hin, die ich gnädig ergreife. Er schüttelt sie und hebt sie hoch, um mir den Handrücken zu küssen.

Ich entziehe sie ihm sofort. »Paul, es ist wirklich nett, aber …«

Paul reißt die Augen auf, und ich halte mitten im Satz inne. Jemand steht sehr dicht hinter mir, und ich muss mich nicht umdrehen, um zu wissen, wer es ist.

»Hey, Kylie«, sagt Braxton. Seine Hand streift meinen Hintern, und ich verkneife mir mit Mühe und Not ein Keuchen. Er ist mir so nahe, dass mir fast ein wenig schwindlig wird.

»Hi, Braxton.« Ich halte mich davon ab, ihm mit den Fingern über die den muskulösen Bauch zu fahren.

Braxton tritt an meine Seite und starrt unverhohlen auf meine Brüste. »Du siehst unfassbar heiß aus in diesem Kostüm.«

Ich starre ihn verblüfft an. Hat er etwa vergessen, dass wir unsere Beziehung geheim halten wollten?

»Ähm, wow«, wirft Paul ein. »Kylie und ich waren mitten im Gespräch.«

Braxton beäugt erst Paul und dann mich. »Verdammt, mit Superman kann ich mich nicht messen. Habt Spaß, ihr zwei.« Er zieht eine Augenbraue hoch und schlendert davon.

Mit immer noch offenem Mund sehe ich ihm hinterher.

»Wer zum Henker war der Typ?«, will Paul wissen.

Ich kann nicht aufhören, Braxtons Hintern in diesen Jeans anzustarren. »Was? Oh, das ist Braxton. Selenes Bruder.«

»Ein ziemlicher Idiot, was?«, meint Paul.

Ich muss lachen und kann den Blick nicht von Brax abwenden. »Du hast ja keine Ahnung.«

Paul blickt ein paarmal zwischen mir und Braxton hin und her und geht dann kopfschüttelnd weg.

Eine Frau im lilafarbenen *Jeannie*-Kostüm gesellt sich zu Braxton. Ich nippe an meinem Drink und tue so, als hätte ich sie nicht bemerkt. Er lächelt ihr zu, dreht sich allerdings von ihr weg, als sie versucht, sich ihm zu nähern. Sein Blick sucht den meinen, und ich ziehe eine Augenbraue hoch. Schon spannt er die Schultern an und reibt sich den Nacken. Dann sieht er wieder zu mir herüber.

Ha, das gefällt mir. Ihm ist das scheinbar wirklich unangenehm.

Die Frau will seinen Arm berühren – ein klassischer Flirtmove –, und er zuckt zurück. Unter anderen Umständen wäre ich jetzt sauer, aber ich weiß genau, dass er dieses »Kostüm« nur ausgesucht hat, um mich zu ärgern, daher freut es mich ungemein, dass sein Plan jetzt nach hinten losgeht.

Selene taucht neben mir auf und hakt sich bei mir unter.

»Amüsierst du dich?«, erkundigt sie sich.

Ich blinzele und versuche, die Tatsache zu verbergen, dass ich bis eben ihren Bruder angestarrt habe. »Ja, die Party ist super. Genau wie die Deko.«

»Danke«, erwidert sie. »Ich würde die Lorbeeren dafür gern einheimsen, aber eigentlich habe ich jemanden bezahlt. Sieht aber trotzdem toll aus. Ich sollte das ab sofort jedes Jahr machen.«

»Auf jeden Fall«, stimme ich ihr zu.

»Himmel, sieh ihn dir nur an«, meint Selene und deutet auf ihren Bruder. Er spricht immer noch mit der heißen Dschinnbraut, und zwei andere Frauen scharren bereits mit den Hufen. »Dieser Mann ist echt süchtig nach Aufmerksamkeit.«

»Ja, das ist er.«

»Welche der armen Schnepfen er wohl heute mit nach Hause nimmt?«, sinniert Selene. »Wobei es mir so vorkommt, als hätte er in letzter Zeit nicht mehr so viel Sex. Nein, das bilde ich mir garantiert nur ein. Dieser Mann hat *immer* Sex.«

Ja, eindeutig. »Immer« *trifft es sehr gut.* Ich versuche, desinteressiert zu klingen. »Wer weiß?«

»Was finden die Frauen nur an ihm?«, fährt sie fort.

Ich wünschte, wir würden nicht auf diese Weise über ihn reden. »Na ja, er ist dein Bruder, darum kannst du ihn nicht so wie andere Frauen ansehen.«

»Stimmt wohl«, räumt sie ein. »Wie sieht's bei dir aus? Triffst du dich immer noch mit dem Idioten mit dem Riesenschwanz?«

Ich muss lachen. »Hm, ich weiß nicht. Vielleicht?«

Selene mustert mich, und ich bin kurz davor, damit herauszuplatzen. *Ich bin mit deinem Bruder zusammen, und ich liebe ihn!*

»Hey, Tina ist da! Ich gehe ihr schnell Hallo sagen.« Und schon ist sie verschwunden.

Eine Weile wandere ich ziellos umher und unterhalte mich mit Leuten, die ich kenne, während ich einen lilafarbenen Drink nach dem anderen leere. Braxton geht ebenfalls von einer Gruppe zur nächsten und ist stets sorgfältig darauf bedacht, Abstand zwischen uns zu halten. Hin und wieder sieht er zu mir herüber und zwinkert mir zu, aber er kommt nicht in meine Nähe. Die weiblichen Partygäste lassen nicht locker – kaum verlässt ihn eine, schon kommt die nächste. Wenn er sein Kostüm tatsächlich ausgewählt hat, um Aufmerksamkeit zu erregen, geht sein Plan definitiv auf. Es ist eigenartig, eine Frau nach der anderen mit ihm flirten zu sehen, ohne die geringste Eifersucht zu verspüren. Sie können nicht wissen, dass er mir gehört, aber ich bin mir da ganz sicher.

Und nach den Blicken zu urteilen, die er mir immer wieder zuwirft, geht es ihm genauso.

Nach einer Weile bringe ich meinen leeren Becher in die Küche, wo die behelfsmäßige Bar aufgebaut wurde. Der Zombiearzt fragt mich, ob ich noch einen lilafarbenen Drink möchte, aber ich nehme lieber ein Eiswasser und trinke etwas davon, weil ich morgen nicht mit einem Mordskater aufwachen will.

Plötzlich steht Braxton neben mir. Wir lehnen nebeneinander an der Kücheninsel und richten den Blick aufs Partygeschehen.

Er beugt sich zu mir herunter und raunt mir ins Ohr: »Ich weiß nicht, wie lange ich dich in dem Fummel noch angucken kann. War das Absicht?«

Mir kribbelt der Rücken, und ich mustere ihn von oben bis unten. »Ja, aber dein Outfit ist schlimmer.«

Er grinst breit. »Ich weiß nicht. Deine sensationellen Brüste machen mich noch irre.«

Mir wird warm, und ich nehme noch einen Schluck Wasser. »Hast du mal in den Spiegel geschaut? Es gibt hier kaum eine Frau, die dich nicht um den Verstand vögeln will.«

Er küsst meinen Nacken direkt unterm Ohr. »Ich will aber nur dich, Baby Girl.«

»Hör auf damit, Brax. Jemand wird uns noch sehen.«

»Selene ist draußen.« Er küsst mich erneut auf den Hals und knabbert an meinem Ohr. Dann zupft er an dem Lasso an meiner Hüfte. »Ich will dich damit fesseln und dich nehmen, bis du nicht mehr atmen kannst.«

Ich hole tief Luft und habe längst ein feuchtes Höschen. »Wir sind auf einer Party, Brax.«

»Ich will dich, Ky«, knurrt er mir ins Ohr. »Auf der Stelle.«

Als ich gerade vorschlagen will, von hier zu verschwinden und zu seiner Wohnung zu fahren, stelle ich fest, dass ich nicht so lange warten will. »Wo?«

»In meinem Zimmer.«

»Selene hat die Treppe mit Deko blockiert«, stelle ich bedauernd fest.

»Dann in der Garage«, knurrt er. »Ich gehe vor. Komm in sechzig Sekunden nach.«

Mit rasendem Herzen warte ich in der Nähe der Küche. Braxton geht in Richtung Garagentür davon, die fast neben der Eingangstür liegt, aber in einem separaten Flur, den man vom Wohnzimmer aus nicht sehen kann. Die Frau im Krankenschwestern-Outfit versucht, ihn aufzuhalten, aber er wimmelt sie schnell ab. Dann verschwindet er um die Ecke, und ich zähle bis sechzig, während ich mich nervös nach Leuten umsehe, die unser Stelldichein womöglich bemerken könnten.

Selene kommt von der Terrasse herein, und ich ducke mich hinter ein paar Gäste, ehe sie mich sehen kann. Niemand steht an der Haustür, so dass ich unbeobachtet die Garagentür öffnen und hindurchschlüpfen kann.

Er wartet direkt dahinter auf mich. Eilig schließt er die Tür, und wir stehen im Dunkeln.

»Gott, es ist so schwer, die Hände bei mir zu behalten.« Er drückt mich stöhnend gegen die Tür, küsst meinen Hals und lässt eine Hand in mein Kostüm gleiten, um meine Brust zu umfassen.

Ich streichele seine nackte Brust und seinen Bauch. »Das ist allen anderen gegenüber wirklich unfair. Kein Mensch sollte derart perfekt sein.«

Braxton drückt den Mund auf meinen, und sein Kuss überwältigt mich. Ich kann nicht mehr denken. Es gibt nichts als seine Lippen, seine Zunge und seinen Körper, der sich an mich drückt. Er umklammert meinen Nacken, fest und gleichzeitig sanft, und erobert mich leidenschaftlich.

Ich gehöre ganz und gar ihm.

Braxton zieht am Klettverschluss meines Kostüms und reißt es auf.

»Die Tür lässt sich nicht abschließen«, stoße ich atemlos keuchend hervor. »Was machen wir, wenn jemand reinkommt?«

»Das wird nicht passieren.«

Ich sehe rein gar nichts, befreie mich aus dem Kostüm, lege die Peitsche weg und ziehe den Tanga aus. Mein Atem geht stoßweise, weil ich ihn derart begehre. Ich höre, wie er den Reißverschluss herunterzieht, und schon hebt er mich hoch und drückt mich mit dem Rücken gegen die kalte Tür. Ich schlinge ihm die Beine um die Taille, und er dringt sofort in mich ein.

Kaum sind unsere Körper vereint, fühle ich mich ganz. Er hält inne, hält mich fest umklammert, steckt tief in mir. Sein Atem weht heiß an meinen Hals.

Es gefällt mir, dieses unbändige Verlangen nach ihm zu empfinden. Ich hätte auch im Badezimmer oder meinetwegen im Schrank mit ihm geschlafen, und genieße es, wie er mich ausfüllt und mich alles vergessen lässt. Wie in Trance erfüllen mich die Glücksgefühle, sobald unsere Körper miteinander verschmolzen sind.

Ich will nicht, dass es vorbeigeht.

Hier im Dunkeln sind alle Sinne geschärft. Er lässt die ganze Anspannung dieses Abends an mir aus, als müsste er mir aufs Neue beweisen, was er für mich empfindet. Wie sehr er mich begehrt. Wie verzweifelt er mich braucht.

Die Musik wummert an mein Ohr und übertönt unser Stöhnen. Ich hauche seinen Namen, presse den Mund an sein Ohr und bohre ihm die Finger in den Rücken. Er fühlt sich so gut an; ich bin wie im Delirium, wie trunken von seiner Liebe zu mir. Unsere Körper versteifen sich und erschauern, als wir gleichzeitig kommen. Es ist überwältigend.

Er lässt mich zu Boden gleiten, hält mich jedoch weiterhin fest umklammert, während er mir den Hals, den Kiefer und schließlich die Lippen küsst. Meine Hände sind in seinem Nacken verschränkt, mein Körper an seinen gepresst.

Dann lässt er mich los. »Besser?«, frage ich.

»Vorerst«, antwortet er mit tiefer, belegter Stimme.

Ich lache leise auf. »Gibt es hier einen Lichtschalter? Ich weiß nicht, wo mein Kostüm gelandet ist.«

Braxton macht das Licht an, und ich blinzele gegen die plötzliche Helligkeit an. Wir geben ein ziemlich eindeutiges Bild ab: Brax mit heruntergelassener Hose und schweißglänzender Brust und ich mit nichts als rotgoldenen kniehohen Stiefeln.

»O Mann«, meint er lachend und zieht sich die Hose hoch.

»Was ist?«

Er legt mir die Hand auf die Wange und küsst mich. »Du siehst aus, als hättest du gerade Sex gehabt.«

Ich schnappe mir mein Kostüm, während er ein paar Papiertücher aus einem Regal nimmt und mir hilft, mich zu säubern, ehe ich mich wieder anziehe. Ich tue mein Bestes, um meine Frisur in Ordnung zu bringen, bin mir allerdings ziemlich sicher, dass meine Wangen noch gerötet sind. Wenn Selene mich so sieht, werde ich wohl dem Alkohol die Schuld geben müssen. Allerdings rieche ich nach Braxton.

»Du zuerst«, sagt er lächelnd, als wir wieder einigermaßen normal aussehen. »Aber nur, damit du's weißt: Ich gehe in höchstens zwei Minuten. Ich will dich in meiner Wohnung sehen, sobald du hier wegkannst.«

Ich stelle mich auf die Zehenspitzen, um ihn noch einmal zu küssen. »Dann gehe ich in drei Minuten.«

Schon schlüpfe ich durch die Tür ins Foyer und halte direkt auf Selene zu, um ihr zu sagen, dass ich müde bin und gehen will. Sie versucht, mich dazu zu überreden, hier in meinem Zimmer zu schlafen, wird jedoch von einer anderen Freundin abgelenkt und erspart es mir so, mir eine blöde Ausrede einfallen zu lassen. Ich umarme sie zum Abschied und gehe nach draußen.

Braxton wartet schon auf mich. Obwohl er in dieser eisigen Oktobernacht kein Oberteil trägt, legt er mir seine Jacke um die Schultern. Dann nimmt er meine Hand, und wir gehen schweigend zu seiner Wohnung.

22
Braxton

Das sollte reichen.« Ich ziehe die Schraube fest. Selenes Küchenspüle hatte ein Leck, darum bin ich zwischen zwei Terminen vorbeigekommen, um mich darum zu kümmern. »Da war nur etwas locker.«

Ich erhebe mich und reibe die Hände aneinander.

»Danke«, sagt sie. »Hast du Zeit, um zum Mittagessen zu bleiben?«

»Kommt darauf an«, erwidere ich. »Kochst du uns was?«

Sie starrt mich finster an. »Ich kann kochen.«

Ich mustere sie nur kritisch.

Sie verdreht die Augen und holt einen Beutel aus dem Kühlschrank. »Okay, okay. Ich habe vorhin noch ein paar Sandwiches besorgt, bevor du hergekommen bist.«

Nachdem sie alles auf die Kücheninsel gelegt hat, setzen wir uns.

»Meinst du, Mom und Dad hätten das Haus behalten?«, fragt sie ins Blaue hinein. »Ich meine, wenn sie noch bei uns wären.«

Ich lasse das Sandwich sinken. »Ja, ich glaube, schon. Es ist ein schönes altes Haus.«

»Manchmal denke ich über solche Dinge nach. Das Leben wäre so anders. Würden wir in ihrer Nähe wohnen? Würden sie uns zum Abendessen hierher einladen?« Sie unterbricht sich. »Entschuldige. Ich weiß, wie schwer es ist, über sie zu reden.«

Da hat sie recht, aber ich will nicht, dass sie das Gefühl bekommt, sie könnte mit mir nicht darüber sprechen. »Ist schon okay. Manchmal erinnere ich mich gern an sie. Du kannst mit mir über alles reden, das weißt du.«

Sie knufft mich mit dem Ellbogen. »Danke, Brax. Du bist ein guter Kerl, weißt du das?«

Mein Gewissen regt sich, und ich zucke mit den Achseln. Vielleicht sollte ich ihr endlich von mir und Kylie erzählen. Aber ich weiß, dass Kylie dabei sein möchte, wenn Selene es erfährt, und momentan ist sie noch bei der Arbeit. »Hey, wir sollten mal wieder ins Kino gehen. Nur wir drei.«

»Gern«, meint Selene. »Falls du Kylie überzeugen kannst, mitzukommen.«

»Wieso sollte sie das nicht wollen?«, frage ich.

»Na ja, sie ist jetzt schon so lange mit diesem großen Unbekannten zusammen und hat ihn mir immer noch nicht vorgestellt …«

Obwohl ich weiß, dass es sich bei dem Kerl um mich handelt, spüre ich Eifersucht in mir aufsteigen. *Beruhige dich, du Blödmann.* Ich zwinge mich, meine Gesichtszüge zu entspannen, aber weiß, dass Selene meine Mimik nicht entgangen ist. Sie mustert mich eindringlich.

Meine Eifersucht verwandelt sich in Schuldgefühle. Ich hätte sie nie anlügen dürfen.

»Wie läuft's eigentlich bei dir?«, will sie wissen. »Du hast seit Monaten keine Frau mehr erwähnt. Mit wem schläfst du so in letzter Zeit?«

»Gott, Selene, wieso fragst du mich so was? Ich will ja auch nicht wissen, mit wem du ins Bett gehst.«

Sie zuckt mit den Achseln. »Ich weiß auch nicht. Du kommst

mir ständig so beschäftigt vor, also muss es eine Frau in deinem Leben geben.«

Wie soll ich mich da wieder rauswinden? Ich will es ja nicht einmal. Im Grunde genommen habe ich es satt, meine Beziehung zu Kylie geheim zu halten. Es war von vornherein eine blöde Idee, und ich will die Sache öffentlich machen. Aber ich muss das mit Vorsicht angehen. Ich habe mir vor langer Zeit geschworen, meiner Schwester nie wehzutun. Mom und Dad zu verlieren hat sie fast umgebracht, und ich könnte nicht damit leben, ihr noch mehr Schmerzen zuzufügen.

Andererseits lüge ich sie seit Monaten wegen Kylie an. Wird ihr das etwa nicht wehtun?

Nein, es wird sie wütend machen, und mit einer wütenden Selene kann ich umgehen.

»Ja, es gibt da jemanden«, gestehe ich.

»Willst du mir von ihr erzählen?«

Irgendetwas an ihrem Tonfall ist komisch. Seit wann kümmert es sie, mit wem ich mich treffe, besonders wenn es sich nur um unbedeutende Affären handelt, die ich ihr nie vorstellen würde? Es wäre nun wirklich nicht das erste Mal, dass so etwas passiert. Außerdem klingt sie ziemlich argwöhnisch, fast so, als wüsste sie, was vor sich geht, und wollte mich dazu bringen, es endlich zuzugeben.

Verdammt nochmal.

»Wieso interessiert dich das?«, frage ich ein wenig ungehalten.

Wieder ein Schulterzucken. »Reine Neugier.«

Sie nimmt ihr Sandwich in die Hand, aber anstatt abzubeißen, starrt sie nur vor sich hin. Ich sehe doch, dass ihr etwas durch den Kopf geht. Nachdem sie einige Sekunden lang geschwiegen hat, legt sie das Sandwich wieder hin.

»Ich sehe doch, wie du sie ansiehst«, erklärt sie mit ungewöhnlich leiser Stimme.

Mein Brustkorb zieht sich zusammen. »Wen?«

»Kylie.«

Ich lache gezwungen auf, als hätte sie den Witz des Jahrhunderts gemacht. »Wie meinst du das?«

»Du darfst sie nicht so ansehen, Brax«, verlangt sie.

Das war kein Witz. Scheiße. Ich stehe auf und gehe zum Kühlschrank, um meine Mimik vor ihr zu verbergen. »Das bildest du dir doch nur ein.«

»Nein, das tue ich nicht.«

Sie hat recht. So sehr ich auch versuche, meine Gefühle zu verbergen, weiß ich doch genau, dass man es mir ansehen kann, wenn wir zu dritt unterwegs sind – was in letzter Zeit nicht oft der Fall ist, und mir ist durchaus bewusst, wie bescheuert das ist.

Ich beschließe, mich langsam vorzutasten. »Und wenn schon?«

»Nein, Braxton«, sagt sie.

Ich sehe sie über die Schulter hinweg an. Ihr Gesichtsausdruck ist ernst.

»Was soll das heißen?«

»Das weißt du ganz genau«, erwidert sie. »Du darfst Kylie nicht so ansehen. Niemals. Verstehst du?«

Verdammt. Mein Herz schlägt schneller, und ich spüre förmlich, wie mir das Adrenalin durch die Adern jagt. Was zum Henker soll ich darauf erwidern? »Wieso machst du dir solche Sorgen?«

»Ich sorge mich um dich. Und um sie«, erklärt Selene. »Weil du nun mal so bist. Kylie steht dir nicht zur Verfügung, Brax. Du darfst diese Grenze bei ihr nicht überschreiten.«

Dafür ist es längst zu spät. »Woher kommt das auf einmal?«

»Die Freundschaft zwischen uns dreien ist sehr zerbrechlich«, stellt sie fest. »Wir kennen sie schon so lange, dass es sich anfühlt, als wären wir seit einer Ewigkeit befreundet. Es ist schwer, sich etwas anderes vorzustellen. Aber eine Freundschaft zwischen einem Mann und einer Frau ist immer riskant, insbesondere wenn es sich bei besagtem Mann um *dich* handelt. Also, was immer du dir in Bezug auf sie ausmalst, vergiss es ganz schnell wieder. Auf der Stelle. In dieser Sekunde. Denn wenn du eine Affäre mit Kylie anfängst, bringt mich das um.«

Mir ist, als würde jemand meinen Brustkorb zusammenpressen. Ich kann kaum noch atmen. Mir schwirrt der Kopf, aber ich bemühe mich um einen neutralen Gesichtsausdruck, damit sie nichts merkt. Verstecke mich hinter meinen Mauern. Ich bin ziemlich gut darin, den harten Kerl zu spielen – besonders Selene gegenüber. Das musste ich schon immer tun. Aber ihre Worte treffen mich bis ins Mark, und unverhofft wird mir die Realität schmerzlich bewusst.

Nein. Es muss einen anderen Weg geben.

»Es bringt dich um? Findest du das nicht ein wenig theatralisch?«

Sie sieht mich mit großen Augen an, und ich kann ihre Sorge und ihre Ängste so deutlich spüren, als wären es meine eigenen. Es tut höllisch weh. Das ist auch so etwas, das nur Zwillingen passiert.

»Nein, ist es nicht«, gibt sie zurück. »Lass es einfach. Ich könnte es nicht ertragen, wenn du etwas mit ihr anfängst. Verstehst du das? Das darfst du nicht machen. Versprich es mir.«

»Was?«

»Versprich mir, dass du nichts mit Kylie anfängst.«

Ich starre sie an. Ihre Nerven liegen blank, und ich werde von Emotionen überschwemmt. Sie meint es völlig ernst.

Nein, Selene. Bitte zwing mich nicht dazu. Bitte zwing mich nicht, sie aufzugeben.

»Komm schon, Brax«, drängt sie.

Sie braucht diese Zusage mehr, als sie je etwas von mir gebraucht hat. Und ich tue immer alles für meine Schwester. Verwirrt fahre ich mir mit der Hand durchs Haar und nehme mir einen Moment, um mich zu sammeln und die Sprache wiederzufinden. »Okay, Selene. Wie du meinst. So ist es aber nicht. Kylie ist meine beste Freundin.«

»Versprich es mir«, beharrt sie.

Ich schlucke schwer. »Ich versprech's.«

Ihre Haltung entspannt sich ebenso wie ihr Gesichtsausdruck. »Okay, gut.«

Ich muss hier raus. Sofort. »Ich habe gleich einen Termin und muss jetzt los.«

»Okay, dann gehen wir dieses Wochenende ins Kino?«, will sie wissen.

»Ja.«

Irgendwie schaffe ich es nach draußen zum Auto. Ich bin überrascht, dass ich mich überhaupt auf den Beinen halten kann. Müsste ich nicht längst am Boden liegen? Das passiert doch, wenn das Herz einfach stehen bleibt, oder nicht? Das Blut hört auf zu fließen, versorgt das Gehirn nicht mehr mit Sauerstoff, und man stirbt.

Wieso lebe ich dann noch?

Ich kann Selene nicht wehtun. Seit unserer Kindheit halte ich ihr den Rücken frei und schütze sie vor allem, was ihr schaden könnte. Manchmal gelingt es mir nicht, und gerade bei ihren Beziehungen geht mir einiges durch die Lappen. Dabei ist mir natürlich klar, dass ich sie nicht vor allem beschützen kann, und sie hat nun mal einen grottenschlechten Männergeschmack. Wenn sie leidet, reagiere ich mich mit Alkohol und Sex ab und manchmal auch mit geflüsterten Drohungen, wenn ich Glück habe und dem Mistkerl begegne, der ihr wehgetan hat.

Aber ich bin nie dieser Bastard. Ich tue ihr niemals weh und werde es auch niemals tun. Für sie würde ich mein Leben geben und mir eine Kugel einfangen, ihr eine Niere, einen Lungenflügel oder auch das Herz spenden, falls ihres stehen bleibt. Meins brauche ich ohnehin nicht mehr.

Ich habe in meinem Leben zwei aufrichtige Versprechen abgegeben. Das erste auf dem Begräbnis unserer Eltern. Ich habe an dem Tag nicht geweint, obwohl ich erst zehn war und mir niemand einen Vorwurf gemacht hätte. Doch ich hielt die Tränen zurück, weil Selene geweint und mich gebraucht hat. Ich wollte für sie stark sein. Ich hielt sie im Arm, als wir an den Gräbern standen, und gab flüsternd mein Versprechen ab. *Ich werde dir niemals wehtun. Ich werde mich immer um dich kümmern.*

Und das habe ich auch getan. Ich habe mein Versprechen nie gebrochen.

Das zweite Versprechen habe ich Kylie gegeben, als sie mich darum bat, ihr nicht wehzutun.

Aber jetzt stehe ich vor einem Problem: Ich kann nicht beide Versprechen halten. Ich kann nicht mit Kylie zusammenbleiben, ohne Selene wehzutun. Ich habe es aus ihrem Mund gehört, die Wahrheit in ihren Augen gesehen.

Ich kann ihr das nicht antun.

Meine einzige Hoffnung ist Kylies Stärke. Ich weiß, was ich zu tun habe, und es raubt mir den Atem, aber ich halte mich an dem Gedanken fest, dass Kylie es aushalten wird. Wenn ich es ihr erkläre, wird sie es vielleicht verstehen.

Dann stelle ich mir ihr Gesicht vor, wenn ich ihr sage, dass Selene der Grund dafür ist – dass Selene gegen unsere Beziehung ist und unsere Freundschaft unverändert bewahren möchte. Dass ich mich vor eine unmögliche Wahl gestellt sehe und mir die Hände gebunden sind. Dass Kylie mein Herz gehört, jetzt und für alle Zeit, ich diese Beziehung jedoch meiner Schwester zuliebe aufgeben werde, wenn es nicht anders geht.

Das kann ich Ky nicht sagen. Sie wird wütend auf Selene sein. Wie könnte es auch anders sein? Sie wird ihr die Schuld geben, und dadurch erreiche ich nur genau das, was ich zu verhindern versuche: Ich werde ihre Freundschaft zu Selene ruinieren.

Und Selene wird mir niemals vergeben.

Ich kehre ins Fitnessstudio zurück und beschließe, meine Termine für heute abzusagen. Heute will ich niemanden mehr sehen. Ich werde mich auspowern und irgendwann nach Hause gehen. Kylie wird dort auf mich warten. Und ich werde es ihr sagen müssen.

Dann werde ich der Mann sein müssen, für den sie mich so lange Zeit gehalten hat.

23
Kylie

Das Geräusch der zufallenden Tür reißt mich aus dem Schlaf. Ich bin spät von der Arbeit nach Hause gekommen, aber Braxton war nicht da und hatte mir auch keine Nachricht hinterlassen. Als ich versucht habe, ihn anzurufen, ging er nicht ran, und auf meine Nachricht hat er nur geantwortet, dass er länger arbeiten müsse. Schließlich habe ich mich aufs Sofa gekuschelt und bin vor dem Fernseher eingeschlafen.

Er kommt herein und legt den Schlüsselbund auf die Kücheninsel.

»Hey.« Ich reibe mir die Augen. »Wie spät ist es?«

»Keine Ahnung.«

Ich drehe mich um und sehe auf die Uhr. Es ist nach elf.

»Wow, schon so spät«, murmele ich. »Alles okay?«

»Ja.« Er geht in die Küche und öffnet den Kühlschrank.

Unwillkürlich versteife ich die Schultern. Ganz eindeutig ist nicht alles okay. »Bist du sicher?«, hake ich nach. Ich richte mich auf und ziehe mir ein Kissen auf den Schoß. Irgendetwas an seiner Körperhaltung macht mich nervös.

Er nimmt sich ein Bier, öffnet die Flasche und weicht meinem Blick aus. »Ja.«

Mein Herzschlag beschleunigt sich, und meine Hände fangen an zu kribbeln, als würde mich ein Fluchtreflex erfassen.

»Wo bist du gewesen?«

»Nirgendwo. Ich hab einfach Durst.« Er nimmt einen großen Schluck.

»Okay«, sage ich zögerlich. »Ist irgendwas passiert? Du kommst mir niedergeschlagen vor.«

»Nein«, erwidert er. Er sieht mich immer noch nicht an. »Ich musste nur über ein paar Dinge nachdenken.«

»Worüber denn?«

Er antwortet nicht. Sein Blick ist starr auf die Arbeitsplatte vor ihm gerichtet.

Irgendetwas stimmt ganz und gar nicht.

Es schnürt mir die Kehle zu, und ich kann kaum sprechen. »Was ist los, Brax?«

Er schweigt lange. Dann trinkt er noch einen Schluck und stellt die Flasche ab. »Ich befürchte, wir haben einen Fehler gemacht.«

»Was meinst du damit?«

»Das hier«, antwortet er. »Es war ein Fehler. Wir hätten besser Freunde bleiben sollen.«

O nein. Nein, das kann nicht wahr sein. »Was redest du denn da?«

Er reibt sich das Kinn. »Ich glaube, ich bin nicht für ernsthafte Beziehungen geschaffen. Es schien zuerst anders zu sein, aber ich habe mich geirrt.«

Mir wird speiübel. Ich fühle mich, als würde ich fallen, in einen tiefen Abgrund stürzen. Warum tut er das?

O Gott. Es gibt nur einen Grund, aus dem er mir das einfach so antun würde. »Ach du Scheiße, hast du etwa …« Ich weiß nicht, ob ich es überhaupt aussprechen kann. »Hast du mich betrogen?«

Endlich sieht er mich an. »Nein. Großer Gott, nein.«

»Warum tust du das dann?«

Er holt tief Luft. »Wir waren so gute Freunde – du, ich und Selene. Und das habe ich vermasselt. Ich hätte das nicht tun dürfen. Wir hätten alles so lassen müssen, wie es war. Ich bin nicht gut in Beziehungsdingen, Kylie. Vorher war es besser.« Ich stehe auf und schlinge die Arme um meine Mitte. »Das kann nicht dein Ernst sein. Machst du gerade wirklich mit mir Schluss?«

»Ich halte es für das Beste«, gesteht er.

Mir kommen die Tränen, und ich starre ihn mit offenem Mund an. Meine Beine zittern. Ich bin nicht sicher, ob ich mich auf den Beinen halten kann. Meine Unterlippe bebt, und ich halte mir eine Hand vor den Mund. Ich glaube, ich muss mich übergeben. »Nein«, murmele ich. »Nein, Braxton. Das kannst du nicht tun. Ich dachte, wir …«

Ich unterbreche mich und wende mich von ihm ab. Ein Schluchzen bricht sich Bahn und lässt meine Schultern erbeben. Die Welt um mich herum bröckelt, fällt in sich zusammen und hinterlässt nichts als Ruinen. Mir tut der ganze Körper weh, als hätte mich ein Laster überfahren. Das kann er mir nicht antun. Er hat es versprochen. Er hat *versprochen*, mir nicht wehzutun.

Dann schließe ich die Augen. Er kann mir nur Schmerzen zufügen, wenn ich es zulasse. Ich fühle mich völlig zerrissen, aber ich werde einen Teufel tun, hier vor seinen Augen zusammenzubrechen.

Gottverdammt, ich hätte es wissen müssen. Wir reden hier von *Braxton*. Was hatte ich mir denn eingebildet, wie die Sache ausgeht? Ich wusste doch von Anfang an, wie es enden würde.

Ich lasse die Hand sinken, hole tief Luft und schlucke krampfhaft die in mir aufsteigende Panik herunter. Mit zusammengebissenen Zähnen lasse ich zu, dass mich der Zorn übermannt. »Das ist meine Schuld«, erkläre ich mit kalter, emotionsloser Stimme.

»Was?«, fragt er.

Ich schüttele den Kopf. »Ich hätte es besser wissen müssen. Aber ich war so dämlich, mir einzubilden, dass ich etwas Besonders bin. Dass ich anders bin. Gott, ich war so eine Idiotin. Und das nach all diesen Frauen. Ich kenne dich. Ich weiß, wer du bist, und ich weiß genau, was du tust. Aber ich dachte, ich könnte die sein, die dich zähmt.«

Braxton sagt keinen Ton.

Ich lege mir eine Hand an die Stirn. »Ich bin darauf reingefallen. Ich kann es nicht fassen, dass ich so dumm war. Du, Braxton Taylor, hast mir deine ewige Liebe geschworen, und ich habe dir jedes Wort geglaubt.« Nun hebe ich den Kopf und sehe ihm direkt in die Augen. »Du weißt nicht einmal, was es bedeutet. Du weißt nicht, was Liebe ist. Du hast keinen verdammten Schimmer.«

»Kylie ...«

»Nein«, falle ich ihm ins Wort. »Du willst das durchziehen? Du willst es wirklich beenden? Meinetwegen. Aber versuch nicht, mir auf den letzten Metern weiszumachen, dass irgendetwas davon echt war. Wenigstens das schuldest du mir. Sei ehrlich.«

»Verdammt nochmal, ich weiß einfach keinen anderen Ausweg«, gibt er zu.

»Worum geht es hier eigentlich?«, verlange ich zu erfahren.

»Denn heute Morgen, als du mich in deinem Bett gevögelt

hast, hattest du noch keine solche Krise. Allerdings ist das vermutlich kein Wunder, schließlich hattest du ja gerade Sex. Dein Schwanz war glücklich, und das allein zählt für dich.«

»Das ist nicht wahr.«

»Ach, wirklich?« Ich bin kurz davor, ihn anzubrüllen und mir die Augen auszuheulen, und das Gefühlswirrwarr in meinem Inneren macht mich nur noch wütender. »Fick dich, Braxton. Wie kannst du es wagen? Wie kannst du es wagen, mich auch nur anzufassen. Es war ein Fehler? Scheiße, ja, und was für einer. Es war der größte Fehler deines Lebens!«

»Baby …«

»Wage es ja nicht«, fauche ich schneidend. »So darfst du mich nicht nennen. Wenn du mit mir fertig bist, hast du nicht mehr das Recht, so mit mir zu reden.«

Ich kann ihn nicht länger ansehen, stampfe ins Schlafzimmer und mache mich daran, meine Sachen einzusammeln. Aber es sind zu viele. Ich bin praktisch hier eingezogen. Wieso in aller Welt habe ich das getan? Er hat mich nie darum gebeten. Er hat nie gesagt, wir sollten den nächsten Schritt machen und zusammenleben. Ich bin einfach geblieben wie ein dummer kleiner Welpe. Gott, ich war so eine Idiotin.

Ich hole eine Tasche und stopfe einfach alles rein. Wenn er schlau ist, lässt er mich in Ruhe packen, denn sonst schlage ich ihn grün und blau. Kein Wunder, dass er Selene nichts gesagt hat. Die ganze Zeit habe ich mir eingebildet, die Sache wäre zu groß und er will seine Schwester nicht verrückt machen. Dabei hat er es immer wieder verschoben.

Ich hätte es wissen müssen. Er hat es ihr nie gesagt, weil er wusste, dass sie sauer sein wird, und es gab ja keinen Grund, sie zu beunruhigen, wenn er sowieso vorhatte, eine Weile mit mir ins Bett zu gehen und mich dann fallen zu lassen. Genau wie all die Frauen vor mir.

Die Tasche ist fast voll, und ich werfe noch ein paar Sachen aus dem Bad hinein. Den Rest hole ich dann eben später ab – oder ich lasse einfach alles hier und lebe damit, dass ich den Kram nie wiedersehe. Option zwei klingt deutlich besser, denn ihn will auch Braxton nie wiedersehen. Niemals. Das halte ich nicht aus.

Mein Schlüsselbund und mein Handy liegen im Wohnzimmer, also muss ich noch einmal dorthin zurück, ehe ich hier wegkann. Braxton steht weiterhin wie erstarrt in der Küche. Ich sehe ihn nicht an. Das schaffe ich einfach nicht. Ich nehme meinen Kram und gehe zur Tür.

»Kylie.«

Ich halte mit der Hand am Türknauf und übergeworfener Tasche inne.

»Bitte, ich …«

»Nein«, knurre ich. »Das war's. Ich gehe. Und wenn du jemals mehr für mich empfunden hast als für ein verficktes Sexspielzeug, lässt du mich in Frieden. Ich will dich nie wiedersehen.«

Mit diesen Worten reiße ich die Tür auf, gehe hinaus und knalle sie lautstark zu.

Ich schaffe es bis zum Auto, ehe ich zusammenbreche. Es gelingt mir gerade noch, die Tasche auf den Beifahrersitz zu werfen und mich nach vorn aufs Lenkrad sinken zu lassen. Ich zittere am ganzen Leib; mein Schluchzen raubt mir den Atem. Ich kriege keine Luft mehr. Ein Teil von mir wünscht sich, dass er mir nachläuft – dass er zu mir ins Auto steigt und mir sagt, dass er sich geirrt hat. Dass es nicht so gemeint war und dass ich wieder zurückkommen soll.

Aber das wird nicht passieren, und das weiß ich ganz genau. Er hat jedes seiner Worte genau so gemeint, sonst hätte er sie nicht ausgesprochen.

Ich weine, heule, schreie, bis mir der Brustkorb wehtut und mein Rücken total verspannt ist. Ich fühle mich so verloren, so hilflos. Er war meine Welt. Ich habe ihn mit einer Intensität geliebt, die mir den Atem nahm. Doch es war alles vergebens.

Nachdem ich ein paarmal zittrig Luft geholt habe, um mich genug zu beruhigen, bin ich so weit, dass ich nach Hause fahren kann. Ich muss hier weg. Energisch wische ich mir übers Gesicht und drehe den Zündschlüssel um. Ich würde so gern zu Selene fahren und mich in ihren Armen verkriechen, aber das geht nicht. Sie wusste nichts von uns, und jetzt wird sie es nie erfahren. Denn ich werde bestimmt nicht zugeben, dass ich auf seine Masche reingefallen bin – dass ich blöd genug war, ihm zu verfallen.

24
Braxton

Das Beste an der Liebe war das Hochgefühl. Ich schwebte im siebten Himmel und hoch über der Welt. Vor Kylie war ich nie wirklich glücklich gewesen. Es gab glückliche Momente, aber sie waren kurz und flüchtig. Mit ihr habe ich jeden Tag in völliger Zufriedenheit verbracht – diesem Gefühl, das den Rausch einer heißen Affäre, das angenehme Brennen des Whiskeys, den Adrenalinschub, wenn man etwas Verrücktes tut, in den Schatten stellt. All diese Dinge sind vergänglich und waren allzu schnell vorbei. Kylie nicht. Bei ihr konnte ich mich öffnen und fand die Kraft, endlich meine Mauern einzureißen und der zu sein, der ich wirklich bin.

Und jetzt der Absturz. Der Absturz bringt mich um.

Es war wie der Sprung aus einem Flugzeug, nur ohne Fallschirm, dafür mit voller Absicht. Der freie Fall hielt tagelang an. Ich geriet völlig außer Kontrolle und wusste nicht mehr, wo oben und unten ist. Im Studio powerte ich mich völlig aus, betrank mich danach bis zur Besinnungslosigkeit, aber nichts half. Ich fiel immer weiter ins Nichts und wusste, dass irgendwann der Boden kommt, wobei ich mir nicht sicher war, ob ich das überleben würde. Oder ob ich es überhaupt wollte.

Schließlich der Aufprall. Eines Nachts kam ich nach Hause und fiel in meinen Klamotten ins Bett. Ich konnte mich nicht mehr bewegen. Zwei Tage lang klappte so gut wie gar nichts.

Ich sagte alle meine Termine ab, schaltete das Telefon aus und ertrank in meinem Elend.

Als ich das Handy wieder eingeschaltet habe, wusste ich genau, dass ich keine Nachrichten von ihr erwarten konnte. Trotzdem tat es schrecklich weh, tatsächlich keine vorzufinden. Irgendwann riss ich mich zusammen. Ging wieder arbeiten. Legte Extrastunden im Studio ein. Besuchte meine Schwester. Ich schloss alles in mir weg, während ich verzweifelt nach einem Weg zurück zur Normalität suchte.

Denn das ist jetzt mein Leben. Mein Leben ohne sie.

Egal, wie sehr ich mich anstrenge, ich bekomme ihr Gesicht nicht aus dem Kopf. Wie sie mich an dem Abend angesehen hat – so voller Zorn. Ich hatte erwartet, dass sie leidet, wollte mich dagegen wappnen, sie weinen zu sehen. In einer völlig verdrehten Phantasie hatte ich sogar gehofft, derjenige zu sein, der sie tröstet, obwohl ich das Arschloch war, das sie verletzt hatte. Aber auf Wut war ich nicht vorbereitet.

Es ist mir durchaus bewusst, wie gewaltig ich die ganze Sache vermasselt habe, aber ich weiß nicht, was ich tun kann, um irgendetwas davon wieder zu kitten. Ich werde mich wohl oder übel an das hohle Gefühl in meiner Brust gewöhnen müssen.

Ich sitze an der Bar und starre in mein Glas mit Jameson-Whiskey. Nach der Arbeit war ich eine Weile zu Hause, aber dort war es mir zu still. Ich habe nicht einmal darauf geachtet, wohin ich gehe, sondern bin einfach losgelaufen und hier gelandet.

In der Nähe sitzen zwei Blondinen, denen ich einen kurzen Blick zuwerfe. Es ist Freitagabend, und die Bar ist voll, aber diese beiden fallen auf. Sie sind allein hier und so angezogen, als hätten sie Lust auf ein Abenteuer. Tief ausgeschnittene

Oberteile, enge Röcke, die sehr viel Bein zeigen. Es ist schon nach eins, und ihr glitzerndes Make-up verrät mir, dass sie wahrscheinlich vorher in einem Club waren.

Sie beobachten mich jetzt seit zehn Minuten.

Vor ihnen stehen mehrere Shotgläser, obwohl sie nur Wasser trinken, seitdem ich hier bin. Sie werfen mir eindeutige Blicke zu und mustern mich von oben bis unten. Dann rücken sie näher zusammen, reden leise miteinander, lächeln und lachen. Wenn ich wollte, könnte ich bestimmt beide haben.

Sie strahlen diese ganz besondere Aura aus, die mir vermittelt: *Ich bin heute in Stimmung, etwas richtig Verrücktes zu tun.* Ich könnte zu ihrem Tisch gehen und sie innerhalb von fünf Minuten davon überzeugen, mit mir die Bar zu verlassen.

Das habe ich noch nie gemacht. Ein Dreier wäre für mich Neuland. Ich würde mich selbstbewusst geben – so tun, als stünden die Frauen dermaßen Schlange bei mir, dass ich das ständig erlebe. Als wäre ich so verdammt großartig, dass man mich eben teilen muss, wenn man mich haben will. Ich würde mich in ihrer Haut, ihren Brüsten und ihren Muschis verlieren. Und für eine Weile würden sie es sogar schaffen, dass ich alles vergesse.

»Hi.«

Ich habe gemerkt, dass sie auf mich zukommen, mich ihnen jedoch nicht zugewandt. Von mir kam kein aufmunterndes Zeichen – kein Blickkontakt, kein lüsternes Grinsen. Offenbar war das nicht nötig.

Gelassen nippe ich an meinem Drink. »N'Abend.«

»Entschuldige die Störung«, sagt eine der beiden, und mir weht der Geruch von Tequila entgegen. »Ich bin Amy. Sabrina und mir ist aufgefallen, dass du ganz allein hier bist.«

Ich nicke, sehe sie aber immer noch nicht an. »Stimmt.«

Amy setzt sich auf den Barhocker neben mir und verschränkt die Beine. Sabrina steht neben ihr und kaut auf ihrer Unterlippe herum.

»Ist dir nach Gesellschaft?«, will Amy wissen.

Ich hole tief Luft. Ist mir nach Gesellschaft? Ich fühle mich seit Wochen wie ausgekotzt und kann rein gar nichts dagegen ausrichten. Es wäre schön, mal wieder etwas anderes zu empfinden, selbst in der Gewissheit, dass es nur vorübergehend sein wird. Ich mustere Amy von der Seite. Sie leckt sich die Lippen, und ein Lächeln umspielt ihre Mundwinkel.

Doch ich schinde Zeit, indem ich einen weiteren Schluck nehme.

»Falls es noch nicht klar geworden ist«, erklärt Amy mit tiefer, verführerischer Stimme und beugt sich zu mir herüber, »Sabrina und ich wüssten *beide* gern, ob dir heute Nacht nach Gesellschaft ist.«

Ich schlucke schwer. Sie sind nicht auf Gefühle aus – es gibt nichts Echtes und keine Erwartungen. Nur Sex. Nur ein wildes und verrücktes Erlebnis mit einem Typen, den sie nicht kennen. Ich könnte sie mit nach Hause nehmen, ihnen die Seele aus dem Leib vögeln und sie wieder wegschicken. Mehr wollen sie nicht. Keiner würde je davon erfahren.

Aber ich wüsste es.

»Amy.« Endlich wende ich mich ihr zu. Glattes blondes Haar umrahmt ihr Gesicht, und ihr dick aufgetragener Lidschatten glänzt sogar in diesem spärlichen Licht. Ihre Lippen ziert nur noch eine Spur rosafarbener Lippenstift; der Rest klebt wahrscheinlich an den Gläsern der Drinks, die sie schon intus hat. Ihr Blick ist getrübt. »Es ist wirklich nett von euch, dass ihr hergekommen seid, um mit mir zu reden. Das war mutig. Aber so verlockend ihr auch seid …« Ich mustere zuerst sie und dann Sabrina von Kopf bis Fuß, als würde mir gefallen, was ich sehe. »Ich muss leider ablehnen.«

Sabrina ist die Enttäuschung sofort anzusehen. Verdammt. Ich wollte sie eigentlich sanft abwimmeln.

Aber Amy will noch nicht aufgeben. Sie legt den Kopf schräg und streicht sich das Haar über die Schulter. »Bist du dir sicher?« Sie lässt einen Finger über meinem Arm wandern.

Ich sehe ihr in die Augen und halte ihrem Blick eine Weile stand. Ihr Finger erstarrt. »Es tut mir leid, Amy, aber ich kann nicht. Mein Herz gehört einer anderen, und das könnte ich ihr nicht antun.«

Sofort verändert sich ihr Gesichtsausdruck – sie zieht die Brauen zusammen und hat auf einmal kleine Fältchen in den Mundwinkeln.

»Oh«, macht Amy. »Du siehst so traurig aus.«

Ich stürze den Rest meines Drinks hinab und stehe auf. »Ja, aber ich hab's nicht besser verdient. Kann ich euch ein Taxi rufen? Ich will sichergehen, dass ihr gut nach Hause kommt.«

Sie sehen einander an. »Nein, danke«, antwortet Amy. »Wir sind noch nicht so weit.«

Ich lächele den beiden zu. »Dann noch einen schönen Abend, Ladys. Hat mich gefreut, euch kennenzulernen.«

Dann stelle ich mein Glas ab und verlasse die Bar, ohne zurückzublicken.

25
Kylie

Essensgeruch erfüllt mein Auto. Eigentlich habe ich keinen rechten Appetit, aber ich muss zugeben, dass es verführerisch riecht. Ich habe im Metro Market ein Abendessen für zwei Personen geholt: in Scheiben geschnittene Truthahnbrust, etwas Füllung, grüne Bohnen, Butterbrötchen und zwei Stück Kürbiskuchen. Sonst habe ich zu Thanksgiving immer für Dad gekocht, aber dieses Jahr fehlte mir die Energie dafür. Es hat mich schon genug Kraft gekostet, uns diese Version zum Mitnehmen zu besorgen und zu ihm zu bringen.

Er meinte, wir könnten auch in der Cafeteria essen, aber dann müsste ich in einem Raum voller Menschen sitzen. Seit meine Beziehung zu Braxton so grandios gescheitert ist, habe ich meinen Dad nicht mehr gesehen, und ich weiß nicht, wie ich es ihm beibringen soll. Und wenn ich zusammenbreche – was wahrscheinlich passieren wird –, kann ich gut auf Publikum verzichten.

Ich bekomme diesen schrecklichen Abend einfach nicht aus dem Kopf. Mir ist noch immer völlig schleierhaft, was Braxton zu seinem plötzlichen Sinneswandel bewogen hat. Am selben Morgen war schließlich noch alles okay. Mehr als das. Er hat mich geküsst und mir zugeflüstert, dass er mich liebt. Allerdings hatte ich ihn auch schon fünf Minuten, nachdem wir aufgewacht waren, in mir, daher darf man dem vermutlich nicht allzu viel Bedeutung beimessen. Offenbar hatte er seinem kleinen Freund während der letzten Monate das Denken überlassen, und als sein Hirn endlich begriff, was Sache war, hat er es mit der Angst zu tun bekommen.

Was ich nicht begreife, ist das *Warum*. Wie konnte das passieren?

Er sagt, er hätte mich nicht betrogen, und obwohl ich zutiefst verletzt bin, glaube ich ihm. Zwar war er immer ein Schürzenjäger, aber nie ein Fremdgeher. War es ihm zu viel? Oder läuft das bei ihm einfach so? Er hat seinen Spaß, und irgendwann reicht es ihm. Ich habe die Dynamik seiner Beziehungen nie aus der Nähe beobachtet und weiß daher nicht, wie er es früher gehalten hat. Von außen betrachtet war sein enormer Verschleiß an Frauen nicht zu übersehen, aber ich weiß nicht, ob es ihm je mit einer ernst war. Hat er allen gesagt, dass er sie liebt? Ist das Teil seines Spielchens?

Ich will das nicht glauben, aber komme mir ziemlich dämlich vor, weil ich mir eingebildet habe, ich wäre etwas Besonderes. Ich weiß nicht mehr, was ich denken soll.

Mit den Tüten in der Hand fahre ich hinauf zu Dads Wohnung. Er begrüßt mich wie immer, und ich tue so, als wäre alles in Ordnung. Doch während ich das Essen anrichte, mustert er mich mit gerunzelter Stirn, daher ist mir längst klar, dass ich vor ihm nichts verheimlichen kann. Sagen muss ich es ihm ohnehin, aber ich will es nicht. Er war der einzige Mensch in meinem Leben, der mich und Braxton als Paar erlebt hat. Wenn ich ihm gegenüber zugebe, dass es vorbei ist, muss ich der schrecklichen Realität ins Gesicht sehen und mir eingestehen, dass Braxton mich benutzt und dann fallen gelassen hat.

Ich versuche es mit Small Talk, aber das funktioniert nicht besonders gut, und irgendwann verebbt das Gespräch ganz.

Dad wischt sich langsam mit der Serviette über den Mund. »Verrätst du mir, was los ist?«

Ich starre auf meinen Teller. Das Essen habe ich kaum angerührt. Ich will es nicht aussprechen.

»Geht es um Braxton?«, fragt er leise.

»Hast du mit ihm gesprochen?«, will ich ebenso leise wissen.

»Nein«, erwidert er. »Ich habe seit Wochen nichts von ihm gehört und mich schon gefragt, was los ist.«

Er hat also auch Dad verlassen. Verdammt nochmal. »Dad, er …« Ich weiß nicht, wie ich es ausdrücken soll. Ich kann nicht einmal schlecht über ihn reden. Diese Trennung ist einfach vollkommen verdreht. Ich sollte ihn als Arschloch bezeichnen und Dad sagen, wie sehr ich Braxton hasse.

Doch dummerweise hasse ich ihn nicht.

Ich unterbreche mich und hoffe, meine brennenden Augen verraten mich nicht. »Er hat Schluss gemacht.«

»Oh, Kylie.« Seufzend legt Dad die Hand auf meine.

Jetzt kommen mir doch die Tränen. Ich kann sie einfach nicht zurückhalten.

»Das tut mir so leid, Liebes«, sagt er.

Ich halte mir eine Hand vor den Mund und weine. Ich kämpfe nicht länger dagegen an. Dad schweigt und lässt mich schluchzen. In letzter Zeit habe ich viel geweint, aber hier bei meinem Vater, dessen Hand auf meiner liegt, brechen alle Dämme. Es ist hoffnungslos.

»Tut mir leid, Dad«, murmele ich, als ich wieder sprechen kann. »Mein Leben ist total am Ende. Ich hätte mich nie in ihn verlieben dürfen.«

»Ich wünschte, ich könnte verstehen, was bei euch vorgefallen ist«, meint er. »Braxton liebt dich, Kylie. Ich kann mir nicht erklären, warum er so etwas tut.«

»Nein«, widerspreche ich leise. »Er liebt mich nicht. Vielleicht hat er sich in seiner eigenartigen Braxton-Welt eingebildet, es wäre Liebe, aber es war nie echt.«

»Das glaube ich nicht eine Sekunde«, erklärt Dad.

»Wieso schlägst du dich auf seine Seite?«, frage ich. »Ich wollte das alles nicht. Er kam eines Abends einfach nach Hause, und das war's. Plötzlich war alles ein Fehler – er meinte, dass wir Freunde bleiben sollten und er so nicht weitermachen kann. Weißt du, wie weh das tut?«

»Ich schlage mich keineswegs auf seine Seite, Schatz«, stellt Dad klar. »Aber ich kenne Braxton, und zwar besser, als er denkt. Ich mag im Rollstuhl sitzen, aber blind bin ich nicht. Ich weiß, wie er mit Frauen umspringt, aber ich weiß auch, dass er dich seit Jahren liebt. Er hat immer versucht, es zu verbergen, aber ich habe es dennoch gemerkt. Er hat dich immer so angesehen, wie dich meiner Meinung nach kein Mann ansehen sollte.«

»Ja, Dad, er hat mich angesehen wie etwas, das er haben will«, erwidere ich. »Und verzeih mir die offenen Worte, die sich für eine Tochter vermutlich nicht gehören … Aber belassen wir es doch einfach dabei, dass er es auch bekommen hat. Und das war alles, was er wollte.«

»Nein«, beharrt Dad. »Er hat dich so angesehen, als würde er dich lieben, schon als ihr beide noch zu jung wart, um zu verstehen, was Liebe ist.«

Ich schniefe und wische mir die Tränen von den Wangen. »Braxton hat keine Ahnung, was Liebe ist, Dad.«

»Ach, mein Schatz. Es tut mir leid, dass du so leiden musst.«

»Ich weiß, Dad«, sage ich. »Ich muss nur herausfinden, wie ich darüber hinwegkomme.«

»Mit der Zeit wird es einfacher«, versichert er mir.

Ich hebe den Kopf und sehe ihm in die Augen. Wir reden nie über meine Mutter, aber da ist etwas in seiner Stimme. Er weiß genau, was ich gerade fühle.

»Die Zeit heilt alle Wunden«, erklärt er. »Und eines Tages wirst du merken, dass du eine Weile nicht mehr an ihn gedacht hast. Dann tut es abermals weh, weil du dich deswegen schlecht fühlst. Aber irgendwann kommt dir auch das normal vor.« Erneut legt er die Hand auf meine. »Es tut mir leid, Kylie. Ich weiß, was er dir bedeutet hat. Möchtest du, dass ich ein paar Gefallen einfordere?«

Ich lächele schwach. »Nein.«

Er tätschelt mir die Hand. »Okay, Liebes. Sag Bescheid, falls du deine Meinung änderst.«

Wir beenden das Abendessen, aber ein fröhliches Thanksgiving ist es nicht. Ich spüle das Geschirr und gebe ihm zum Abschied einen Kuss. Mein Herz fühlt sich so schwer an, als hätte es sich auf Dauer in meine Füße verlagert, und auf dem Heimweg überkommt mich erneut tiefe Traurigkeit.

Erschöpft lasse ich mich aufs Sofa sinken, kaum dass ich meine Wohnung betreten habe. Ich bin so müde, dass ich nicht einmal mehr weinen kann. Dass die Feiertagssaison angefangen hat, macht die Sache erst recht nicht besser. Ich denke an meine Mutter und ihre neue Familie und male mir aus, wie sie alle lachend um einen riesigen Tisch sitzen und teuren Wein trinken. Dann frage ich mich, ob sie manchmal an mich denkt. Betrachtet sie die anderen am Tisch und hat den Eindruck, als würde jemand fehlen? Hat sie jemals daran gedacht, mir eine Weihnachtskarte zu schicken?

Wahrscheinlich nicht.

Ich werde Weihnachten mit meinem Dad verbringen und beschließe, die anderen Feiertage einfach ausfallen zu lassen. Keine Geschenke, keine Deko, keine Partys. Selene veranstaltet bestimmt eine Silvesterparty, aber ich werde auf keinen Fall dort auftauchen. Seit Braxton mich verlassen hat, gehe ich ihr aus dem Weg, und ich habe auch keine Ahnung, wie ich ihr je wieder gegenübertreten soll. Selene zu verlieren schmerzt mich ungemein. Ich weiß nicht, was ich tun soll. Alles an ihr erinnert mich an Braxton, und so sehr ich gerade ihre Schulter zum Ausweinen brauche, kann ich doch beim besten Willen nicht zu ihr gehen.

Wer weiß, ob wir beide uns je davon erholen, und das ist besonders brutal, weil nichts von alldem ihre Schuld ist.

Es ist noch nicht einmal neun, aber ich habe für heute die Schnauze voll. Ich gehe ins Bett und wünsche mir, in einer Welt aufzuwachen, in der mich die Menschen, die ich liebe, nicht im Stich lassen.

26
Braxton

Das ist wirklich das schlimmste Weihnachtsfest aller Zeiten.« Selene sieht mich gelangweilt an und hält ein Glas Eierpunsch in der Hand. Sie hat einen riesigen Weihnachtsbaum aufgestellt und das Haus mit Girlanden und Kerzen dekoriert, die überall Lebkuchenduft verbreiten.

»Weihnachten ist vorbei«, halte ich dagegen.

»Das ist aber *unser* Weihnachtsfest. Du bist doch derjenige, der am Weihnachtsmorgen nicht vorbeigekommen ist.«

Die Feiertage sind mir scheißegal. Ich hätte sie völlig ignoriert, aber Selene hat darauf bestanden, dass ich sie besuche.

Ich koste den Scotch, den sie mir geschenkt hat. Er ist weich und rinnt mir angenehm die Kehle herunter. Das Fitnessstudio ist in dieser Woche geschlossen, was mir sehr gelegen kommt, denn das bedeutet, dass ich eine ganze Woche lang betrunken sein kann.

»Was hast du erwartet?«, will ich wissen. »Etwa Weihnachtssänger?«

Selene bedenkt mich mit einem finsteren Blick. »Wieso hast du so schlechte Laune?«

»Habe ich doch gar nicht«, entgegne ich, obwohl ich nicht einmal mehr versuche, es vor ihr zu verbergen. Ich bin es so leid.

Sie steht auf und bringt ihr Glas in die Küche. »Ich weiß

nicht, warum ich dieses Zeug trinke. Es schmeckt mir nicht mal. Kann ich ein Glas von deinem Scotch haben?«

»Ja, aber bring die Flasche mit und schenk mir nach.«

Ich höre Glas klirren. »Verdammt nochmal, Brax. Die Flasche haben wir doch gerade erst geöffnet. Hast du schon so viel getrunken?«

»Hör auf, mich zu bemuttern.«

»Irgendjemand muss es ja tun«, meint sie lachend.

Sie kommt mit der Flasche zurück ins Wohnzimmer und gießt mir einen Fingerbreit ein. Ich halte das Glas weiter hoch und sehe sie auffordernd an, als sie die Flasche wegnehmen will, bis sie mir mehr einschenkt.

»Okay«, sagt sie. »Dann verbringen wir Weihnachten dieses Jahr eben so.« Sie bringt die Flasche wieder in die Küche. »Hast du in letzter Zeit mal mit Kylie gesprochen? Was macht sie diese Woche?«

Wenn ich nur ihren Namen höre, fühlt es sich an, als würde mir jemand ein Messer in den Bauch rammen. Zwar gebe ich mir Mühe, nicht zusammenzuzucken, aber Selene kann mein Gesicht ohnehin nicht sehen. »Nein, ich habe nichts von ihr gehört.«

»Irgendetwas stimmt nicht mit ihr. Ich mache mir Sorgen.«

Ich richte mich auf. »Sorgen? Wieso?«

»Na ja, zum einen, weil sie mich meidet wie die Pest.« Sie setzt sich ans andere Ende der Couch. »Ich sehe sie kaum noch. Es ist echt merkwürdig. Ich schreibe ihr, und sie antwortet zwar, sagt unsere Verabredungen aber jedes Mal ab. Ich weiß ja, dass sie mit ihrem Designzeug viel zu tun hat, aber ich werde den Eindruck nicht los, dass da noch mehr dahintersteckt.«

»Ich kann es dir nicht sagen.«

»Wann habt ihr euch das letzte Mal gesehen?«, hakt Selene nach.

Ich will nicht an das letzte Mal denken – an ihren kalten, zornigen Gesichtsausdruck und den Hass in ihrer Stimme. »Verdammt, Selene, ich weiß nicht.«

»Sei doch nicht so komisch.« Sie hält inne und nippt an ihrem Scotch. Als sie weiterspricht, hat sich ihr Tonfall verändert. Nun wirkt er sanft und besorgt. »Ich glaube, der Kerl, mit dem sie zusammen war, ist schuld daran. Er muss ihr etwas Schlimmes angetan haben.«

Mein Brustkorb ist wie zugeschnürt. »Was?«

»Ich weiß es nicht mit Sicherheit – sie redet ja nicht mit mir«, erklärt sie, »aber genau das ist das Problem. Sie sagt mir gar nichts mehr. Das war nicht nur irgendein Typ, mit dem sie ins Bett gegangen ist. Soweit ich das einschätzen kann, lief das über Monate. Trotzdem hat sie ihn vor mir versteckt, als würde mit ihm irgendetwas nicht stimmen. Denk doch mal darüber nach. Irgendetwas *kann* nicht gestimmt haben. Sie war mit einem Mann zusammen, von dem wir rein gar nichts erfahren durften. Ich wette, sie wusste, dass wir ihn nicht mögen würden. Wenn du mich fragst, lief da irgendeine echt kranke Sache und sie wollte nicht, dass wir davon erfahren.«

Ich nippe an meinem Drink und weiß nicht, was ich darauf erwidern soll.

»Wer immer er auch war, er muss ihr etwas Furchtbares angetan haben«, schlussfolgert Selene. »Deshalb geht sie mir aus dem Weg. Sie ist tief verletzt worden und will es mir nicht sagen.«

Selenes Augen schimmern verräterisch. Ich kann ihre Sorge beinahe körperlich spüren.

»Hoffentlich geht es ihr gut«, sage ich leise. »Aber ich weiß es wirklich nicht.«

Sie klopft mit den Nägeln gegen das Glas, kneift die Augen zusammen und mustert mich. »Was ist in letzter Zeit mit dir los?«

»Nichts.« Ich brauche mehr Scotch.

»Du sagst das, als könntest du irgendetwas vor mir verbergen«, gibt sie zurück. »Ich kenne dich. Irgendetwas ist mit dir, und du willst nicht darüber reden. Gott, jetzt ignoriert mich nicht nur Kylie, sondern du fängst auch noch an, dich so seltsam zu verhalten …« Sie unterbricht sich, und sieht mich mit großen Augen an. »O mein Gott.«

»Was ist?«

Ihre dunklen Augen scheinen mich zu durchbohren. »Lief da was zwischen euch beiden, Braxton?«

Ja, und ich habe es für uns beide ruiniert. »Nein.«

Sie klappt den Mund noch etwas weiter auf und stellt ihren Drink auf den Tisch. »Das kann doch jetzt echt nicht wahr sein. Du hast mit ihr geschlafen?«

Ich schlucke schwer und wende den Blick ab. Da ich sie nicht wieder anlügen will, halte ich einfach die Klappe.

»Sag es mir«, verlangt sie.

Ich starre zu Boden.

»Sag mir die gottverdammte Wahrheit«, drängt sie mit scharfer Stimme. »Du hast es mir versprochen, Braxton. Du hast mir versprochen, dass du so etwas nie tun würdest. Hast du mich angelogen?«

»Ja.«

Sie schnappt erschrocken nach Luft, und ich zucke zusammen. Jetzt geht gleich die Schimpftirade los. Sie steht auf und geht im Wohnzimmer auf und ab. »Verdammte Scheiße, Braxton. Ist das dein Ernst? Kylie? Ist dir überhaupt klar, was du getan hast?«

»Ich weiß ganz genau, was ich getan habe.«

»Nein, das tust du nicht«, fährt sie mich an. »Du hast uns alle verarscht. Konntest du ihn nicht dieses *eine* Mal in der Hose lassen? Du kannst jede Frau haben, die du willst. Warum musstest du ausgerechnet sie auf die Liste deiner gottverdammten Affären setzen?«

»So war das nicht, Selene«, widerspreche ich. »Wir hatten keine Affäre.«

»Du hast versprochen, es nicht zu tun«, sagt sie.

»Da war es schon längst passiert.«

Sie hält abrupt inne und stemmt die Hände in die Hüften. »Was? Da hattest du schon mit ihr geschlafen?«

»Ja, aber es war nicht ...«

Selene fällt mir ins Wort. »Verdammt nochmal, Braxton, warum hast du das gemacht? Warum hast du mir meine beste Freundin weggenommen?«

Wilder Zorn lodert in mir auf. Ich erhebe mich und balle die Fäuste. »Sie war auch meine beste Freundin, okay? Ich habe mit ihr auch alles andere verloren.« Ich atme schwer und würde am liebsten auf die Wand einschlagen.

Selene sieht ein wenig verängstigt aus. »Ich wusste, dass das passieren würde«, sagt sie. »Ich wusste, dass du unsere Dreierfreundschaft aufs Spiel setzt, wenn du dich mit ihr einlässt. Wieso musstest du sie so benutzen?«

Ich bin so wütend, dass vor meinen Augen alles verschwimmt. Vermutlich wäre es besser, wenn ich jetzt gehe, ehe ich irgendetwas kaputtmache. Ich würde Selene niemals schlagen, nicht in einer Million Jahren, aber ich will ihr keine Angst einjagen, indem ich vollends die Fassung verliere. »Ich *habe* sie nicht benutzt. Das würde ich nie tun.«

»Genau davor hatte ich Angst«, brüllt mich Selene an. »Ich wusste, dass du das tun würdest. Du hast sie mir weggenommen, verdammt nochmal. Warum musstest du das tun? Sie war nicht für dich bestimmt!«

Mein Zorn verraucht, und Leere breitet sich so schnell in mir aus, dass mir schwindlig wird. Ich lasse mich auf die Couch sinken und vergrabe das Gesicht in den Händen. Meine Mauern bröckeln.

Sie ist nicht für mich bestimmt.

Selene schweigt lange Zeit. Ich kann sie nicht ansehen.

»Brax«, murmelt sie schließlich. Ihr Tonfall ist sanft, beinahe ängstlich. »Was ist nur los mit dir, Brax? Was machst du denn für Sachen?« Ich spüre, wie sie sich neben mich setzt. »Was verheimlichst du vor mir?«

»Ich habe sie geliebt«, gestehe ich und bekomme die Worte kaum über die Lippen. Meine Augen brennen. Ich muss mich zusammennehmen, denn ich habe noch nie vor einem anderen Menschen geweint und ganz bestimmt nicht vor meiner Schwester.

»Wie bitte?«, haucht Selene.

Ich hole tief Luft und finde endlich die Stimme wieder, aber ich lasse die Hände, wo sie sind. »Ich habe sie geliebt, Selene. Schon immer. Und nachdem sie sich von Derek getrennt hat, habe ich es ihr gesagt.«

»Aber das war vor Monaten.«

Ich nicke.

»Dann warst du …« Sie hält inne. »Es gab nie einen Idioten

mit Riesenschwanz, oder? Sie war die ganze Zeit mit dir zusammen.«

»Ja, wir waren zusammen«, gebe ich zu. Jetzt, da ich ihr endlich die Wahrheit gesagt habe, kann ich mich nicht bremsen. »Diese Zeit hat mir einfach alles bedeutet, Selene. Sie hat mir alles bedeutet. Ich liebe sie schon, so lange ich denken kann, und endlich hatte ich sie für mich gewonnen. Sie war die Meine, und wir passten so gut zusammen. Ich wollte es dir sagen. Es war so dumm von mir, dich anzulügen. Wir wollten auf den richtigen Moment warten, weil wir wussten, dass du dich darüber aufregen würdest, aber der schien irgendwie nie zu kommen, also habe ich weiter gelogen. Verdammt, das war so bescheuert. Es tut mir so leid. Ich hätte es dir von Anfang an sagen müssen.«

»Augenblick mal.« Sie rückt ein wenig von mir ab. »Soll das etwa bedeuten, ihr wart zusammen? So richtig zusammen, meine ich?«

»Ja.«

»Es war nicht nur eine Bettgeschichte?«

»Nein.« Ich lehne mich zurück und lasse den Kopf auf die Lehne sinken. »Es war so viel mehr als das.«

»Und dann habt ihr euch getrennt?«, fragt sie. »Das verstehe ich nicht.«

Mir tut der Kopf weh, und ich massiere mir geistesabwesend den Nasenrücken. »Ich hatte es dir versprochen.«

»Du hattest es mir versprochen?«, wiederholt sie verwirrt, keucht auf und schlägt sich eine Hand vor den Mund. »O mein Gott. Als wir an diesem Tag über sie gesprochen haben, wart ihr längst zusammen … und du dachtest, du müsstest meinetwegen mit ihr Schluss machen?«

Ich begreife nicht, warum sie mit einem Mal so panisch klingt. Es ist ja nicht so, als wäre ihr Herz in tausend Stücke zerbrochen. »Was hätte ich denn tun sollen?«, will ich von ihr wissen. »Du hast mir klargemacht, dass du nicht damit leben kannst, wenn Kylie und ich zusammen sind. Du bist meine Schwester. Wie hätte ich mich denn zwischen euch beiden entscheiden sollen?«

Selene legt mir eine Hand auf die Schulter. »Ach, Brax. Es tut mir so leid. Ich hatte ja keine Ahnung. Wenn ich das gewusst hätte, wäre ich doch nie auf die Idee gekommen, so etwas zu sagen.«

Fassungslos starre ich sie an. »Was in aller Welt willst du damit sagen?«

»Ich hatte immer Angst, dass du dich auf dieselbe Art mit Kylie einlässt, wie du es mit all den anderen Frauen getan hast«, erklärt sie. »Ihr hättet ein paarmal miteinander geschlafen, und dann wärst du irgendwann gelangweilt oder was auch immer dich nach einiger Zeit überkommt. Danach wäre sie nicht mehr in der Lage gewesen, mit dir befreundet zu sein. Was hätte ich denn denken sollen? Du hast noch nie eine ernsthafte Beziehung gehabt.«

Ich weiche ihrem Blick aus, während sich mir der Magen umdreht. Eigentlich hatte ich geglaubt, es würde mir langsam besser gehen, aber durch dieses Gespräch fühle ich mich noch mieser als zuvor. »Wenn du nicht willst, dass wir zusammen sind, dann ist das eben so. Ich werde tun, was ich tun muss. Und Kylie wird sich schon wieder davon erholen. Sie wird über mich hinwegkommen, und irgendwann trefft ihr beide euch wieder. Ich halte mich einfach raus, damit ihr wieder Freundinnen sein könnt.« Ich stehe auf und gehe in die Küche.

Mein Glas ist noch nicht leer, aber der Inhalt wird mir nicht reichen.

»Nein«, sagt sie.

»Nein?«, wiederhole ich. »Was willst du denn noch von mir, Selene? Ich habe alles für dich aufgegeben.«

Tränen laufen über ihre Wangen.

»Wieso weinst du?«, frage ich.

»Das ist meine Schuld«, schluchzt sie.

»Nein, ist es nicht.«

Sie schnieft. »Okay, hauptsächlich deine, weil du gelogen hast, aber ich bin auch nicht ganz unschuldig daran. Ich wollte dir doch nie derart wehtun. Hältst du mich wirklich für so egoistisch? Glaubst du tatsächlich, ich würde von dir verlangen, sie zu verlassen? Meinetwegen?«

Ich stelle mein Glas auf die Kücheninsel. »Du bist nicht egoistisch. Kylie ist dir wichtig, und du möchtest, dass die Dinge so bleiben, wie sie sind. War ja klar, dass ich auch das versaut habe. Ich hätte Kylie nie meine Liebe gestehen dürfen, sondern einfach weiter so tun müssen, als ob ich nichts für sie empfinde.«

»Du liebst sie wirklich?«, fragt Selene.

»Ja, Selene. Ich habe sie schon immer geliebt. Aber das spielt jetzt keine Rolle mehr.«

»Natürlich tut es das, Braxton. Wovon reden wir hier? Liebe? Wahre, echte Liebe?«

»Ja, wahre Liebe.« Ich will nicht weiter darüber reden.

»Die Sorte, die ewig hält?« Sie lässt nicht locker.

»Ja, ich hätte sie für immer und ewig geliebt und sie geheiratet.«

Selene klappt die Kinnlade herunter. »Was hast du gerade gesagt?«

Ich nehme einen großen Schluck Scotch. Großer Gott, habe ich das eben wirklich laut ausgesprochen? Das habe ich noch nie getan. Aber ich meine es ernst. Ich stelle das Glas ab. »Ich hätte sie geheiratet, Selene. Ohne zu zögern.«

»Das ist ja unfassbar.« Sie erhebt sich langsam vom Sofa. »Das ist das Krasseste, was wir je erlebt haben.«

Ich schüttele den Kopf. »Nein, das ist es nicht, denn hier heiratet keiner. Ich habe ihr das Herz gebrochen, hast du das etwa vergessen? Ich habe genau das getan, was ich ihr nie antun wollte.«

»Und?«

»Und deshalb hasst sie mich jetzt«, erkläre ich. »Sie hat mir gesagt, dass sie mich nie wiedersehen will. Und das hat sie ernst gemeint, das kannst du mir glauben.«

»Was willst du jetzt tun?«, fragt sie.

»Was ich tun werde? Ich werde mir die Birne mit Scotch zudröhnen, bis ich nichts mehr fühle. Ich werde mich dem Alkohol hingeben, bis ich wieder arbeiten muss. Und dann werde ich das irgendwie überleben. Auch wenn ich das eigentlich gar nicht will.«

»Du willst nicht um sie kämpfen?«

»Es gibt nichts mehr, für das es sich zu kämpfen lohnt«, stelle ich resigniert fest. »Ich habe uns beide zerstört.«

»Dann musst du das wieder in Ordnung bringen«, verlangt Selene und tritt zu mir. »Wir brauchen einen Plan.«

»Du bist betrunken.«

»Bin ich nicht«, entgegnet sie. »Und du wirst dich auch nicht weiter betrinken. Wir holen uns Kylie zurück.«

»Wir?«

»Ganz recht, *wir*«, beharrt sie. »Du hast das meinetwegen getan. Sie geht mir genauso aus dem Weg wie dir, und wir müssen uns beide bei ihr entschuldigen. Aber wir werden das wieder hinbiegen, Braxton.«

Ich starre sie an. »Du willst, dass ich sie zurückgewinne?«

»Natürlich will ich das.« Selene sieht mich ernst an. »Ich möchte, dass du glücklich bist. Ernsthaft, Braxton, ich wusste schon immer, dass du etwas für Kylie empfindest, aber ich dachte die ganze Zeit, du willst nur mit ihr schlafen. Aber wenn du sie liebst, solltest du auch mit ihr zusammen sein. Das ist doch etwas Wunderbares.«

Ein winziger Hoffnungsschimmer blitzt in mir auf. Kann das klappen? Kylie hat zwar gesagt, dass sie mich nie wiedersehen will, aber nur, weil ich sie von mir weggestoßen habe. Habe ich womöglich noch eine Chance bei ihr?

Ich greife mir an die Brust, als müsste ich meinem Herz Starthilfe geben. Verdammt, ich vermisse sie so sehr.

Dann raffe ich mich auf und sehe Selene in die Augen. »Okay, wie gehen wir vor?«

27
Kylie

Ich hole tief Luft, um meine Nerven zu beruhigen, während ich auf meinen Flug warte. *Seattle nach London, Abflug 15.15 Uhr, planmäßig.* Dann sehe ich auf das Display meines Handys, weil ich wissen will, wie spät es ist. In zehn Minuten fängt das Boarding an.

Braxton und ich wollten über Silvester nach London. Er hat uns sogar schon Tickets gekauft. Nachdem er mich verlassen hatte, habe ich gar nicht mehr an die Reise gedacht, aber vor ein paar Wochen beschloss ich, trotzdem zu fliegen. Ich träume seit Jahren davon, den Silvesterabend in London zu verbringen, und verschiebe es immer wieder. Dieses Jahr habe ich etwas Geld von meinen Designaufträgen übrig und bin der Ansicht, dass ich es auch ausgeben kann. Ich weiß nicht, was aus den Tickets geworden ist, die Braxton gekauft hat; wahrscheinlich hat er die Flüge storniert. Ich habe mir selbst eins gekauft, ein Hotel gebucht, und jetzt ziehe ich das endlich durch.

Ich wähle die Nummer meines Dads.

»Hey, Kylie«, meldet er sich. »Bist du am Flughafen?«

»Ja, ich warte aufs Boarding.«

»Hab viel Spaß, okay?«

»Danke, den habe ich bestimmt.«

»Guten Flug«, ergänzt er. »Ich weiß allerdings nicht, was ich davon halten soll, dass du allein so weit reist.«

»Es wird schon alles gut gehen, Dad«, beruhige ich ihn. »In ein paar Tagen bin ich schon wieder zurück.«

»Das ist ein weiter Weg für einen so kurzen Urlaub.«.

»Ich weiß, aber ich bekomme nicht länger frei«, erkläre ich. »Außerdem habe ich das Gefühl, dass es die Sache wert ist.«

»Das Gefühl habe ich auch«, meint er. »Ruf mich an, wenn du gelandet bist.«

Ich muss lächeln. »Versprochen. Hab dich lieb, Dad.«

»Ich hab dich auch lieb, Schatz.«

Kaum habe ich aufgelegt, kommt auch schon die Lautsprecherdurchsage, dass das Boarding der ersten Klasse anfängt. Erste Klasse zu fliegen wäre toll – es ist ein langer Flug –, aber *so* viel Geld habe ich nun auch nicht übrig.

Ich warte, bis ich an der Reihe bin, und spiele am Reißverschluss meiner Handtasche herum. Mein gesamter Urlaub ist durchgeplant. Ich will in Museen, ins Theater und shoppen gehen. Neujahr fliege ich nach Hause zurück, so dass ich mir meinen Traum erfüllen und zusehen kann, wie die Uhrzeiger von Big Ben sich auf Mitternacht zubewegen. Aus dem Internet weiß ich, dass es außerdem ein Riesenfeuerwerk geben wird.

Sobald ich im Flieger bin, setze ich mich auf meinen Platz und verstaue meine Handtasche neben meinen Füßen. Dann hole ich mein Handy heraus und schließe die Kopfhörer an. Ich habe eigens eine neue Abenteuer-Playlist erstellt. Zu guter Letzt stopfe ich ein paar Zeitschriften in die Sitztasche, lehne mich zurück und mache es mir so bequem wie möglich. Ich werde eine Weile hier sein.

Bei einem Blick auf mein Handy überlege ich, ob ich Selene schreiben soll. Ich habe sie seit Wochen nicht gesehen und mir irgendeine Ausrede ausgedacht, warum ich sie Weihnachten nicht besuchen konnte. Sie wäre bestimmt sauer, wenn ich ihr nicht wenigstens Bescheid sage, dass ich nach London fliege. Aber irgendwie kann ich es nicht tun. Ich vermisse sie, aber ich weiß, dass es nie wieder so wie früher sein wird. Die Kluft zwischen uns ist so breit, dass ich keine Ahnung habe, ob ich sie je überbrücken kann.

Das Schlimmste an alldem ist, dass es genauso meine Schuld wie Braxtons ist. Schließlich habe ich sie ebenfalls angelogen.

Ich lasse den Kopf zurücksinken und schließe die Augen. Eigentlich will nicht an ihn denken, aber es ist unvermeidbar. Er hat ein Loch in mir hinterlassen, das kein anderer je füllen wird. Ich vermisse ihn so sehr, dass es wehtut – es ist ein tief sitzender Schmerz, der nie vergeht, jedenfalls nicht vollständig.

Das Flugzeug wird voller und voller, und es dauert nicht lange, bis wir zur Startbahn unterwegs sind. Wieder sehe ich auf mein Telefon. Er wird mich nicht anrufen. Die Trennung ist jetzt sechs Wochen her, und ich habe seitdem nichts von ihm gehört.

Ich aktiviere den Flugmodus, schließe die Augen und entspanne mich, während die Maschine abhebt.

28
Braxton

Ich kriege immer nur die Mailbox ran«, sagt Selene. »Soll ich ihr eine Nachricht hinterlassen?«

»Nein«, antworte ich. »Noch nicht. Bestimmt ist nur der Akku leer. Sie vergisst ständig, ihr Telefon aufzuladen.«

Selene legt ihr Handy auf die Arbeitsplatte. Bisher haben uns unsere dreißig Minuten des Scotch-getränkten Pläneschmiedens nur auf die glorreiche Idee gebracht, dass Selene Kylie anrufen könnte, denn bei mir würde sie garantiert nicht rangehen.

Und dann? Keine Ahnung.

»Wollen wir zu ihrer Wohnung fahren?«, schlägt Selene vor.

Ich bin viel zu betrunken, um mich noch ans Steuer zu setzen. »Kannst du denn noch fahren?«

»Gutes Argument.« Sie schiebt den Scotch weit von sich weg. »Wir könnten ein Uber nehmen, aber wir müssen sowieso erst wieder nüchtern werden.« Sie gießt uns zwei Gläser Eiswasser ein. »Ich kann ihr schreiben, und wenn sie ihr Handy geladen hat, antwortet sie bestimmt. So wissen wir wenigstens, wann sie wieder erreichbar ist.«

»Okay«, sage ich. »Das ist ein Anfang.«

Sie tippt etwas. »Na gut. Jetzt heißt es abwarten.«

Ich seufze schwer. Das ist doch alles Mist. Ich bin so aufgekratzt, dass ich kaum still sitzen kann, und laufe aus der

Küche ins Wohnzimmer und wieder zurück. »Ich will aber nicht warten.«

»Du könntest dir in der Zwischenzeit überlegen, was du ihr sagen willst.«

Ich verharre und werfe ihr über die Schulter einen Blick zu. »Das ist nicht hilfreich.«

»Ich meine es ernst«, gibt Selene zurück.

»Wenn ich sie sehe, wird mir schon etwas einfallen.«

»Ich sag dir was«, meint Selene. »Du bleibst heute Nacht hier. Wer weiß, wann sie antwortet. Sobald sie es tut, sehen wir weiter. Aber bis dahin schauen wir uns einen Film an oder machen was anderes, damit du kein Loch in meinen neuen Läufer trampelst.«

Ich hole tief Luft und reibe mir energisch übers Gesicht. Zwar bezweifle ich, dass ich mich entspannen kann, bevor ich Kylie sehe, aber im Moment gibt es nichts, was ich in der Richtung unternehmen kann.

—

Ich will mich auf die andere Seite drehen und falle fast von der Couch. Mist, ich bin hier eingeschlafen. Ich hätte ins Bett gehen sollen, aber ich dachte nicht, dass ich überhaupt schlafen kann.

Benommen stehe ich auf und fahre mir durch die Haare. Selene ist nirgends zu sehen, aber ihr Handy liegt auf dem Wohnzimmertisch. Es blinkt. Ich aktiviere das Display und stelle fest, dass sie einen dämlichen Passwortschutz aktiviert hat. Verdammt.

Ich renne die Treppe hoch und klopfe an ihre Tür. »Selene, wie ist dein Handy-Passwort?«

Ich höre eine dumpfe Antwort.

»Komm raus, du hast eine Nachricht.«

Sie öffnet die Tür und bindet sich den Morgenmantel zu. Ihre Haare sind völlig zerzaust, und sie reibt sich die Augen. Sie nimmt mir das Telefon ab und malt ein kleines Dreieck auf den Bildschirm.

»Ist es Kylie?«, frage ich.

»Ja«, antwortet sie und runzelt die Stirn. »Hier steht nur: ›Entschuldige, dass ich deine Nachricht verpasst habe. War beschäftigt. Bis bald.‹ Aber der Zeitstempel ist 3.27 Uhr. Wieso hat sie mir mitten in der Nacht geschrieben?«

Beschäftigt? Um drei Uhr morgens?

Verdammt. Ist sie vielleicht bei irgendeinem Mann?

»Ruf sie an«, fordere ich meine Schwester auf.

»Es ist sechs Uhr früh, Braxton. Selbst, wenn sie vor drei Stunden noch wach war, heißt das nicht …«

»Ruf einfach an, okay?«

Selene unterdrückt ein Gähnen und wählt Kylies Nummer. Sie hält sich das Telefon ans Ohr und schüttelt den Kopf. »Es geht nur die Mailbox ran.«

»Hat es geklingelt?«

»Nein«, sagt sie. »Ihr Handy ist bestimmt aus.«

»Mist.«

»Komm schon, Brax, es ist noch früh. Leg dich noch ein paar Stunden hin. Wir rufen sie später noch mal an.«

Ich gehe in mein Zimmer, obwohl ich genau weiß, dass ich nicht mehr schlafen kann. Daher dusche ich und ziehe mir saubere Kleidung an. Als ich damit fertig bin, ist Selene noch nicht aus in ihrem Zimmer gekommen, und ich verlasse leise das Haus.

Dann fahre ich zu Kylies Wohnung und entdecke davor ihren Wagen. Ich bin drauf und dran, einfach bei ihr anzuklopfen, beschließe aber, lieber zu warten. Einerseits, weil ich vorher noch etwas erledigen will, und andererseits, weil ich furchtbare Angst habe, sie könnte nicht allein sein.

—

»Wo warst du?«, begrüßt mich Selene, als ich ein paar Stunden später zu ihr zurückkehre.

»Ich musste etwas erledigen«, erwidere ich. »Ich war bei Ky. Ihr Auto ist noch da.«

»Hast du sie gesehen?«, fragt Selene aufgeregt.

»Nein, es war noch zu früh«, sage ich. »Außerdem … Ach, verdammt, Selene … Was ist, wenn sie letzte Nacht mit jemandem zusammen war?«

Kurz flackert Schmerz in ihren Augen auf. »Daran habe ich auch schon gedacht. Aber das kann ich mir nicht vorstellen. Wir sollten nicht durchdrehen, solange wir nicht wissen, was los ist.«

»Hat sie angerufen?«

»Nein«, antwortet Selene. »Obwohl ich es noch ein paarmal versucht habe. Aber jedes Mal geht gleich die Mailbox ran. Sie wird mich für einen Psycho halten, wenn sie die vielen verpassten Anrufe sieht.«

»Lass uns einfach zu ihr fahren. Wenn jemand bei ihr ist …« Ich kann den Satz nicht zu Ende bringen. »Ich weiß auch nicht, aber ich kann nicht einfach rumsitzen und darauf warten, dass sie ihr Handy einschaltet.«

Wir parken vor Kylies Apartment. Ihr Auto steht immer noch auf dem üblichen Platz. Mein Herz hämmert auf dem

Weg zu ihrer Tür wie wild. Wir haben beide Schlüssel, klopfen aber dennoch lieber an.

Keine Reaktion.

Selene sieht besorgt aus. Sie zückt ihr Handy und wirft einen Blick auf das Display, als könnte wie von Zauberhand plötzlich eine Nachricht von Kylie aufgetaucht sein.

Ich klopfe noch einmal. Wir warten.

Niemand antwortet.

»Was zum Geier ist hier los?«, schimpfe ich.

»Ich sage das nur ungern, aber vielleicht hat sie letzte Nacht nicht hier geschlafen?«, deutet Selene an.

Mein Magen zieht sich zusammen. Das ist durchaus denkbar. Wenn Kylie mit jemandem aus war, hat er sie wahrscheinlich in seinem Wagen abgeholt, und darum steht ihrer noch vor der Tür. Und wenn es gut lief, ist sie sicher mit ihm nach Hause gegangen.

»Lass uns reingehen.« Ich zücke meinen Schlüssel.

»Was? Nein, das können wir nicht machen.«

»Wieso nicht?«, will ich wissen.

»Weil das so was wie ein Einbruch wäre.«

»Blödsinn. Ich habe einen Schlüssel.«

»Das ist keine gute Idee«, murmelt Selene, folgt mir aber trotzdem in die Wohnung.

Kylie ist eindeutig nicht zu Hause. Alles ist blitzblank. Kein Geschirr in der Spüle, kein herumliegender Krimskrams auf dem Tisch oder der Couch. Ich werfe einen Blick in ihr Schlafzimmer. Das Bett ist gemacht, und ich kann keine Anzeichen dafür erkennen, dass kürzlich jemand hier war.

Es sieht jedenfalls nicht so aus, als hätte sie gestern Nacht hier geschlafen.

Meine Brust fühlt sich ganz hohl an, und erneut macht sich diese Leere in mir breit. Ich komme zu spät.

»Das tut mir so leid.« Selene reibt mir über den Rücken. »Könnte sie vielleicht bei ihrem Dad übernachtet haben?«

»Nein. Das tut sie nie.«

Selene seufzt und sieht sich fragend um. Als ihr Handy vibriert, lässt sie es beinahe fallen. Sie hält sich eine Hand vor den Mund, während sie etwas liest.

Mein Herzschlag beschleunigt sich. »Hat sie sich gemeldet?«

»Ja«, antwortet Selene und sieht mir in die Augen. »Sie schreibt, sie ist in London.«

Ich muss lachen.

»Was hast du?«, will Selene wissen. »Was ist daran so komisch? Was macht sie in London?«

Verdammt, ich bin so stolz auf sie. »Das ist eine Sache, die sie schon immer machen wollte. Wir wollten über Silvester zusammen hinfliegen. Ich habe die Tickets inzwischen storniert, aber ich schätze, sie hat beschlossen, trotzdem zu fliegen. Schnell, frag sie, ob sie allein unterwegs ist.«

Selene tippt, und wir warten.

»Sie sagt, sie ist allein in London.«

Mir geht das Herz auf, und ich lege mir eine Hand auf die Brust. Es ist also doch niemand bei ihr. Ich kann das noch hinbiegen. »O Gott. Das ist die beste Nachricht, die ich seit sechs Wochen gehört habe. Lass uns gehen.«

Ich renne beinahe zur Tür.

»Wohin wollen wir denn jetzt?«, ruft Selene verwirrt.

»Nach Hause und packen«, erwidere ich. »Wir fliegen nach London.«

29
Braxton

Derart kurzfristig einen Flug zu ergattern, ist eine echte Herausforderung. Die nächsten fünf Flüge, auf denen noch Sitzplätze verfügbar sind, haben einen Zwischenstopp in Städten wie Chicago und Denver, die allesamt in Schnee ertrinken. Ich werde einen Teufel tun und riskieren, auf dem Weg nach London in einem Blizzard stecken zu bleiben. Am liebsten würde ich früher losfliegen, aber schließlich buche ich einen Direktflug, der morgen abfliegt und Silvester um die Mittagszeit in London landet.

Die Stunden des Wartens ziehen sich endlos in die Länge. Ich bestehe darauf, drei Stunden zu früh zum Flughafen zu fahren. Selene findet das übertrieben, aber ich sitze lieber sinnlos am Gate herum, als beim Sicherheitscheck aufgehalten zu werden und den Flug zu verpassen.

Ich schlürfe meinen Kaffee, während Selene neben mir ein Buch liest. Am Flughafen ist viel los – überall um uns herum wimmelt es von Menschen.

»Das kommt jetzt vielleicht ein bisschen spät«, meint Selene, »aber wir könnten auch einfach warten, bis sie wieder nach Hause kommt. Es ist ja nicht so, als wäre sie umgezogen. Sie macht bloß Urlaub.«

Ich schüttele bestimmt den Kopf. »Nein.«

»Na gut, wir sind hier, dann können wir auch fliegen«, räumt sie ein.»Ich wollte nur erwähnen, wie durchgeknallt diese Aktion ist.«

»Hätten wir einen Flug für gestern bekommen, wäre ich gestern geflogen«, stelle ich fest.»Ich warte keine Minute länger als nötig.«

Selene lächelt mich an.

»Was ist?«

»Ach, nichts.« Sie schüttelt den Kopf.»Ich hätte nur nie geglaubt, dass ich diesen Tag erlebe.«

»Welchen Tag?«

»Nicht so wichtig.«

Unser Flieger hat Verspätung. Natürlich. Wir warten noch zwei Stunden, ehe wir endlich einsteigen dürfen. Als wir auf unseren Plätzen sitzen, kann ich kaum stillhalten. Selene klopft mir ständig aufs Knie, damit ich mit dem Zucken aufhöre.

Zehn Stunden sind eine lange Zeit, wenn man in einer riesigen Metallröhre feststeckt, die in zehntausend Metern Höhe durch die Luft saust. Ich lasse mir einen Drink bringen, um mich zu beruhigen, und nicke irgendwann ein. Selene schläft ein paar Stunden mit dem Kopf auf meinem Arm.

Als wir landen, bin ich hellwach. Die Reifen berühren den Boden, und ich vibriere förmlich vor Adrenalin. Ich weiß nicht, wo Kylie ist oder wie ich sie finden soll. Sobald wir wieder ein Netz haben, ruft Selene ihre Nachrichten ab, aber Kylie hat sich nicht mehr gemeldet. Ich kann nur hoffen, dass sie sich wenigstens regelmäßig bei ihrem Dad meldet, denn ihre Angewohnheit, im Ausland das Handy auszuschalten, beunruhigt mich.

Wir haben kein Gepäck eingecheckt, trotzdem dauert es eine Weile, bis wir den Zoll und die Formalitäten hinter uns haben.

Beim Verlassen des Flughafens ruft Selene Kylies Dad an, um herauszufinden, wo sie steckt. Ich würde es ja tun, aber ich weiß nicht, was er momentan von mir hält. Inzwischen weiß er bestimmt, was ich Kylie angetan habe, und mir ist klar, dass ich mich bei ihm entschuldigen muss, aber im Moment stecken wir in einer Millionenstadt fest, und mein einziger Gedanke gilt Kylie.

»Hi, Henry«, grüßt Selene, als er abhebt. »Ja, mir geht's gut. Ich falle gleich mit der Tür ins Haus. Weißt du, wo Kylie ist? Genau, sie ist nach London geflogen. So viel weiß ich, aber weißt du auch, wo genau sie untergekommen ist?« Selene schweigt und lauscht. »Ja, wir versuchen auch, sie zu erreichen.« Selene sieht mich an. »Ach, ihr Akku war leer, und sie musste erst einen Adapter kaufen, um das Telefon aufzuladen? Okay, aber wo übernachtet sie? Ähm, wir sind nämlich auch hier. Ja, in London. Ja, Braxton steht neben mir. Genau. Wir sind gerade gelandet. Okay, Morton Hotel. Alles klar. Ja, ich melde mich später.«

Sie legt auf. »Morton Hotel.«

Ich rufe bereits die Website des Hotels auf dem Handy auf. Wir stellen uns in der Taxischlange an. Die U-Bahn wäre deutlich günstiger, aber das interessiert mich im Augenblick herzlich wenig.

Der Wagen setzt uns vor dem Hotel ab. Der Eingangsbereich ist hübsch – ein hoher Bogengang, Glastüren und Stuck. Ich halte direkt auf die Rezeption zu. Mir ist zwar klar, dass sie mir nicht verraten werden, in welchem Zimmer Kylie abgestiegen ist, aber wo wir schon mal hier sind, kann ich auch gleich eins für Selene besorgen, damit wir wenigstens eine Ausgangsbasis haben und unsere Sachen dort deponieren können. Wir haben nicht viel Gepäck dabei, aber wer weiß, wie lange wir nach Kylie suchen müssen, und wir haben keine Lust, zu viel mit uns herumzuschleppen.

Ich buche kein Zimmer für mich. Heute Nacht werde ich bei Kylie sein.

»Kann ich einem Ihrer Gäste eine Nachricht hinterlassen?«, erkundige ich mich, als Selenes Zimmerbuchung erledigt ist.

»Selbstverständlich«, erwidert die Frau an der Rezeption. »Welche Zimmernummer?«

»Das weiß ich leider nicht«, erkläre ich. »Sie können nicht zufällig für mich nachsehen?«

»Leider nicht«, antwortet sie.

Ich schüttele den Kopf. »Das dachte ich mir.« Ich schnappe mir eine der Visitenkarten und kritzele etwas darauf.

Ich liebe dich. Brax

»Könnten Sie dafür sorgen, dass das in Kylie Winters' Zimmer gebracht wird?«

»Ja, das ist kein Problem.«

»Danke.«

Ich reiche Selene den Zimmerschlüssel, und wir gehen zur Treppe.

»Was machen wir jetzt?«, will sie wissen.

»Du siehst erschöpft aus. Leg dich ein Weilchen hin«, schlage ich vor. »Ich halte hier unten Ausschau nach Kylie. Vielleicht taucht sie ja auf.«

»Großer Gott, Braxton, sie könnte überall sein«, gibt Selene zu bedenken.

»Ja, ich weiß. Aber wir werden sie finden.«

Sie holt tief Luft. »Okay, ruf mich an, wenn du sie siehst.«

»Mach ich.«

Selene nimmt mir den Rucksack ab und geht nach oben. Ich suche mir einen Sessel, von dem aus ich die Lobby und den Eingang überblicken kann. Auch wenn ich todmüde bin, habe ich nicht vor, sie zu verpassen, wenn sie ins Hotel kommt.

—

Ich schrecke aus dem Schlaf hoch. So ein Mist, ich bin in der verdammten Hotellobby eingenickt. Ich sehe auf mein Handy, doch da sind weder verpasste Anrufe noch Nachrichten. Es ist 17.30 Uhr. Das heißt, ich war etwa eine Stunde weggetreten. Ich kann nur hoffen, dass ich sie nicht verpasst habe. Es ist höchst unwahrscheinlich, dass sie einfach an mir vorbeigegangen ist, ohne mich zu bemerken, aber andererseits rechnet sie auch nicht mit mir. Hoffentlich wurde meine Nachricht inzwischen auf Kylies Zimmer gebracht. Sie wird meine Handschrift erkennen und wissen, dass ich hier bin.

Vermutlich wäre es schlau, am selben Ort zu bleiben und auf sie zu warten, aber nach zehn Minuten halte ich es nicht mehr aus. Es ist ziemlich bescheuert von mir zu glauben, dass ich ihr in dieser Riesenstadt zufällig über den Weg laufen könnte, aber das ist mir egal. Ich muss irgendetwas tun, statt nur auf dem Hintern zu sitzen. Kurz überlege ich, Selene zu wecken, damit sie weiterhin die Lobby im Auge behält, entscheide mich jedoch dagegen. Sie würde wahrscheinlich ohnehin nur genau wie ich im Sessel einschlafen. Ein Nachtflug und acht Stunden Zeitunterschied sind wirklich nicht ohne.

Ziellos durch London zu streifen, wird nichts bringen, also konzentriere ich mich auf die Fakten. Wohin würde Kylie gehen? Welche Sehenswürdigkeiten würde sie besuchen? Ich suche im Internet nach möglichen Zielen, wähle ein paar aus, die Sinn ergeben, und begebe mich hinaus in die Kälte.

Die Sonne ist schon untergegangen, und der klare Himmel verheißt eine eisige Nacht. Ich habe einen Mantel dabei und gehe trotzdem in einen Laden, um mir Mütze, Schal und ein Paar schwarze Lederhandschuhe zu kaufen. Da ich schon einmal in London war, finde ich mich schnell zurecht. Ich nehme die U-Bahn zu diversen Zielen, an denen sie sich aufhalten könnte, und werfe immer wieder einen Blick auf mein Handy in der Hoffnung, dass sie meine Nachricht bekommen hat und sich meldet.

Die Möglichkeit, dass sie meine Nachricht gelesen haben könnte und mich absichtlich nicht anruft, ignoriere ich geflissentlich.

Ich betrete ein Geschäft und kaufe ihr einen Adapter, damit sie ihr verdammtes Telefon aufladen kann.

Gegen 21 Uhr bin ich halb verhungert, also hole ich etwas zu essen und bringe es zum Hotel. Selene ist wach und hat geduscht. Sie fragt mich, wie mein Abend verlaufen ist, aber ich habe nichts als schmerzende Füße vorzuweisen.

»Okay, was wollen wir machen?«, fragt sie, nachdem wir gegessen haben. »In der Lobby Ausschau nach ihr halten?«

Ich sehe auf die Uhr. Es ist kurz nach zehn. Immer noch kein Anruf.

»Du kannst nach unten gehen und Wache halten«, erwidere ich. »Ich ertrage dieses Nichtstun nicht länger und drehe langsam durch. Doch ich habe noch ein paar Ideen, wo sie sein könnte.«

»Okay, wie du meinst.«

Ich lasse Selene in der Lobby zurück und gehe wieder hinaus

in die Kälte. Unterwegs komme ich an Pubs vorbei, in denen die Silvesterpartys langsam Fahrt aufnehmen, kann Kylie allerdings nirgends entdecken. Ich rede mir ein, dass mich mein Instinkt schon zu ihr führen wird, aber wo ich auch hingehe – sie ist nicht da.

Wieder steige ich in die U-Bahn und fahre in einen anderen Stadtteil. Ich stolpere in ein Café und wärme mich ein Weilchen auf. Obwohl ich dick eingepackt bin, friere ich erbärmlich. Selene schreibt mir einmal, aber leider ohne gute Neuigkeiten. Sie hat sie auch nicht gesehen. In der Hotelbar steigt eine Party, und Selene verspricht, weiter Ausschau nach Kylie zu halten, doch bisher hatte sie keinen Erfolg.

Langsam keimt in mir der Verdacht auf, dass Selenes Ratschlag gar nicht so dumm war. Wir hätten einfach auf Kylies Rückkehr warten sollen. Mr Winters sagte, sie würde morgen zurückfliegen. Es wäre deutlich leichter – und billiger – gewesen, wenn wir einfach zu Hause geblieben wären. Vielleicht habe ich ja doch den Verstand verloren.

Aber ich konnte nicht warten. Und ich kann es immer noch nicht. Es geht unaufhaltsam auf Mitternacht zu, und mich überkommt ein Gefühl der Dringlichkeit. Plötzlich habe ich Angst, dass ich das neue Jahr auch ohne sie an meiner Seite beenden werde, wenn es mir nicht gelingt, es zusammen mit ihr einzuleiten. Es kommt mir so vor, als würde ich gerade alle meine Chancen bei ihr verspielen.

Ich denke an heute vor einem Jahr zurück. Wir waren auf der Party meiner Schwester, und Kylie stand in ihrem heißen schwarzen Kleid und den sexy roten High Heels in der Küche, und sie war allein, weil der Typ, mit dem Selene sie verkuppeln wollte, sie im Stich gelassen hatte. Ich hätte sie damals beinahe geküsst. Ich war garantiert betrunken, und es wäre dämlich gewesen, das zu tun – schließlich hatte ich zu diesem Zeitpunkt eine Beziehung. Mir fällt wieder ein, dass Kylie meinte, sie wolle das neue Jahr richtig anfangen. Tags zuvor hatten wir noch von Vorsätzen und Veränderung gesprochen, und in meinem Hinterkopf machte sich ein neuer Gedanke breit: Und wenn das unser Jahr wird? Wenn diesmal *ich* derjenige bin, der sie Silvester küssen darf?

Ich war so nah dran. Und nun läuft mir die Zeit davon.

In dem Moment fällt es mir wieder ein.

Big Ben. Sie wollte um Mitternacht vor der Uhr stehen.

Ich renne aus dem Restaurant und betrete die nächstbeste U-Bahn-Station. Verdammt, wie komme ich dorthin? Ich studiere die Karte auf der Suche nach der besten Route und steige in den Zug.

Dann sehe ich auf die Uhr. 23.42 Uhr. Scheiße. Wie lange dauert es, bis ich dort ankomme?

Der Zug hält am richtigen Bahnhof. Ich renne die Treppe hinauf und auf die Straße.

Halb London hat sich hier versammelt. Es sind unzählige Menschen. Die Kälte scheint die Leute nicht vom Feiern abhalten zu können. Umgeben von verrückten Hütchen, wedelnden Glühstäben und blinkenden Halsketten drängele ich mich durch die Menschenmassen und halte den Blick starr auf die große Uhr gerichtet.

Hier werde ich sie nie finden.

Ich komme Westminster immer näher, aber die Leute stehen dicht gedrängt. Irgendwo hier muss sie sein. Deshalb ist sie schließlich hergekommen. Ich sehe zur Uhr hinauf. Noch fünf Minuten.

Mein Handy vibriert, aber es ist nur eine Nachricht von Selene. *Gefunden?*

Ich schicke ihr schnell ein *Nein* und lasse weiter den Blick schweifen.

Mein Atem kondensiert in der kalten Nachtluft. Verzweifelt sehe ich allen, an denen ich vorbeilaufe, ins Gesicht.

Verdammt, Kylie, ich bin hier. Ich bin den ganzen Weg hergekommen. Wo steckst du?

23.56 Uhr.

Um mich herum wogt die Masse. Sie ist nicht hier. Sie kann Menschenmengen nicht ausstehen. Hier würde sie nicht stehen, sondern an einer Stelle, von der aus sie die Uhr sehen kann, ohne halb zu ersticken. Ich drehe mich um und drängele mich aus dem Pulk. Abermals sehe ich auf die Uhr.

23.57 Uhr.

Die Stimmung um mich herum wird immer ausgelassener. Die Leute jubeln, pusten in ihre Tröten und halten die Handys in die Luft, um Fotos zu schießen. Irgendein betrunkener Idiot rempelt mich an, und ich fange ihn auf und stelle ihn wieder auf die Beine. Sofort laufe ich weiter durch die dünner werdende Menge und schaue mich um.

23.58 Uhr.

Ich entdecke sie, bevor sie mich sieht. Mein Brustkorb zieht sich zusammen; ich atme gepresst aus. Gott, sie ist so wunderschön. Sie trägt eine cremefarbene Mütze und einen schwarzen Mantel mit dickem Kragen. Ihre Wangen sind von der Kälte gerötet, und sie starrt auf die Uhr, während sie sich in die Hände haucht, um sie zu wärmen.

Mein Herz droht, mir aus der Brust zu springen. Ich bin überwältigt von der unbändigen Sehnsucht, sie in den Armen zu halten, und gleichzeitig starr vor Angst, dass sie mir nicht vergeben kann. Es fällt mir nicht leicht, zu ihr zu gehen, und ich konzentriere mich auf jeden Schritt.

Sie dreht den Kopf, reißt die Augen auf und starrt mich überrascht und mit offenem Mund an.

Jetzt weiß sie, dass ich da bin.

30
Kylie

Mit pochendem Herzen starre ich den Mann an, der auf mich zukommt. Das kann nicht Braxton sein. Ich bin in London. Er weiß nicht, dass ich hier bin. Und selbst wenn er es herausgefunden hat, müsste er zu Hause in Seattle sein. Nicht hier. Aber er *ist* hier.

Er ist so umwerfend wie eh und je, dieser Blödmann, trägt einen dunklen Wollmantel samt Schal und ist dabei, sich die schwarzen Lederhandschuhe auszuziehen, um sie sich in die Tasche zu stopfen. Eine Mütze bedeckt sein Haar, aber sie unterstreicht nur sein kantiges Kinn und den sengenden Blick seiner braunen Augen.

Mein Magen schlägt Purzelbäume, und mein Herz schlägt viel zu schnell. Wie gelähmt und fassungslos starre ich ihn an. Ich weiß nicht, ob ich ihm lieber in die Arme fallen oder ihm eine scheuern soll, weil er einfach so hier auftaucht und mir mein Silvester versaut.

Ich will wütend sein. Ich will mich von ihm abwenden und ihm sagen, dass es mein Ernst war, als ich ihm sagte, dass ich ihn nie wieder sehen will. Aber er kommt immer näher, und sein Blick macht mich verrückt. Zwischen seinen Augen bildet sich eine Furche, und er mahlt mit dem Kiefer. Er sieht so ... verletzlich aus. Sein Blick wandert an meinem Körper entlang, als hätte er nie erwartet, mich je wiederzusehen.

Vielleicht war das ja auch so.

Die Leute fangen an, die Sekunden herunterzuzählen.

Zehn, neun …

Er steht direkt vor mir und sieht mich mit schmerzerfüllten Augen an. Mir kommen die Tränen, und ich beiße mir auf die Unterlippe, weil ich nicht weinen will.

Acht, sieben …

Er wendet den Blick nicht von mir ab. Ich bin wie in Trance. Seine Gegenwart ist betörend.

Sechs, fünf …

Als er näher kommt, blicke ich zu ihm auf.

Vier, drei …

Er senkt den Kopf, und mir entgeht nicht, wie schwer er atmet.

Zwei …

Schon spüre ich seine Hand, die er unter meinen offenen Mantel schiebt und an meine Hüfte legt. Er zieht mich an sich.

Eins.

Er erobert meinen Mund und liebkost mich mit der Zunge. Ich heiße ihn willkommen, atme tief ein und klammere mich an seinen Mantel, um ihn näher an mich heranzuziehen. Seine Lippen fühlen sich so gut an, so perfekt, so richtig. O Gott, ich habe ihn so vermisst. Eine Träne rinnt mir über die Wange. Seine Arme umfangen mich stark und besitzergreifend. Er legt mir eine Hand an den Hinterkopf und zieht den Kuss in die Länge. Selbst, wenn ich es versuchte, könnte ich mich nicht von ihm lösen.

Ich halte mich an seinem Kragen fest, lasse mich fallen und löse mich auf. Er verschlingt mich − nimmt mich in Besitz.

Das Feuerwerk und die jubelnde Menge nehme ich nur vage wahr.

Er hört nicht auf, mich zu küssen. Ich bin umgeben von seinem Duft, der mich betörend und vertraut umwabert. Sein Mund ist so warm und weich. Ich verschmelze mit ihm, als wäre mein Körper flüssig, und staune, dass ich mich auf den Beinen halten kann.

Dann zieht er sich zurück, doch seine Lippen ruhen noch immer auf meinen. Er hält mich eng umschlungen, und sein Atem weht mir heiß ins Gesicht.

Meine Schultern beben, und ich kann die Tränen nicht länger zurückhalten.

Er unterbricht den Kuss und drückt mich fest an sich, während ich an seiner Brust schluchze. Das kann nicht wahr sein. Nichts davon passiert wirklich.

»Es tut mir so leid, Kylie«, raunt er mir ins Ohr. »Bitte sag, dass ich dich nicht für immer verloren habe. Bitte, Baby Girl.« Seine Stimme klingt brüchig. »Ich liebe dich.«

Ich lehne mich zurück, um ihn anzusehen, während ich nicht aufhören kann zu weinen. Er wischt mir mit dem Daumen über die Wange. Meine Kehle ist wie zugeschnürt, und ich weiß nicht, ob ich einen Ton herausbringe. Ich öffne den Mund und spüre, wie meine Unterlippe bebt. »Ich liebe dich auch.«

Seine Knie geben ein wenig nach, und er hält sich an mir fest. Eine Sekunde lang fürchte ich, wir könnten den Halt verlieren, aber er bleibt stehen. Er umklammert mich und vergräbt das Gesicht an meinem Hals. »Gott, Kylie, ich liebe dich so sehr«, flüstert er. »Ich werde dich nie wieder verlassen. Niemals. Das schwöre ich.«

Ich schnappe zitternd nach Luft, lege ihm die Arme um den Hals und halte mich wie eine Ertrinkende an ihm fest.

Braxton. Mein Braxton.

Irgendwann zieht er sich zurück. Der Feuerwerkslärm hallt immer noch durch die Luft, und die Menge jubelt bei jedem neuen Knall.

Endlich finde ich die Stimme wieder. »Was machst du hier?«

»Ich musste dich sehen«, antwortet er. »Ich konnte nicht warten.«

Langsam wird mir bewusst, was hier eigentlich passiert: Braxton steht hier bei mir. Mitten in der Nacht. Mitten in London.

»Wann bist du angekommen?«

»Wir sind heute Nachmittag gelandet«, erklärt er. »Wir suchen dich schon seit Stunden.«

»Wir?«

»Ja. Selene hält in der Hotellobby nach dir Ausschau.«

Ich starre ihn erstaunt an. »Selene ist auch hier?«

Er nickt. »Natürlich. Sie wollte helfen.«

»Helfen? Ich kann dir nicht folgen.«

»Ich habe einen Riesenfehler gemacht, Kylie. Dich zu verlassen, war das Idiotischste, was ich je getan habe, und ich habe in meinem Leben schon eine Menge Mist gebaut.« Er legt mir eine Hand an die Wange. »Nichts von dem, was ich an dem Abend zu dir gesagt habe, habe ich ernst gemeint. Ich dachte, ich müsste es tun. Irgendwie habe ich geglaubt, mich zwischen dir und meiner Schwester entscheiden zu müssen, und ich sah keinen anderen Ausweg. Aber ich hatte unrecht. Es war so falsch, und ich tue alles, um das wieder hinzubiegen.«

Ich hole tief Luft und zittere am ganzen Körper. »Ich kann nicht fassen, dass du wirklich hier bist.«

»Es hat lange genug gedauert, bis mir wieder eingefallen ist, wo du sein würdest«, gesteht er. »Ich hätte es fast nicht geschafft.«

»Bist du wirklich meinetwegen um die halbe Welt geflogen, Braxton?«

»Ja«, antwortet er, und wieder ist da diese Furche zwischen seinen Augen. Sein Blick ist ernst. »Das bin ich. Ich musste es tun. Ich muss dich etwas fragen, und zwar jetzt und hier.«

Er streichelt mein Gesicht, während sein Blick mich von oben bis unten verschlingt, so wie damals, an dem Abend, an dem er mir sagte, dass er mich begehrt. An dem Abend, an dem sich alles geändert hat.

Mein Atem geht auf einmal schneller.

»Kylie«, sagt er ernst. Ehe ich weiß, wie mir geschieht, nimmt er meine Hände und geht auf ein Knie.

Ich reiße die Augen auf und starre ihn staunend an, während mir der Atem stockt. Das kann doch nicht sein Ernst sein …

»Ich liebe dich, Baby Girl. Ich habe dich schon immer geliebt. Ich gehöre dir, und ich möchte, dass du für immer die Meine bist.« Er greift in die Innentasche seines Mantels und holt etwas hervor. Etwas Kleines, das er vorsichtig zwischen Daumen und Zeigefinger hält.

Einen Ring.

Ich schlage mir eine Hand vor den Mund.

Er schenkt mir ein Lächeln, das mir den Verstand raubt und mich vergessen lässt, wo ich bin. Das Lächeln, das der Luft sämtlichen Sauerstoff entzieht. »Was sagst du, Ky? Willst du meine Frau werden?«

Ich sehe ihm tief in die Augen. Sein Blick ist offen. Ehrlich. Er hat nichts zu verbergen.

Erneut kommen mir die Tränen, aber diesmal entfleucht mir ein Lachen.

»Ja«, krächze ich mühevoll, weil ich gleichzeitig lächeln, lachen und weinen muss.

Er erhebt sich, schließt mich in die Arme und hebt mich hoch, damit unsere Gesichter auf gleicher Höhe sind. Dann küsst er mich, und seine Lippen fühlen sich so weich an. Die Leute um uns herum klatschen und jubeln, und aus dem Augenwinkel nehme ich mehrere Kamerablitze wahr. Er setzt mich ab und nimmt meine linke Hand. Dann streift er mir den Ring über, während er mir in die Augen sieht.

»So«, murmelt er. »Jetzt bist du für immer mein.«

Epilog
Kylie

Selene nimmt mir mit gespielter Entrüstung das Champagnerglas aus der Hand. »Du kannst dich doch nicht vor deiner eigenen Hochzeit betrinken.«

Ich muss lachen. »Ich betrinke mich nicht und habe gerade mal ein Glas getrunken.«

Sie macht sich lächelnd daran, mir den Eyeliner aufzutragen. »Okay, aber du machst es mir verdammt schwer, dich zu schminken.«

Ich halte still und blicke nach unten, während sie den Eyeliner mit dem Finger verreibt. Noch trage ich mein Hochzeitskleid nicht, aber ich bin schon frisiert und mir fällt das Haar in lockeren Wellen über die Schultern. Ich wollte nichts allzu Aufwendiges, und die Visagistin war großartig. So schön habe ich mich in meinem ganzen Leben noch nicht gefühlt.

Selene verteilt Mascara auf meinen Wimpern und hält kurz inne, um ihr Werk zu begutachten. Sie wischt etwas unter einem Auge weg. »So. Du siehst ...« Auf einmal wird sie still und verzieht das Gesicht. Sie runzelt die Stirn, und ihr kommen die Tränen.

»Lass das!« Ich verpasse ihr einen Klaps auf den Arm. »Du darfst jetzt nicht weinen, sonst weine ich auch und ruiniere mein Make-up.«

Sie presst sich eine Hand auf den Mund. »Entschuldige, Kylie, ich kann nichts dafür. Du siehst so wunderschön aus, und du heiratest meinen Bruder, was bedeutet …«

Ich umarme sie. »Wir sind schon immer Schwestern gewesen, Süße«, flüstere ich ihr ins Ohr.

»Ich hab dich so lieb.«

Ich beiße mir auf die Lippe, damit ich nicht auch noch weinen muss. »Ich dich auch.«

Selene holt tief Luft. »Okay, tut mir leid, ich höre schon auf. Ziehen wir dir dein Kleid an.«

Sie hilft mir dabei. Es ist trägerlos, glatt und mit genau der richtigen Menge an Perlen besetzt, damit der Stoff ein bisschen glitzert. Ich halte mein Haar hoch, damit Selene den Reißverschluss zuziehen kann.

Die Hochzeitsplanerin Ellen steckt den Kopf durch die Tür.

»Alles bereit?«

»Ja«, antworte ich.

Abermals lächelt mich Selene an. Sie sieht in ihrem bodenlangen silberfarbenen Kleid, das eine Schulter freigibt, wundervoll aus. Ihr dunkles Haar ist hochgesteckt, nur ein paar Strähnen hängen herab.

»Wunderbar, dann warten wir nur noch auf den Bräutigam«, sagt Ellen und schließt die Tür.

Ich werfe Selene einen alarmierten Blick zu. »Wir warten auf den Bräutigam? Ist er noch nicht da?«

»Keine Panik«, meint Selene lachend. »Er hat bestimmt nur die Krawatte zu Hause liegenlassen.«

Ich war sowieso schon nervös, doch nun macht sich Angst in mir breit. Eigentlich weiß ich, dass Braxton mich nicht am Altar stehen lassen würde. Ich habe ihn gestern noch bei der Probe gesehen, und da kam er mir nicht einmal nervös vor.

»Er hätte schon vor einer Stunde hier sein sollen«, sage ich.

»Ich schreibe ihm schnell«, beruhigt mich Selene und tippt auf ihrem Handy herum.

Ich kaue auf meiner Unterlippe und senke den Blick.

»Ky«, sagt Selene. »Du wirst dir doch nicht ernsthaft Sorgen machen, dass er nicht auftaucht. Er hat sich mehr als alle anderen auf diesen Tag gefreut – vielleicht sogar mehr als du.«

Sie hat ja recht. Ich habe versucht, Braxton davon zu überzeugen, dass wir erst Silvester heiraten, weil das so unglaublich romantisch wäre, aber er wollte nichts davon hören. Ihm konnte es gar nicht schnell genug gehen. Wenn mein Vater nicht wäre, hätte Brax mich wahrscheinlich direkt nach unserer Rückkehr aus London zum nächstbesten Standesamt geschleift. Aber wir wussten beide, dass Dad unbedingt dabei sein wollen würde. Also fanden wir einen Termin im April und stellten in Windeseile alles auf die Beine. Es war nicht einmal schwer. Wir haben beide keine große Familie; eigentlich sind da nur wir drei und mein Dad. Dazu haben wir nur wenige Freunde eingeladen, so dass die Zeremonie im kleinen Kreis stattfindet.

»Ich weiß«, gebe ich zu. »Aber vielleicht ist ihm irgendetwas zugestoßen?«

»Er ist ein Mann«, meint Selene. »Vermutlich dachte er, es reicht, wenn er zehn Minuten vor der Hochzeit losfährt, und jetzt steht er im Stau.«

Wieder steckt Ellen den Kopf durch die Tür. »Könntest du kurz rauskommen, damit wir ein paar Fotos mit deinem Vater machen können, Kylie? Er wartet draußen auf dich.«

Ich hole tief Luft, um mich zu entspannen, und schnappe mir den Brautstrauß. Selene und ich verlassen den kleinen Raum, in dem ich mich umgezogen habe. Mit der Location, einem hübschen kleinen Boutique-Hotel im Herzen von Seattle, haben wir großes Glück. Die Gäste sitzen bereits in einem der kleineren Banketträume, wo sowohl die Zeremonie als auch ein Cocktail-Empfang abgehalten werden.

Dad wartet auf dem Flur auf mich. Er wendet seinen Rollstuhl und strahlt mich an.

Dann nimmt er meine Hand. »Du siehst wunderschön aus, Kylie.«

»Danke.« Ich versuche, den Kloß in meinem Hals runterzuschlucken, um nicht schon wieder zu weinen. Er trägt einen grauen Anzug und eine silberfarbene Krawatte. »Du siehst auch toll aus.« Der Rollstuhl tut seinem guten Aussehen keinen Abbruch.

Der Fotograf macht ein paar Bilder von uns. Ich entdecke Ellen in der Nähe der Tür zum Bankettsaal, in dem unsere Gäste warten. Sie sieht andauernd auf die Uhr.

Verdammt, wo bleibt er nur?

»Hat er schon geantwortet?«, will ich von Selene wissen.

»Mist«, schimpft sie. »Ich habe mein Handy liegen lassen.«

»Auf wen warten wir?«, will Dad wissen.

»Auf Braxton«, antworte ich. »Er ist noch nicht da.«

Dad schüttelt den Kopf. »O nein, er …«

»Hat hier jemand einen Bräutigam bestellt?«

Ich drehe mich um, als Braxton mit einem Lausbubengrinsen auf dem Gesicht auf uns zuschlendert.

Beinahe hätte ich meinen Brautstrauß fallen lassen. In seinem schiefergrauen Anzug mit der silberfarbenen Krawatte und den fein säuberlich gestutzten Bartstoppeln sieht er einfach umwerfend aus. Ich kann mir nicht vorstellen, dass der Tag jemals kommen wird, an dem mir dieser Mann nicht den Atem raubt.

Sein Blick ruht auf mir, und er bleibt stehen und holt tief Luft. »Grundgütiger, Kylie. Du bist wunderschön.«

»Brax«, tadelt Selene ihn lachend. »Du solltest sie doch noch gar nicht sehen. Das ist gegen die Regeln.«

»Ich mag aber keine Regeln«, gibt er zurück, ohne den Blick von mir abzuwenden. Als er vor mir steht, gibt er mir einen zärtlichen Kuss.

»Du bist spät dran«, murmele ich.

»Ich weiß.« Er drückt mir einen Kuss auf die Nase.

Ich muss lachen. »Du solltest reingehen. Unsere Hochzeit fängt gleich an.«

Er sieht zu meinem Dad hinüber. »Es gibt da eine kleine Planänderung.«

»Was soll das heißen?«

»Sind wir so weit?«, fragt Ellen fröhlich. »Wenn mir bitte alle folgen würden.« Sie führt uns zur Doppeltür des Bankettsaals und bedeutet Selene, sich davor aufzustellen.

»Wartet, wir können noch nicht anfangen«, protestiere ich. »Du sollst im Saal auf mich warten, Braxton. Wir haben das doch extra geprobt.«

Ellen öffnet die Türen, und Selene betritt den Raum.

Aus dem Nichts zaubert Braxton einen silbernen Gehstock hervor und überreicht ihn Dad. »Wie gesagt, es gibt da eine kleine Planänderung. Sind Sie bereit, Mr Winters?«

Dad nimmt den Stock in Empfang und stellt ihn auf den Boden. Braxton stützt seinen Arm und hilft ihm beim Aufstehen.

Ich traue meinen Augen kaum. »Dad.«

»Alles stabil?«, erkundigt sich Braxton.

Dad strafft den Rücken und richtet sich auf. Mir kommen die Tränen. Ich habe meinen Dad seit über einem Jahr nicht aufrecht stehen sehen.

»Wie hast du das geschafft, Dad?«

Er schenkt mir ein Lächeln. »Ich habe zusammen mit Braxton am Muskelaufbau gearbeitet. Schließlich wollte ich mein kleines Mädchen unbedingt zum Altar führen.« Er hält mir den Arm hin.

»Oh, Dad.« Ich hole zitternd Luft und lege die Hand in seine Armbeuge.

Braxton berührt mich am Arm. »Entschuldige, dass ich zu spät dran war, Baby Girl. Ich musste seinen Stock holen und würde euch gern begleiten, falls er Hilfe braucht. Ist das in Ordnung?«

»Natürlich«, antworte ich und kämpfe verzweifelt gegen die Tränen an.

Ellen gibt uns einen Wink, und wir schreiten zu dritt auf den Altar zu. Ich lasse die Hand auf Dads Arm, und er stützt sich schwer auf seinen Stock. Braxton flankiert ihn auf der anderen Seite.

Als wir vorn ankommen, dreht sich Dad zu mir um. Er hat Tränen in den Augen, und alle Hoffnungen, mein Make-up nicht zu ruinieren, sind dahin. »Ich hab dich so lieb, mein Schatz.«

»Ich hab dich auch lieb, Dad.« Ich umarme ihn vorsichtig, damit er nicht das Gleichgewicht verliert.

Braxton hält ihn immer noch fest. Dad richtet sich wieder auf und legt seine Hand auf Braxtons. »Danke, mein Junge.«

In Braxtons Augen glitzert es verräterisch. Er atmet hörbar

aus und lächelt, während er meinen Vater sanft umarmt. Dads Pflegerin steht mit dem Rollstuhl bereit, und er tritt beiseite und lässt sich hineinsinken.

Ich gebe Selene die Blumen, und Braxton stellt sich vor mich. Er nimmt meine Hände und sieht mir tief in die Augen. Ich bekomme kaum mit, was der Trauredner sagt, und obwohl ich weiß, dass wir von einer kleinen Gruppe beobachtet werden, sehe ich nur Braxton. Er bedeutet mir die Welt.

Unsere Ehegelübde sind einfach, und ich spreche meines zuerst aus, ohne meinen Bräutigam aus den Augen zu lassen. Danach ist Braxton an der Reihe. Er beugt sich zu mir vor, damit nur ich seine Worte hören kann.

»Ich, Braxton Taylor, nehme dich, Kylie Winters zur Frau. Ich verspreche, dich zu lieben, zu ehren und dich auf ewig wertzuschätzen.« Er legt mir die Hand auf die Wange und wischt eine Träne fort. »Ich liebe dich, Ky. Ich habe dich schon immer geliebt. Ich wünsche mir nichts lieber, als für den Rest meines Lebens dir zu gehören.«

Ich hole bebend Atem und lächele ihn an.

Schon vernehme ich die magischen Worte: »Kraft des mir vom Staat Washington verliehenen Amtes erkläre ich Sie hiermit zu Mann und Frau.« Aber ich habe nur Augen für Braxton.

Eigentlich müsste er jetzt fortfahren mit »Sie dürfen die Braut jetzt küssen«, aber Braxton wartet nicht auf diese Erlaubnis.

Er legt mir eine Hand an den Hinterkopf und fährt mir mit den Fingern durchs Haar. Dann beugt er sich vor und berührt meine Lippen mit seinen. Er hält sich nicht zurück und küsst mich mit all der Leidenschaft, die ich von ihm gewohnt bin. Seine Zunge streichelt sanft die meine und entfacht ein Feuer in mir. Ich verschmelze mit ihm und spüre seine Kraft, seine

Wärme. Er war schon immer mein Fels in der Brandung, mein Anker, mein sicherer Hafen. Seine Hände sind fest und stark und seine Lippen sanft.

Als er sich schon von mir lösen will, verharrt er und streicht mit der Nase über meine. Ich schlage die Augen auf, und er lächelt mich an. Die Gäste klatschen. Eigentlich sollten wir jetzt gemeinsam zur Tür gehen, doch dann küsst er mich ein weiteres Mal. Leidenschaftlich. Ich schlinge ihm die Arme um den Hals, und er hebt mich hoch, um mich fest an sich zu drücken. Ich fühle mich so leicht, dass ich glaube, gleich davonfliegen zu können.

Er ist hier. Er ist real. Er bedeutet mir alles.

Für immer.

Nachwort

Manchmal kommt eine Geschichte aus dem Nichts und geistert mir so lange im Kopf herum, bis sich sie aufschreibe. Das passiert nicht jedes Mal, aber wenn dem so ist, bin ich auf eine kreative Goldgrube gestoßen. ALWAYS HAVE war eine dieser Geschichten. Manchmal bin ich mitten in der Nacht aufgewacht und hatte Worte im Kopf, die ich sofort aufschreiben musste, damit ich weiterschlafen konnte. Ich weiß noch, wie ich eines Tages im Supermarkt doppelt so lange fürs Einkaufen brauchte, weil mir all die Figuren einfielen und ich mich kaum auf die Realität konzentrieren konnte.

Okay, zugegeben, das mit der mangelnden Konzentration auf die Realität passiert mir häufiger, aber beim Schreiben dieses Buches wurde es besonders schlimm.

Braxton und Kylie kamen mir so real vor. Das geschieht immer, wenn ich mir Charaktere ausdenke – die Heldinnen und Helden meiner *Jetty-Beach*-Reihe fühlen sich zum Beispiel auch sehr echt an. Aber Brax und Kylie setzen dem die Krone auf. Den Grund dafür kann ich selbst nicht benennen. Ich habe die Beiden gespürt, ihre Liebe ging mir durch Mark und Bein, sie haben einen Platz in meiner Seele.

Daher ist die Veröffentlichung dieses Romans eine seltsam emotionale Angelegenheit für mich. Liebesgeschichten zu schreiben, bedeutet immer auch, sich zu öffnen – tiefe Gefühle zu empfinden und sie in Form einer Geschichte mit anderen zu teilen. Dieses Buch hat genau das in mir ausgelöst, und ich hoffe, dass man das auch spürt. Vermutlich werden manche Menschen dasselbe empfinden wie ich, während es anderen nicht so geht. Aber so ist das eben. All jene, die es nachvollziehen können – die mit Brax und Ky gelacht und geweint haben –, wissen, was in mir vorging. Jeder Abschnitt dieser Geschichte, jede Emotion war aufrichtig, ungezügelt und wundervoll.

Aber woher kam das alles?

Ich hatte die Idee eines Trios – Bruder und Schwester nebst ihrer besten Freundin. Was würde passieren, wenn (meine Geschichten beginnen eigentlich immer mit dieser Frage) der Bruder besagte beste Freundin liebt? Und wie wäre es, wenn er sie schon immer geliebt hat und die bloße Freundschaft für ihn einer Qual gleicht? Und wenn er obendrein noch unfassbar gut aussieht und problemlos jede Frau erobern kann, was zu seinem (zu diesem Zeitpunkt wohlverdienten) Ruf als Schürzenjäger führt? Wobei die einzige Frau, die er wirklich will, direkt vor seiner Nase ist und er sie nicht haben kann? O ja, ich mag ihn jetzt schon.

Ich wollte über einen Mann schreiben, der so etwas wie ein »Bad Boy« ist, wenn auch nicht von der finsteren, gefährlichen Sorte (es gibt viele tolle Autoren und Autorinnen, die solche Helden deutlich besser beschreiben können als ich). Ich wollte den Typ Schürzenjäger, gut aussehend, witzig, selbstbewusst – aber eben nicht die Art von Mann, bei dem man sich auf eine lange Beziehung einstellt. Was ihn für mich so interessant gemacht hat, war das *Warum*. Wie ist er zu diesem Mann geworden? Ich wollte, dass es tiefer geht als »er kommt damit durch, also tut er's eben«. Zugegeben, er sieht umwerfend aus und gibt gern den Draufgänger. Aber Männer können schön und draufgängerisch sein, ohne zahllose gebrochene Herzen zu hinterlassen.

Die Dinge in seinem Leben, die ihn zu diesem Mann gemacht haben, passten perfekt zum Rest der Geschichte, die mir vorschwebte. Denn für ihn dreht sich alles um Kylie. Er hat nie eine andere geliebt, und keine wird sich je mit ihr messen können. Aber er ist nun mal ein Mann, und seit seiner Jugend werfen sich ihm die Frauen an den Hals. Also probiert er es mit einer nach der anderen – führt sie aus, schläft mit ihr und was sonst noch dazugehört. Aber sie ist nicht Kylie. Darum geht er zur Nächsten über. Das Muster wiederholt sich immer wieder, so dass die Menschen in seinem Leben ihn irgendwann in eine Schublade stecken. *Oh, klar, so ist Braxton eben. Der typische Schürzenjäger. Er liebt die Frauen, will aber keine Beziehung.*

So lebt er lange Zeit und hält sein wahres Ich sorgsam unter einer Maske verborgen. Für »seine Mädels« gibt er den Mann, von dem er glaubt, dass sie ihn brauchen. Aber es ist der Mann hinter der Maske, der mich wirklich berührt hat, während ich Braxton schrieb. Er ist frech und ein kleiner Angeber, aber der Tod seiner Eltern hat ihn auch tief getroffen, und er verbirgt sein wahres Naturell schon sein Leben lang. Hin und wieder zeigt er Kylie, wie er wirklich ist – in winzigen Augenblicken, die sie nicht deuten kann. Er besitzt eine Tiefe, die sie nicht erwartet, was sie jedes Mal aufs Neue entwaffnet. Und er will sich ihr zeigen und versucht das auch hin und wieder.

Kylie liebt Braxton schon genauso lange wie er sie, aber sie hat diese Gefühle so tief in sich vergraben, dass sie ihrer gar nicht gewahr ist. Denn sie fühlen sich gefährlich an, und wer kann ihr die Angst verübeln? Sie kennt seinen Frauenverschleiß und nimmt an, dass er einfach so ist.

Brax und Kylie sind auf gewisse Art und Weise schon von Anfang an ein Paar. Sie wissen vieles über einander, so wie es bei Paaren üblich ist. Sie fühlen sich in der Gegenwart des anderen sicher – das Ergebnis ihrer jahrelangen Freundschaft –, und ihre Beziehung steht ständig kurz davor, ernster zu werden. Sie bestellen sich Gerichte im Restaurant, teilen sie sich und lassen den Kaffeebecher hin- und herwandern, ohne auch nur darüber nachzudenken. Diese Augenblicke habe ich absichtlich eingefügt. Die Charaktere denken nicht groß darüber nach, daher ist es vielleicht auch nicht gleich allen Lesern und Leserinnen aufgefallen. Kylie protestiert beispielsweise nicht, als Braxton ihr den Kaffeebecher aus der Hand nimmt, um daraus zu trinken. Er gibt ihr den Becher zurück, und sie nimmt ebenfalls einen Schluck, weil es für die beiden völlig alltäglich ist. Winzige Momente wie dieser sollen zeigen, wie wohl sie sich in der Nähe des anderen fühlen. Sie tun wie selbstverständlich Dinge, die man ansonsten nur von Liebespaaren kennt.

Da ist es kein Wunder, dass ihre Partner nicht viel von dieser Freundschaft halten ...

Kylie will etwas Echtes. Sie merkt langsam, dass sie zu alt für das Partyleben wird, und ist auf der Suche nach jemandem mit Zukunftspotenzial. Außerdem hat sie ein gutes Verhältnis zu ihrem Vater und von ihm gelernt, welches Verhalten sie von einem Mann erwarten sollte, indem er es ihr als gutes Beispiel vorgelebt hat. Doch das Loch, das ihre Mutter hinterlassen hat, lässt sich nicht leugnen. Sie fühlt sich verletzt und verlassen und wünscht sich mehr als alles andere einen sicheren Hafen bei jemandem, der sie liebt. Trotz alldem, was zwischen ihren Eltern vorgefallen ist, stellt sie die Liebe nie infrage. Sie kann nur nicht erkennen, dass sie sie in Gestalt ihres besten Freundes direkt vor der Nase hat.

In diesem Buch geht es um Höhen und Tiefen. Das Schreiben glich einer Achterbahnfahrt. Die Höhen sind *sehr* hoch. Braxton liebt Kylie leidenschaftlich, und mein Plan sah von Anfang an ein Happy End vor. Kylies Erkenntnis, dass sie ihn liebt, hat diesen Entschluss noch gefestigt. Und als sie endlich den entscheidenden Schritt wagen und Braxtons größter Wunsch wahr wird – WOW, das war mal ein Höhenflug! Er ist so unfassbar glücklich. Genau wie sie. Alles ist perfekt und wundervoll, und möglicherweise haben Sie ungefähr an der Stelle das Bedürfnis verspürt, mit dem Lesen aufzuhören …

Als ich beschrieb, wie Brax seine Schwester in Bezug auf seine Beziehung zu Kylie anlog, musste ich zum ersten Mal eine Pause einlegen und meine Emotionen unter Kontrolle bekommen. Ich bin buchstäblich aufgestanden und hin- und hergelaufen, während mir durch den Kopf ging: »Verdammt nochmal, Brax. Tu das nicht. Das kann einfach nicht gut ausgehen.« (Ja, mir ist bewusst, dass es komisch ist, wenn ich so etwas beim Schreiben mache. Schließlich ist es ja meine Geschichte, und in dem Moment existiert alles nur in meinem Kopf. Aber so ist es eben. Mich stört es jedenfalls nicht.)

Später, als es an der Zeit war, die große Krise zu schreiben – den Moment, in dem sich Braxton von Kylie trennt? Großer Gott, war das schwer. Ich wollte nicht, dass es passiert.

Aber genau das meine ich mit Höhen und Tiefen. Die Höhen machten die Tiefen schwieriger, aber alles zusammen machte das Ende eben auch besser.

Ich liebe dieses Buch – möglicherweise ein wenig zu sehr. Es wird mir immer am Herzen liegen, und ich bin froh, dass ich mir die Zeit genommen habe, diese Geschichte aufzuschreiben. (Eigentlich sollte ich in der Zeit nämlich ein anderes Buch schreiben – dieses stand nicht auf dem Plan, aber wie ich schon sagte, haben Geschichten manchmal einen eigenen Kopf.) Ich hoffe, es hat Ihnen ebenfalls gefallen!

Im zweiten Teil mit dem Titel ALWAYS WILL erfahren Sie mehr über Brax und Ky. Darin geht es natürlich vor allem um Selene. Wird sie die große Liebe finden? Ich schätze, wir werden es gemeinsam herausfinden …

Naima Simone
Sin and Ink
Deutsche Ausgabe
Roman
Aus dem Amerikanischen von Charlotte Petersen
284 Seiten. Klappenbroschur
ISBN 978-3-98751-011-3

Es gibt Sünden, die einen direkt in die Hölle bringen

Die Frau des eigenen Bruders zu begehren, an dessen Tod man nicht ganz unschuldig ist, gehört zweifellos zu den schlimmsten Sünden, die ein Mensch begehen kann. Doch was soll ich tun? Eden arbeitet mit mir zusammen in meinem Tattoo-Studio, ich sehe sie jeden Tag und kämpfe jeden Tag darum, mich von ihr fernzuhalten. Aber dann frage ich mich, ob die Liebe es nicht wert ist, alles aufs Spiel zu setzen …

Sin and Ink – verboten, dunkel und intensiv

Regelmäßige Informationen erhalten Sie über unseren Newsletter.
Jetzt anmelden unter: www.aufbau-verlage.de/newsletter